紅樓箴言

穿越百年的人性鏡像，看懂文字中的

借鑑經典中的悲歡離合，看透榮辱沉浮間的人情冷暖

夢碎紅樓，情愛無常

當愛情與權力交織，誰能成為最後的贏家
探究人心深處的欲望、矛盾以及掙扎
真誠和虛偽，在大觀園裡人人都需要演戲
情義兩難全，到頭來全是一場空

百合 著

目錄

自序　文字是留給世界的清淡痕跡

命運篇　最優秀的人總是先走

賈敏：林黛玉的媽媽，那金尊玉貴的大小姐……………012

巧姐：一生擔了一個「巧」字…………………………018

尤氏：如絲一樣柔軟，也如絲一樣堅韌………………025

賈珠：最優秀的人總是先走……………………………036

賈蓉：含垢忍恥地活著，直到自己成為汙垢本身………041

甄士隱：是誰在造謠？說好人一定有好報………………046

封氏：她的一生，是女版《活著》的故事………………052

襲人：被母親捨棄的女孩怎樣長大………………………057

喜鸞：那個只有一句「臺詞」的窮人小姑娘……………063

劉姥姥：我們還要感謝貧窮嗎？…………………………070

職場篇　妳談業務的樣子真性感

鳳姐姐：妳談業務的樣子真性感…………………………076

賴嬤嬤：實力演繹「一個女人怎麼旺三代」……………081

晴雯：白白出挑了一場……………………………………089

目錄

玉釧兒：既然生活要繼續 …………………………… 098

雪雁：快樂的職場小「油條」 ……………………… 103

賈瑞：猥瑣直男怎麼作死 …………………………… 111

賈寶玉：我怎麼覺得我懷才不遇 …………………… 116

無名小丫頭：「紅樓」裡那個最伶俐的女孩 ……… 122

周姨娘：就做一朵隱忍沉默的花 …………………… 127

成年人，你敢說自己沒有當過劉姥姥？ …………… 131

照蔡康永的標準，林黛玉才是情商最高的人 ……… 139

一個大家族的敗亡，從這一點開始 ………………… 147

生活篇　仙鶴睡在芭蕉下

元宵聽戲：賈母為什麼要給芳官出難題 …………… 154

詠柳絮：一個個分明是在說自己 …………………… 158

過端午：第一要務並不是吃粽子 …………………… 162

「紅樓」消暑記：仙鶴睡在芭蕉下 ………………… 166

他們怎麼在自己家裡過秋天 ………………………… 172

下雨的夜晚，普通人實名羨慕黛玉 ………………… 177

賈府過中秋：團團圓圓裡，那些無處不在的裂隙 … 181

湘雲黛玉聯詩：做朋友，僅僅三觀一致就行了嗎？ … 186

疫病來臨時，賈府少奶奶們怎麼應對 ……………… 191

站在《紅樓夢》的屋簷下看雪 ……………………… 195

這兩個「紅樓」經典場景，所有電視劇就沒有全拍對過 ……… 202

修行篇　事若求全何所樂

- 寶釵：所謂涵養，就是獨自吞下那些難言的尷尬 …… 206
- 鶯兒：被疼愛的人，才有資格天真 …… 213
- 鳳姐真的喜歡黛玉，不喜歡寶釵？ …… 218
- 清虛觀小道士：這麼多人一起要打我 …… 225
- 為什麼她們再生氣也不選擇翻臉 …… 231
- 黛玉的忠告：事若求全何所樂 …… 236
- 跟糊塗人不說明白話 …… 240
- 不用黑林黛玉了，她本來就不白 …… 247
- 盤點《紅樓夢》裡，那些具有弱德之美的女生 …… 252

情愛篇　俗人正是雅人的良配

- 寶黛爭吵：眼睛為她下著雨，心卻為她打著傘 …… 260
- 賈政、趙姨娘：俗人正是雅人的良配 …… 268
- 藕官：明白人不與自己為難 …… 274
- 齡官教給寶玉的事：成長就是看著預期一一破滅 …… 279
- 寶玉腳踹花襲人：論潛意識的越想越恐怖 …… 285
- 馮淵：香菱，妳可還記得那個唯一愛過妳的公子哥？ …… 289
- 賈璉到底有多疼愛黛玉 …… 294
- 碧痕：床笫之歡不過如水上行舟 …… 299
- 《紅樓夢》下場最慘的三個女子，給所有女人提了個醒 …… 304

目錄

自序　文字是留給世界的清淡痕跡

　　春寒猶在，花也沒怎麼開，不知道它們什麼時候會開。

　　寫字的人，像春燕銜泥，一個字一個字地「壘」成了這本新書，這也是本系列的第三本。用時不多不少，和前兩本一樣，也是三年時間。

　　三年磨一劍啊！我曾經在上一本的序言裡感嘆：「時間過得真快啊，這樣下去，人一眨眼就老了。」這一次，我心內反覆默唸的卻是另一句話：「歲月不饒人，我亦沒有饒過歲月。」

　　電影《歲月神偷》裡，吳君如演的窮鞋匠老婆，去醫院看不久於世的兒子，她專門穿了雙新鞋，一邊往前走，一邊嘴裡唸唸有詞：「一步難，一步佳。難一步，佳一步。」走著走著，向丈夫回眸一笑。這一笑很扎人心，既是對當下困境的全盤接納，也是對時來運轉的堅信不疑。渺小無力的普通人，在天意難測的命運面前，沒有力挽狂瀾的本事，想要讓生活繼續，除了抱持一點「信」，還能靠什麼呢？

　　就如同寫書給你們的我，和讀我書的你們，大家都過得有好有壞，但因為「紅樓」這樣一部名著牽絆，竟也相依相伴了如許年。

　　就這個系列而言，第一部側重於人物性格心理分析，求細求全；第二部開始探詢人物關係，求真求透；而這一部，則是在前面兩者兼有的基礎上，解讀了很多一般讀者不曾注意過的小人物，同是一條條鮮活的生命，他們的人生故事或精采或令人唏噓，應該也值得被發掘。同時進行相關門類知識的延展，《紅樓夢》本就是一部百科全書，有人甚至說它的文化意義大於文學意義，而我們對此豈可輕輕放過？那就真成了前輩周汝昌先生

自序　文字是留給世界的清淡痕跡

所言的「大道上灑香油，小道上撿芝麻」了。這一本，算是求微求遠。

寫及此處，夜幕四合，樓下的喧鬧漸漸停息，空氣開始靜謐。窗外遠遠近近的燈一盞盞亮起來，一直鋪排到我目所能及的城市邊緣鐵道旁，因為近視造成的散光和重影，那些燈在我的眼裡，成了一簇簇跳動的溫暖火焰。天上一輪明月。

我是如此感恩上蒼的厚待。

這個春天很不安穩，而我還能有一張書桌可以安放身心。十年光陰，我不曾怠慢寫作，寫作亦沒有虧待我，凡我用心使力，皆有回饋。我真是一個有福氣的「手藝人」。

手機上跳出一句話，很應景：「我記得這花香，便對得起這時光。」那麼，這本書，請有緣人在花香裡打開它，在花落時，合上它。

大概是開始做編劇的緣故，我腦子裡這兩天總會浮現出這樣一個畫面：某下午，某城市圖書館，陽光燥熱，一個偏僻的角落，許久沒有人光顧過，落地書架上蒙了一層灰塵。

一個女學生路過，穿著35碼綁帶黑皮鞋，忽然鬼使神差地停住了腳，順手從身旁書架上抽出了一本書。那是一本封面有些殘破的舊書，她隨手翻開一頁，無可無不可地讀了幾句，覺得有趣，竟然不知不覺就讀進去了。她站在那裡一動不動了許久，一本書讀了個七七八八，直到圖書館閉館，她才精神滿足地離開。離開前，她將它歸還至原位，不仔細看，看不出留在書脊上的輕微指痕。

其實那本書的作者，已經離開了這個世界很多很多年。但有什麼關係？這些文字證明她來過。

那是她留在這個世界的清淡痕跡。

共勉。

百合

2022 年 3 月 27 日凌晨

自序　文字是留給世界的清淡痕跡

命運篇
最優秀的人總是先走

命運篇　最優秀的人總是先走

賈敏：林黛玉的媽媽，那金尊玉貴的大小姐

一

《海街日記》裡，小吃店老闆娘看著無父無母卻被三個姐姐寵溺的鈴，眼含熱淚地說：「真羨慕妳的父母，留了妳這麼一個寶貝在世上。」

鈴否認：「我才不是什麼寶貝。」

孩子沒有了父母的庇佑，不管旁人給了多少愛，她始終會有一種潛在的惴惴不安，一邊竊喜、感恩，一邊又偷偷告誡自己：人生而孤寒，別太把自己當回事。

因為她知道，這些愛隨時會消失。

天下之愛，唯父母之愛不可替代。

當看到寶釵鑽到薛姨媽懷裡撒嬌時，黛玉當場淚下：「她偏在這裡這樣，分明是氣我沒娘的人，故意來刺我的眼！」

而薛姨媽的回答也頗實在：「怨不得她傷心，可憐沒父母，到底沒個親人。」

又說：心裡很疼妳，但是外頭不想帶出來的。你們這裡人多口雜，說壞話的人又多，我若真表現出來，只說我們看老太太疼妳了，我們也「泆上水」去了。

「泆上水」，意即巴結有權勢的人。

你看黛玉，身為一個外孫女，即使被賈母寵得可和寶玉、鳳姐比肩，把迎探惜三個內孫女都擠出了一線，她心裡也總有一個旁人永遠填不滿的巨大空洞。俯身看下去，那個洞深不見底，對它吶喊哭泣，亦永遠得不到

賈敏：林黛玉的媽媽，那金尊玉貴的大小姐

回音，永遠提醒著：妳是個「沒娘的人」。

那麼，黛玉的娘，是個怎樣的人呢？哪怕只有零碎的隻言片語，依舊能拼湊出一個風華絕代的女子。

二

她叫賈敏，榮國府第二代小姐，從文字輩，上面兩個哥哥分別是賈赦、賈政。她最小，又是唯一的女兒，自然最得嬌寵。

賈母對黛玉說過：「我這些兒女，所疼者獨有妳母。」

父母寵她到什麼份上？書裡沒有明說，但王夫人一句話就講出了當日賈敏未出閣時在家的情景。

第七十四回，因為大白天園子裡石頭上赫然出現了繡春囊，王夫人高度重視，要求徹查。鳳姐獻計說不宜聲張，暗中察看，發現有端倪者找碴攆出去配了人就完了。「一則保得住沒有別的事，二則也可省些用度。太太想我這話如何？」

王夫人卻這樣回答：「妳說的何嘗不是，但從公細想，妳這幾個姊妹也甚可憐了。」什麼？賈府幾個小姐哪個不是錦衣玉食？可憐在哪裡？

注意王夫人接下來的話，她提到了一個人，一個死人：「只說如今妳林妹妹的母親，未出閣時，何等的金尊玉貴，那才像個千金小姐的體統。如今這幾個姊妹，不過比人家的丫頭略強些罷了。」

這句話道出了賈府江河日下的頹勢，也道出了賈府全盛時期敏小姐所享受的超高待遇。到底這個小姑子是什麼樣的氣派，才能令王夫人這樣出身頂尖的人念念不忘，既豔羨有多少有點意難平，總想複製給下一代的小

命運篇　最優秀的人總是先走

姐們呢？多少年過去，在她的心裡，賈敏的排場依然是一座翻不過去的高牆。

曹公真是厲害，區區幾行字閒閒道來，勝過五千字洋洋灑灑的細節寫實。

賈敏的婆家林家是四代列侯，夫婿林如海是蘭臺寺大夫，官至巡鹽御史。更難得的，他竟是個清貴的讀書人，乃前科探花，即進士榜全國第三，無論門第還是個人，都算是一等一的人選。

「白富美」賈敏，無論是出身還是歸宿，命運都發了一手好牌。她是多少人搭著梯子都夠不到的「月亮」，只能遠遠地仰望。

至於賈敏本人的風範，曹公也用了曲筆，借女讚母。恃才自傲的賈雨村，落魄時做了賈敏女兒黛玉的家庭教師，下出斷言：「怪道我這女學生言語舉止另是一樣，不與近日女子相同，度其母必不凡，方得其女，今知為榮府之外孫，又不足罕矣……」

所以可知鳳姐初見黛玉時所說的「這通身的氣派，竟不像老祖宗的外孫女兒，竟是個嫡親的孫女……」這句話，並不全是奉承。賈敏對黛玉的教養，也複製了母親對自己的養育方式，與當日自己在賈府成長時一脈相承，養出了女兒落落大方、不卑不亢的貴族氣質。

想想第三回初進榮國府，黛玉絲毫不怯場，有問有答還滴水不漏，別忘了她不過才是個七八歲的孩子。

一位知名舞蹈家曾經提到演黛玉要有「四氣」，除了仙氣、才氣、人氣之外，還要有貴氣，可謂理解透澈。

她還少說了一樣，「病氣」。

「眾人見黛玉年貌雖小，其舉止言談不俗」，但身體臉龐怯弱不勝，知她有不足之症。便問她：有病為什麼不治？真不愧是內親啊，哪怕是初次見

賈敏：林黛玉的媽媽，那金尊玉貴的大小姐

面，血緣裡天生的那份親近，讓人與人之間一上來就能拋開顧忌，問及隱私還不覺唐突。

黛玉也不尷尬，直接回答：我從吃飯時就開始吃藥了，吃了多少身體也不見好轉。

賈母問：現在吃什麼藥？人蔘養榮丸？那好，大夫正幫我配藥呢，也配一料給妳就是了。

賈母愛黛玉心切，僅此可見一斑矣！但這種方式真的沒問題嗎？再有錢，藥也不是這個吃法，當吃飯後水果呢？

黛玉屋裡從此天天藥吊子不離火，寶琴送的蠟梅和水仙都不敢收，怕花兒被藥味兒熏壞了。

更是三天兩頭換太醫，鮑太醫王太醫輪番上陣，人蔘養榮丸、天王補心丹、人蔘肉桂地補，身體就是不見好，發展到寶玉要配一味值三百六十兩銀子的奇藥給黛玉，藥引子是墳墓裡死人頭上戴的珍珠，讓王夫人大罵作孽。

最後，連最不愛管閒事的寶釵都看不下去了，提醒黛玉「食穀者生」，人還是要吃飯不能只吃藥，這才有後來的一天一兩燕窩，用銀銚子熬粥喝，才略好點。

養孩子，不見得給他最好的物質就是對他好。拿身體來說，最緊要的是讓他有足夠的抵抗力和免疫力，這就要講到方法問題了。

賈敏的體質就不好，曹公對她的死用了一個詞，「一病而終」，暗示她與疾病根本沒做些許纏鬥就撒手西去。賈母對她的嬌生慣養沒有為她打下一個好底子，到了她女兒黛玉，她繼續沿襲了賈母的養法，千般呵護萬般寵愛，養出來的黛玉「態生兩靨之愁，嬌襲一身之病」。她死後，賈母接

015

命運篇　最優秀的人總是先走

過養育外孫女的擔子，就連方式也無縫銜接，即繼續吃藥續命。在養育孩子上，母女兩代人形成了輪迴。

這真是一個宿命的悲劇。

三

黛玉曾親口講述了幼年的一段故事，那是在她三歲時候發生的。家裡來了個癩頭和尚，要化黛玉出家。林如海賈敏夫婦怎可能答應。和尚說：「既捨不得她，只怕她的病一生也不能好的了。若要好時，除非從此以後總不許見哭聲；除父母之外，凡有外姓親友之人，一概不見，方可平安了此一世。」

這段話讀來意味深長，站在某個角度理解，是不是可以看成和尚在給賈敏夫婦一些忠告：你們的養法是把這孩子誤了。除非你把她當成一個易碎的水晶娃娃，小心翼翼捧到手心裡，別受一點磕碰、摔打和刺激。不能見哭聲，不能見外人，說的不就是這個意思嗎？

經不起風雨折騰、沒有生命力的生命，可不就容易夭折嗎？賈敏如此，黛玉亦如此。反觀始作俑者賈母，小時候卻淘氣得很，每天去水邊玩，有一天失足落水差點淹死，額頭碰破，留了個大坑疤，被鳳姐調侃為「福窩兒」，她是活脫脫又一個活力健康的老版史湘雲。

寶玉也是賈母一手帶大的，乖巧聰明招人疼，就是身體和精神的「雙料廢柴」，一點小刺激就犯神經病。她還怪賈政，說是他讓寶玉念書把膽子唬破了。

宮裡的元春看在眼裡急在心上，屢屢帶信出來叮嚀寶玉的教育：「千萬好生扶養，不嚴不能成器，過嚴恐生不虞，且致祖母之憂。」話裡的意

賈敏：林黛玉的媽媽，那金尊玉貴的大小姐

思你好好體會一下，是說嚴格教育的阻力來自祖母，弄不好會惹惱她老人家。

被賈母寵愛的孩子，一個個的都叫寵廢了。

是不是每一個生命力強的能幹母親，都會有更強的保護欲？

冒充男兒養大的鳳姐，到了自己的女兒巧姐這裡，也是怕凍著餓著，反弄得巧姐三天兩頭地病。不得已找了劉姥姥為女兒取名，理由是貧苦人取的名字壓得住。

和巧姐差不多大的鄉下孩子板兒，平時在外面野，連墳圈子裡都逛到。跟著劉姥姥天不亮就起床坐車進城，大冬天凍得臉蛋紅撲撲、淌著大鼻涕，在外面一住就是好幾天，什麼毛病都沒有。而巧姐，在自家園子裡，風地裡吃了塊糕第二天就病了，查《玉匣記》，說是撞著了花神。

幫巧姐看病的王太醫，委婉地說：別罵我啊，只是要清清淨淨地餓兩頓就好了。暗指鳳姐照看過度，過猶不及。

還是劉姥姥一語中的：姑奶奶少疼她一點兒就好了。孩子不是無菌器皿裡培養基上的標本，他們是活生生的人，長大是要經風雨見世面的，沒有節制的過於精細的愛，其實隱含殺機重重，潛伏在未來的路上。

「少疼一點就好了」，這話，要是早一點說給賈母就好了，如果能換個粗養法，金尊玉貴的大小姐賈敏的人生，乃至賈敏女兒的人生，都將是另外一個結局吧？

命運篇　最優秀的人總是先走

巧姐：一生擔了一個「巧」字

■ 一

「女本柔弱，為母則剛」，一個柔弱的女子當了媽，為了孩子會變得堅韌剛強，比如在如花青春裡守寡的李紈，不自怨自艾，獨力捱過一串串暗夜，將兒子賈蘭撫養成才。

反過來，一個剛強的女子當了媽，也會變得柔軟敏感，比如鳳姐。這個賈母眼裡的「破落戶」，老公眼裡的「夜叉婆」，下人們嘴裡「有名的烈貨」，尤三姐更狠，背地裡乾脆直呼她為「潑婦」——就是這樣的一個女人，當她的目光觸及自己的女兒巧姐，會立刻變得溫柔如水。

面對這個和自己血肉相連的小人兒，殺伐決斷的情婦奶立即會變得患得患失，所有的原則都可以讓步。曾經放話說自己「從來不信什麼是陰司地獄報應的」，不信鬼神之說的人，為了巧姐開始食言。

巧姐生痘疹時，除了讓兩個醫生全天監護，十二天都不許回家去，鳳姐還打掃房屋，供奉痘疹娘娘，日日祭拜。等到病退，又還願焚香送走娘娘，還慶賀放賞。為了孩子好，她能做的都做全了。

可偏偏這個巧姐，自小體弱多病，令鳳姐憂心忡忡。

孩子，從來都是母親的「阿基里斯之腱」。

那時候巧姐還沒有名字，人人呼之為「大姐兒」，這其中大概有她母親的一份狡黠，私心裡認為：不取名，閻王爺想勾名字都沒法勾。

也許鳳姐一直在等：該找個什麼樣的人、為這嬌嫩難養的孩子取個什麼名兒，才能保她一生平安呢？

巧姐：一生擔了一個「巧」字

二

　　直到等來了劉姥姥。

　　巧姐風地裡吃塊糕，回來就發燒。劉姥姥說是不是在園子裡撞上邪祟了？鳳姐拿出占卜大全《玉匣記》一查，書上說遇到的是花神。燒完紙，好了。就這一招，把鳳姐鎮了：薑還是老的辣呀！

　　鳳姐問見多識廣的劉姥姥：為什麼我的孩子常生病？

　　劉姥姥答：妳少疼她點就好了。

　　鳳姐不放心，後來又讓御醫王太醫看過。王太醫望聞問切後說：只要清清靜靜餓兩頓就好了。和劉姥姥一個意思。

　　小孩子被照顧得太多，怕餓著凍著摔著，必定會多餵多穿多抱，容易造成積食，不抗冷，運動少，免疫力下降，這樣不生病才怪。劉姥姥不懂醫，她說的是民間經驗，但卻和王太醫的診斷殊途同歸，都是在講物極必反的道理。

　　鳳姐表示虛心接受，又信任地請劉姥姥幫女兒取名，一是借人家的壽；二是借莊稼人的貧苦，「妳貧苦人取個名字，只怕壓的住她。」

　　一向對鳳姐兒卑躬屈膝的劉姥姥，這一回竟然沒有客氣推脫，而是略略沉吟了一下。在這一刻，她和鳳姐的身分有了一個微妙的此消彼長，變得平等起來。

　　其實幾天的交道打下來，兩個聰明人都體會到了對方的不一般，開始惺惺相惜。呼風喚雨頤指氣使的鳳姐，看到了劉姥姥這個階層的通透強韌，生出了敬服之心，也許她潛意識裡明白，女兒身上缺的就是這樣的特質。

　　劉姥姥很老到內行，她第一句先問：「不知她是幾時生的？」

019

命運篇　最優秀的人總是先走

　　這一下點到了鳳姐的痛處：「正是生日的日子不好呢，可巧是七月初七日。」

　　古人為什麼會對「七夕」這麼忌諱？因為「七」是一個很神祕的數字，《周易》上說：「反復之道，七日來復。」它本身就象徵變數。又因理論上奇數為陽，「七」正是「火德之數」，和本就屬陰的女孩性別明顯相沖。

　　劉姥姥不慌不忙地笑了：這個正好，就叫她是巧哥兒。這叫做「以毒攻毒，以火攻火」的法子。

　　這個思路真是了不起。換個平常算命先生，可能會從五行出發，命裡缺什麼名字裡補什麼，缺什麼就叫個帶什麼的字。這個路數一直延續至今，缺金就叫「鑫」，缺木就叫「森」，缺火就叫「焱」，試圖給有缺陷的命運做一點補充和防護。

　　但鄉野能人劉姥姥卻反其道而行之，她知道，沒有人的命運完美無缺，如果這孩子命中注定要與厄運狹路相逢，不如不防不躲，乾脆迎難而上，再順勢而為，用巧勁化解。

　　這是取名字嗎？分明是在闡述怎樣面對艱難困境的人生智慧。

三

　　劉姥姥自信地說：「姑奶奶定要依我這名字，她必長命百歲。日後大了，個人成家立業，或有一時有不遂心的事，必然是遇難呈祥，逢凶化吉，卻從這『巧』字上來。」

　　就此，巧姐的名字算板上釘釘了。

　　論審美，這名字連府裡許多丫鬟的名字都比不上，襲人、晴雯、秋紋、

巧姐：一生擔了一個「巧」字

碧痕，個個都比她的有味道。「巧姐」二字，既沒有侯門公府家小姐的雍容端莊，也沒有翰墨詩書之族千金的雅緻文氣，樸素直白，略顯土氣，就像開在鄉村野徑旁的打碗花，單薄伶仃，平淡無奇。

看孩子的名字，是看父母的心氣。

賈府過年時說書的講了一齣《鳳求鸞》，裡面的男主角也叫王熙鳳，引得大家一笑，賈母說道：「這重了我們鳳丫頭了。」熙鳳本就是個男人名，「熙」字代表光明，「鳳」是雄鳥，加之她又是充男兒養大，正是被寄予「巾幗不輸鬚眉」的厚望。

但到了自己女兒這裡，為著她的特殊生日和體弱多病，鳳姐卻將願望一再降低，用請窮人取一個草根的名這樣的方式，訴說著一個慈母的苦心：為娘的不圖別的，只盼你一生無病無災就好。

宛如那一句土耳其的祝福詩：「去吧，但願你一路平安，橋都堅固，隧道都光明。」

而巧姐這一生，果如母親所願，擔了一個「巧」字。

四

《紅樓夢》前八十回裡，關於巧姐的文字實在不多，她甚至連一句「臺詞」都沒有，當時年齡還小，每次出場都是被人抱著。

到了後四十回，她長大了，又讓人實在看不下去。

續書文筆先放一邊不說，至少應該符合原作者本意吧？在第五回，寶玉夢遊太虛幻境時，十二釵正冊上，清楚地畫出了巧姐的命運結局，是一個紡績女形象。怎的到了續書者手裡，就做了富甲一方的周家少奶奶了？

命運篇　最優秀的人總是先走

還振振有詞地說論門第周家是高攀。

唉，判詞已明說：「勢敗休云貴，家亡莫論親。」世態炎涼，落毛的鳳凰不如雞。賈府抄家獲罪，人們躲之猶恐不及，哪有撲上前去撿漏的道理？

「偶因濟劉氏，巧得遇恩人。」指向很明白，巧姐在難中時，是被劉姥姥一家「打撈」上岸，幫她取了名的劉姥姥，彷彿對她有了一種責任，不會對她坐視不管。

劉姥姥說了：遇難呈祥逢凶化吉，都會打她名字裡的「巧」字上來。到最終，我們才看清，所謂的巧，其實是鳳姐在世時接濟劉姥姥所結下的善緣，回報到了下一代身上。沒有當初的善，就沒有如今的巧。

「留餘慶，留餘慶，忽遇恩人；幸娘親，幸娘親，積得陰功。勸人生，濟困扶窮……」所以啊，勸大家都善良，在許多看似偶然的僥倖裡，其實皆有前因。

五

巧姐的正經歸宿，據說是嫁了劉姥姥外孫子板兒。

第四十一回，板兒和巧姐初次見面，還是懵懂幼童。巧姐抱著一個大柚子玩，板兒則拿著一個佛手。小孩子總是覺得別人的東西好，巧姐大哭著要板兒手裡的佛手，板兒也樂意，因為那個柚子「又香又圓」。於是兩個孩子交換玩具，各自歡喜。

有紅學家認為佛手的寓意是相助接納，「又香又圓」的柚子則暗示二人有緣，這個說法倒也不離譜，畢竟巧姐被劉家所救，和板兒成親也是順理成章的。

巧姐：一生擔了一個「巧」字

還另有一個比較新奇的說法，說板兒手裡的柚子寓意「遊子」，板兒後來離家遠行，巧姐獨守空房，兩人正和只有在七夕才能相會的牛郎織女一樣分居兩地。腦洞開得不小吧？對「紅樓」人物結局的探索就是在一次次的假設推翻之後，才能一點點接近作者原意。哪怕跑偏，也有跑偏的意義。

六

巧姐名字裡的「巧」，還不止於以上。

七夕這一天，除了牛郎織女相會，還是閨中女子引針乞巧的日子，要祭拜織女，展示女紅，求賜一雙靈巧的手，可以飛針走線，可以穿梭織布，當然也要搓麻紡績。

不禁想到巧姐的結局圖：「一座荒村野店，正好有一美人在那裡紡績。」

後來的巧姐，過上了自食其力的日子。出生在七夕這天的姑娘，想必會天生有一雙巧手吧。命運詭變無情，洪流滾滾而來頃刻沒頂，她從上層階級跌入社會底層。「纖纖擢素手，札札弄機杼」，即使落魄，好在有一技傍身，也不至於餓死。

圖中那座荒村野店的來源，是當年王夫人送給劉姥姥的那一百兩銀子嗎？她叫她做個小買賣，別再投親靠友的了。如果，那一百兩銀子變成了這座鄉村野店，成了巧姐的謀生之地，她靠紡績在這裡活下去，也算是天意輪迴。

她的長輩們，在冥冥中，早已為她鋪好了自救的路。成為鄉野織婦固然無法跟從前的錦衣玉食相比，但總算在這舉目無親的天地間有了一處小小的容身之所，乃不幸中之萬幸。

023

命運篇　最優秀的人總是先走

七

　　賈府原型，乃是江寧織造曹家，專管紡織業。不知道作者寫賈府家破人亡後，後代靠紡織生存，是有意為之，還是只是巧合呢？紡車這個物件，本來離賈府主子多麼遙遠啊。

　　想當年，賈府正是鮮花著錦赫赫揚揚之時，闔家去鐵檻寺送秦可卿的靈柩，半路上在一個農莊下車更衣。在那個院子裡，寶玉第一次看到紡車，好奇地上前玩耍，一個村莊丫頭上前表演紡線給他看。離開時，寶玉對那個叫二丫頭的姑娘竟然有點依依不捨，「爭奈車輕馬快，一時展眼無蹤」。

　　車輕馬快，展眼無蹤。才幾年工夫，舊日寶玉尚不識紡車為何物，今朝巧姐要靠紡車討溫飽，好日子比想像中失去得快。

　　在窮鄉僻壤度過餘生的巧姐，經年下來，終於變得和農家婦人們一樣強壯，眼一睜一閉一天過去，忙忙碌碌地用這一雙磨粗了的手編織生活。

　　七夕民間素有「七月七，看巧雲」的習俗。這日的雲彩會格外變幻多姿，人們熙熙攘攘地結伴出門看雲的時候，巧姐會混在人流當中嗎？

　　人們說：看啊，那些五彩雲霞，都是織女織的，再過一會，她就要和夫君七夕鵲橋相會了！

　　勞作了一天的巧姐，會倏地想到「好巧，今天是我的生日」嗎？抬頭仰望，她大概憶起的是童年時家裡的帳幔飄帶繽紛溢彩，絕不亞於此刻的漫天流雲吧。

尤氏：如絲一樣柔軟，也如絲一樣堅韌

一

少奶奶一輩裡，榮府這邊，珠大奶奶叫李紈，璉情婦奶叫王熙鳳。可是，寧府的珍大奶奶，曹雪芹只管她隨隨便便叫了個「尤氏」就完了，沒人知道她閨名到底叫什麼。

她兩個妹妹倒是有名字，分別叫「尤二姐」、「尤三姐」。這有點像「二毛頭」、「三毛頭」這樣的名字，市井氣十足，一看就知道，尤家連個書香門第都算不上。

以此類推一下，尤氏說不定就叫尤大姐。

這也太潦草了。

其實，尤大姐才不是一個沒故事的女子。

賈府被抄家後，如果尤氏僥倖存活下來，在有生之年出一本口述回憶錄，靠販賣隱私賺銀子餬口，那麼她會給這本書取個什麼名字呢？或者為了市場效應，乾脆簡單粗暴地叫《我在侯門當填房的那些年》，以此來吊起人們對貴族的意淫與窺探欲。

填房的地位從來都很微妙，也是正室不假，但和原配不可同日而語。填房的「填」，本是填坑的「填」。

不是人人都會讓自家女兒來給有錢人做填房的。

名門望族的小姐不肯，她們的結婚對象是適齡未婚公子哥兒。

莫說中產和小康，就是貧寒之家也不見得願意「高攀」，愛女兒的父母捨不得，要面子的父母則不願意背一個賣女兒的名聲因此，作為補償，

命運篇　最優秀的人總是先走

娶填房的聘金一般會格外豐厚，重賞之下必有勇「婦」。

胡適的母親就是填房。當初媒人去上門提親開八字時，被胡適的外公一口回絕，理由有三：

我們配不上做官人家；我老婆不同意；晚娘難做。

胡適的外婆更直接：「不行。將來讓人家把女兒欺負煞，誰家來替我們伸冤？」

是胡適的母親自己堅持要嫁，氣得他外婆當場跳了起來。她這麼做純粹是為了豐厚的聘金，可以幫父親完成蓋座房子的畢生夙願。

所以，給豪門當填房的小家碧玉，都有自己的心酸不得已：不是缺愛，便是缺錢。

尤氏是兩樣都缺。她家一是沒愛，娘家乃重組家庭，父親故去，也沒見她有兄弟，眼下只剩繼母和兩個繼妹，已然鵲巢鳩占。刻薄點說，她早沒娘家人了。

二是沒錢，尤老娘自己坦承，多虧有姑爺賈珍接濟，日子才過得下去。

嫁給賈珍做填房的這個決定到底是誰做的？當日她父親還在不在世？媒人是誰？不得而知。不過，繼母尤老娘貪財又昏聵，這事她肯定不會反對。

沒了娘，自己就是自己的娘。

無依無傍的尤大姑娘，只剩這一個冰清玉潔的女兒之身，索性作注去賭一下明天。一過門就是三品威烈將軍夫人，填房就填房吧，甘蔗沒有兩頭甜。

就算前面是個爛泥坑，但爛泥坑也是富貴坑，她縱身跳了進來。

尤氏：如絲一樣柔軟，也如絲一樣堅韌

二

平心而論，經年的當家主母做下來，尤氏在賈家混得口碑還過得去，當得起「賢良淑德」四個字。

老太太、太太們面前，她禮數周全。寧府會芳園裡的梅花開了，她會把賈母、邢夫人、王夫人等都請來賞花，殷勤招待，好不熱鬧。同輩的鳳姐、李紈，她與她們相處融洽。和前者能互損打趣說說笑笑，跟後者則有一種心照不宣的默契。

對賈珍的侍妾們，她也大度能容。寧國府中秋賞月，尤氏會破例叫侍妾們入席，叫她們一溜坐下，飲了一回。

對晚輩，她的表現也無可指摘。面對在比自己小不了多少的賈蓉，她穩妥和藹，是個合格的繼母；在體弱多病的兒媳秦可卿面前，她是一個無懈可擊的婆婆。

秦可卿病了，她比誰都著急上心，把病因分析得透徹的：「雖則見了人有說有笑，會行事兒，她可心細，心又重，不拘聽見個什麼話，都要度量個三日五夜才罷。這病就是打這個秉性上頭思慮出來的。」

身為同樣出身不高的人，她洞悉這個兒媳的身分焦慮，有一種知之甚深的愛憐。

對於奴才們，她更是心存悲憫同情。四十三回，老太太要給鳳姐眾籌過生日，上上下下都湊分子。

鳳姐使壞，還通知了趙、周兩位姨娘。尤氏便罵她：「拉上兩個苦瓠子做什麼？」

鳳姐的回答是她們：「有了錢也是白填送別人，不如拘來我們樂。」

命運篇　最優秀的人總是先走

後來生日由尤氏操辦，不但私底下還了一批大丫鬟的錢，還把周趙兩位姨娘的錢給還了，她兩個畏懼鳳姐的淫威不敢收，尤氏很硬氣地說：「你們可憐見的，那裡有這些閒錢？鳳丫頭便知道了，有我應著呢。」那兩個人方才千恩萬謝地收了。

因為這份共情和悲憫，也有人說尤氏本就是由妾室扶正的，才格外懂得體諒。

這個小家碧玉，沒念過多少書，沒有硬氣的娘家撐腰，也沒有受過大家閨秀模式的薰陶調教，更沒有機會從小就準備下家族內部管理鬥爭的經驗。她竟也憑著禮數周到、姿態柔軟，圓融和善，愣是在關係錯綜複雜的侯門裡也占得了一席之地，依賴的無非就是四個字：多結善緣。

而這，恰是本分小老百姓家裡養出來的樸素的民間生存智慧。

三

然而這樁婚姻本身，卻是一言難盡。

一方面，她憑藉嫁人實現了火箭上升式的跨越。入主東府後麻雀變鳳凰，生活有了天翻地覆的變化，出入上下見識大開。

第十六回元春封妃，賈府女眷入朝謝恩，賈母領銜的四乘大轎裡，就有尤氏一乘，她的品階比皇帝的丈母娘王夫人還高三級。

當朝服大妝的尤氏在被抬著過御街、進宮門的那一刻，撩開轎簾向外張望，會不會生出「今夕何夕」的恍惚感慨呢？

進宮面聖，這對從前的尤大姑娘來說，是想都不敢想的事，如今樁樁件件在經歷，真是人生如夢啊！

尤氏：如絲一樣柔軟，也如絲一樣堅韌

另一方面，她又不得不忍氣吞聲地接受丈夫賈珍的荒淫無度。大概一開始進得門來，賈珍就先入為主地給她立好了規矩：小媳婦，老子的事妳管不著。

賈珍在外眠花宿柳，在家侍妾成群就不說了，居然不顧人倫，先是睡了兒媳，後和兒子一起「糟蹋」了尤氏的兩個妹子，爺兩個和姐兩個一起陷於「聚麀之亂」，就沒他不敢睡的人。

寧國府臭名遠揚，府裡的丫頭們說：「誰不背地裡嚼舌說我們這邊亂帳。」

府外的柳湘蓮說：「你們東府裡除了那兩個石頭獅子乾淨，只怕連貓兒狗兒都不乾淨。」

小姑子惜春可是寧府裡的正經主子，卻也因為「每每風聞得有人在背地裡議論什麼多少不堪的閒話，我若再去，連我也編派上了」，找機會果斷搬離了寧國府，與他們劃清了界線。尤氏在惜春面前理短嘴軟，拿不出做嫂子的款，忍恥匆匆走開。

不止如此，賈珍居喪守孝期間，為了解悶，以練習騎射為名糾集了一眾紈褲子弟。

三四個月過去，騎射場變成了賭場，「公然鬥葉擲骰，放頭開局，夜賭起來」。

花天酒地，孌養孌童，早把騎射扔到了爪哇國。

第七十五回，尤氏夜裡回來，發現東府門庭若市，門口那「乾淨」的石獅子下，居然放著四五輛大車，這都是來聚賭的人們，儼然「紅樓」版拉斯維加斯。

她嘆道：「坐車的是這樣，騎馬的還不知有幾個呢……也不知道他娘

命運篇　最優秀的人總是先走

老子賺下多少錢與他們，這麼開心。」

她無力制止，只能趴在窗戶根下聽一會，再偷偷罵兩聲，悄悄走開。

沒有家世根基，又沒有為賈珍開枝散葉，誕下過一兒半女，她在他面前腰桿根本直不起來，連基本的話語權都沒有，叫板更是不可能，只能眼睜睜地看著他一路狂奔，把這個家往溝裡帶。

她在他面前做小伏低，隱忍著把日子過下去，這是一個卑微填房的悲哀。

四

出身平民的尤氏也不大會在底下人面前擺架子撂臉子，但俗話說「慈不帶兵」，這種活法風平浪靜時尚可，一遇事似乎就不夠用了。

因此她一直被潑辣能幹的鳳姐詬病為軟弱。

焦大因為不肯出夜車撒酒瘋大罵寧府上下一干人等時，尤氏說：「偏又派他做什麼！放著這些小子們，那一個派不得？偏要惹他去。」鳳姐看不過：「我成日家說你太軟弱了，縱的家裡人這樣還了得了。」

尤氏嘆氣，說還不是因為焦大昔日救主有功，「有祖宗時都另眼相待，如今誰肯為難他去。」

鳳姐卻道：「我何曾不知這焦大。倒是你們沒主意，有這樣的，何不打發他遠遠的莊子上去就完了。」

這個提議很可行，對於那些不聽話又不好乾掉的刺兒頭，最好的辦法其實是打發到一個偏僻的職位上涼涼去，眼不見心不煩。

焦大甚至罵出了那句著名的「爬灰的爬灰，養小叔子的養小叔子」，尤

尤氏：如絲一樣柔軟，也如絲一樣堅韌

氏卻還在一邊裝聾作啞。

直接後果就是心裡有鬼的秦可卿，沒幾天就一病不起了。尤氏再悉心照料，遍請名醫，最終也是香消玉殞。

秦可卿的葬禮是鳳姐一手操辦的，尤氏呢？「犯了胃疼舊疾」直接躺倒。

關於秦可卿的死因還有另外一個「淫喪天香樓」的版本，她因和公公賈珍的不倫之事敗露後上吊自殺。如果是這樣，尤氏的表現便說得通了，一半是羞慚難見人，一半是賭氣給賈珍撂挑子。

家裡亂成了一鍋粥，無奈之下，賈珍求鳳姐出馬主事，才有了後者的閃亮登臺一戰成名，這個展示自我的機會，其實是尤氏讓給她的。

觀察尤氏和鳳姐，是一個有趣的對照。

懸殊的條件造就了兩套截然不同的處世系統，概括成一句話就是胖大海的說明書：天然生長，膨脹係數各異。

也因此，兩人互相都有點看不上對方。前者看不慣後者的囂張，後者則看不上前者的懦弱。

尤氏是暗戳戳的，她曾半真半假地提醒過得意揚揚的鳳姐：「我勸妳收著些好。太滿了就潑出來了。」

鳳姐則是明晃晃的，話裡話外都是對尤氏的鄙視：「妳又沒才幹，又沒口齒，鋸了嘴子的葫蘆，就只會一味瞎小心圖賢良的名。」

尤氏則直認不諱：「何曾不是這樣。」

但，尤氏真的就像鳳姐說的那麼軟弱嗎？不要把她看扁了。

命運篇　最優秀的人總是先走

五

　　如果說尤氏在第十三回錯過了主持一個葬禮，那麼，在五十回後，作者曹公又特地還給了她一個葬禮。

　　公公賈敬在道觀裡誤服丹藥暴斃，消息傳到賈府的時候，賈珍、賈蓉、賈璉都不在家，沒個靠得住的男人，鳳姐又在病中，尤氏只能靠自己。

　　那一回回目叫「死金丹獨豔理親喪」，是尤氏的精采時刻，她的霸氣表現很襯「獨豔」這個美稱：反應迅速卻忙而不亂，雷厲風行又面面俱到。

　　公公的死訊傳來，她沒慌，一面先卸妝以示孝道，一面先下手為強，派人把道士們通通鎖起來。他們再巧舌如簧什麼賈敬「昇仙」了，她也不為所動，飛馬報信給賈珍，等他回來審問。

　　一面帶著人出城往道觀裡來，一面請太醫來做最後的確診，就算人死了也得死個明白。

　　天氣炎熱，遺體不能久放，賈珍回來至少還需要半個月，尤氏遂自行主持停放在家廟鐵檻寺，擇定了入殮日期，三日後便開喪破孝做起了道場。她人在寺內不能回家，便讓繼母帶兩個妹妹在家看家照顧。

　　賈珍父子星夜馳回時，路上迎面遇到本族兩個兄弟領著家丁，原來是尤氏擔心賈珍父子來了，家裡沒人，派他們專門來護送老太太的。賈珍對尤氏的周到讚不絕口，對她各項井然有序的安排連稱「妥當」。

　　不止賈珍吧？所有看到這一折的讀者都會對尤氏刮目相看，書到第六十三回，才看到她平日深藏不露的另一面。如此的穩當妥貼、凌厲果決、思慮周全，還是我們印象中那個心慈面軟的尤氏嗎？

　　賈敬出殯那日，「喪儀焜耀，賓客如雲⋯⋯夾路看的何止數萬人」，風

尤氏：如絲一樣柔軟，也如絲一樣堅韌

光程度一點也不亞於當日秦可卿的葬禮。

婚喪大事的料理是治家能力的考核指標之一，尤氏算是經受住了考驗，而且能耐也一點不比鳳姐差，她捍衛了東府大奶奶的尊嚴。

平日裡的隱忍退讓原是她的保護色。

她不求赫赫揚揚，只求無功無過，外表樸實無華，內心收斂鋒芒，這是很多沒有背景的低調守成者的生存之道。不作為、慢作為，並不代表真的軟弱扶不起來。

六

葬禮一完，尤氏似乎又恢復了從前的中庸面目，被人怠慢輕視時，一律隨緣應對。

鳳姐的老公賈璉勾搭上了尤氏的妹子尤二姐，並不顧尤氏阻攔，偷娶在小花枝巷裡。

鳳姐藉機去寧府大鬧了一場，撒潑打滾、哭天搶地、往尤氏臉上吐唾沫、掰著尤氏的臉破口大罵，對尤氏極盡羞辱之能事，尤氏沒有反抗。尤二姐不堪折磨地自殺後，也沒見尤氏有什麼反應。

在老太太屋裡吃飯，紅稻米飯沒了，丫頭們隨便盛一碗下人吃的白粳米飯給她，她也不挑，給什麼吃什麼，連大丫鬟鴛鴦都看不過眼去幫她換了一碗。

在園子門口被榮國府的婆子輕慢，鳳姐將那兩個人捆了交由尤氏處理，尤氏說不是什麼大事讓把人帶回去，第二天眼見鳳姐因為此事被邢夫人故意挖苦，她居然把自己擇了個乾淨：

命運篇　最優秀的人總是先走

「連我並不知道，妳原也太多事了。」

也不知道是怕事還是故意晾一道，弄得鳳姐裡外不是人，回家大哭一場。

彷彿曇花一現，那個在葬禮上胸中有丘壑、腹內有經緯的尤氏不見了，她又縮回了明哲保身的「烏龜殼」裡去，閉上眼睛就是天黑。

然而潛意識騙不了人，有些情緒其實是在慢慢累積著的。

第七十四回，王夫人發動的大觀園內部抄檢過後，她在李紈處呆呆地坐著，出神無語。

丫鬟們伺候她洗臉，禮數粗疏，素雲沒有出去拿主子們的脂粉，而是拿出自己的給她用，尤氏不計較；炒豆兒端著銅盆沒有按規矩跪下，而是彎腰站在她面前，尤氏也不計較。

李紈等人看不過去，批評下人不懂規矩，她也不尷尬，說了一句：「妳隨她去罷，橫豎洗了就完事了。」

隨後又輕飄飄笑著冒出一句：「我們家上下大小的人只會講外面假禮假體面，究竟做出來的事都夠使的了。」

這才是重點吧？

在這句話的背後，是一段漫長的曲折心路。她是帶著對侯門公府的憧憬來到這個家的，那些繁文縟節的禮數也曾讓她像劉姥姥一樣從心裡讚嘆「禮出大家」。

可是，隨著時間的流逝，她越來越看清楚了這些「體面規矩」的貴族們的真面目。

表面上處處仁義禮智孝，背地裡一再「秀」出道德下限，為了私慾各

尤氏：如絲一樣柔軟，也如絲一樣堅韌

種罔顧人倫國法，搞陰謀詭計，心狠手辣也就罷了，內鬥起來更是跟烏眼雞似的，恨不得你吃了我我吃了你，不用別人抄家，自己人先抄檢起來。

一件件，一樁樁，她看瞎了眼，也看寒了心。從前她仰視他們，如今她蔑視他們。戴安娜（Lady Diana Frances Spencer）生前的保鏢曾經發表過這樣一段對皇室的評論：「你發現了他們的伎倆，這些人的威望，就會徹底消失。」

一樣的，在除魅之後，豪門的那些規矩在尤氏這裡已經一錢不值，別人遵守不遵守已經無所謂了，她懶得配合這個虛偽世界的表演。

「你們玩吧，我不跟了。」這才是尤氏想說的話。

成長也許是一瞬間的事，也許很漫長。

人到中年的尤氏，終於開始有了自己獨立的思考判斷。她浮在嘴邊的冷冷嘲笑，是對虛偽世界的不屑一顧，又何嘗不是一種人性的覺醒？

可是又能怎麼樣呢？日子還不是要一天天地過？無力改變又跳脫不了環境，就做一個頭腦清醒的妥協者冷眼旁觀：「眼看他起朱樓……眼看他樓塌了。」

勘破之後，無奈自會化作無感。

讀《紅樓夢》，很少有人注意填房尤氏這個配角吧？一旦留心，會發現她性格的隱晦複雜性超乎想像。

這個面目平淡的中年女人，出身如蒲草，蒲草韌如絲，她時而如絲一樣柔軟，時而如絲一樣堅韌，更多時候如絲一樣細微不起眼，但是認真端詳，會看到隱隱閃耀的多稜微光。像極了我們身邊那些貌似寡然無味、卻總能活到最後一集的「普通人」。

命運篇　最優秀的人總是先走

賈珠：最優秀的人總是先走

一

不服氣不行，王夫人有個好肚子。

婆婆賈母看不上她，話裡話外地嫌人家嘴笨無趣，不如孫媳婦兒王熙鳳嘴巧招人疼。確實，王夫人大部分時間沉悶無語，像塊潮溼的木頭。但是溼木頭長得出好蘑菇，人家生的孩子個個不凡，正應了《增廣賢文》中的話：「十分聰明用七分，留得三分給兒孫。」

生孩子不像別的，可控性很低，因為基因組合完全無法自主。有點像拆盲盒，也許是驚喜，也許是驚嚇。

同父同母的兩個孩子，更有可能會天差地別。比如薛姨媽，能生出完美的寶釵，也能生出大傻子薛蟠；比如趙姨娘，能生出聰敏的探春，也能生出上不得臺盤的賈環。

誰能像王夫人一樣，把把都「和」啊？而且人家還那麼低調，放眼望去，別說寧榮二府，就是四大家族乃至整個金陵城，誰能跟王夫人比？

生女兒能生在大年初一這一天，長大後還能「一朝選在君王側」，先做女官後封妃，光耀門楣。

生兒子別人是孕育，她除了孕育還孕「玉」，胎兒一落草，嘴裡銜了一塊五彩晶瑩的玉，上面還刻著字。放今天，是要上電視節目的。

還有一個也是人中龍鳳，即長子賈珠。「紅樓」開篇時，他已經離開了這個世界。

二

賈珠的名字第一次出現，是在愛八卦的冷子興嘴裡：「這政老爹的夫人王氏，頭胎生的公子，名喚賈珠，十四歲進學，不到二十歲就娶了妻生了子，一病死了。」

「十四歲進學，不到二十歲就娶了妻生了子，一病死了」，簡單二十一個字，概括完了賈珠的一生。可若細細探究，那是一段生如夏花的生命旅程。

十四歲進學，這已經是常人難以企及的履歷了。明清科舉制度非常嚴苛，童生中只有佼佼者才能通過縣、府、院三級考試，成為生員也就是秀才，這叫做「進學」。考中秀才，就等於有了仕途入場券。

童生沒有年齡限制，有的人考一輩子都沒考中，被稱作老童生。白頭髮的孔乙己就被人調侃過「連半個秀才也撈不到」。蒲松齡當年考中秀才時是十九歲已算年輕，賈珠以十四歲的年紀，幾乎是年齡最小的秀才了，全國也不會有幾個。稱他少年英才，一點都不算奉承。

優秀的祕訣一是天資聰慧，不聰明小小年紀書讀不到這個份上，科考可不是義務教育，是選拔性考試，難度大，錄取率低；二是好學上進，再聰明的孩子，不用功也不可能考中。要整本整本背那些不加標點的書，林語堂稱這種背誦記憶是「艱難而痛苦的事」，看看後來的寶玉就知道了，一聽說「老爺要問你的書」就嚇到裝病。

資質超群的賈珠，前途必定無可限量。一則有國公世家的出身加持，二則他祖上是行伍出身，靠在戰場上浴血廝殺賺下功名，算是武官。和平時期到來，多少會被文官們看不起。賈珠憑真才實學考中生員，為賈府彌補了一項空白，爭了氣長了臉開了個好頭。

命運篇　最優秀的人總是先走

　　他是玉字輩中的人才，他是這個鐘鳴鼎食之族未來的希望，說是內定接班人也不為過。

　　《紅樓夢》第六回，警幻仙姑打算去接黛玉的遊魂來逛太虛幻境，路上遇到了賈府老祖宗寧榮二公的魂魄，兩位苦苦哀求警幻仙姑，說後世子孫雖多，竟沒有個像樣的能繼承家業。矮子裡面拔將軍，也就寶玉，人聰明但不上進，求警幻仙姑帶帶他，讓他走走正道，挽救家運。

　　如果賈珠還在，老祖宗們哪還用陰魂不散地天天守在祠堂裡看著這幫孫子，早手拉手愉快地投胎去了，還指望他寶玉幹嘛？

三

　　古人熱衷於生兒子，無非兩個訴求，一是光宗耀祖，二是傳宗接代。第一條不用說，第二個任務，賈珠也很好地完成了。

　　他不到二十歲就當了父親，娶的是國子監祭酒李守中的千金李紈，門當戶對又溫婉賢淑。婚後兩人性格合拍，琴瑟和鳴，否則不會迅速開枝散葉，生下兒子賈蘭。

　　少年賈珠，尚不到弱冠之年，已經是同齡人中的人生贏家。家世好，學業好，婚姻好，繁衍好，妥妥別人家的孩子，三百六十度全方位無死角。

　　但誰能料到水滿則溢月滿則虧，他竟然一病死了，不知道具體得的是什麼病，應該是急病。

　　賈府之光一夜熄滅，短暫而燦爛。賈府上空的天，黑了。

　　卡繆（Albert Camus, 西元 1913 年至 1960 年）說：最優秀的人總是先走，這就是生活。

分析賈珠的性格,應該是敏而好學的自律型人格,然而終是「慧極必傷」。太優秀了真的會遭天妒嗎?無怪乎蘇東坡說:「我願我兒愚且魯,無災無病到公卿。」聰明孩子活得都累,因他會主動背負起不該他年齡承擔的東西。

他就像民間傳說中的仙界童子,帶著任務來人間歷劫,快速體驗完一趟人生之旅後,回歸本位。只是正值青春華年的妻子,尚在襁褓嗷嗷待哺的兒子,從此成了可憐見兒的孤兒寡母。

他的離去,讓長輩們的餘生留下了濃稠的陰影。大家也許都在反省,是不是對孩子逼得太緊了?於是,便從一個極端走向了另一個極端。

四

賈母對後來生的寶玉,極盡溺愛縱容,再不許賈政管他讀書。

後來寶玉身體一有毛病,賈母就大罵賈政,說是被他逼的讀書寫字,把膽子唬破了。

不但如此,還攔著不讓寶玉早婚,張道士做媒,賈母說「這孩子命中不該早娶」。她未必不認為是賈珠的英年早婚,才導致了英年早逝。

賈政管寶玉,是外緊內鬆,脾氣上來了罵一頓,疏散一下後繼家業無人頂上的焦慮。罵完了並不真行動,制定計畫手把手地實施教導,一丟給賈代儒就完事了。

王夫人跟襲人提到寶玉的教育:「我何曾不知道管兒子,先時你珠大爺在,我是怎麼樣管他,難道我如今倒不知管兒子了?只是有個原故:如今我想,我已經快五十歲的人,通共剩了他一個,他又長的單弱,況且老

命運篇　最優秀的人總是先走

太太寶貝似的，若管緊了他，倘或再有個好歹，或是老太太氣壞了，那時上下不安，豈不倒壞了。」萬一寶玉再有個閃失，這個罪責她擔不起，這個家也承受不起了。

她還信了佛，她們王家之前並沒有信佛的傳統，妹妹薛姨媽沒有，姪女鳳姐更是不信陰司報應。在無常的命運面前，無能為力的人們需要宗教的撫慰。

失去方知珍貴，此時的長輩們，已經把對孩子的期許降成了健康就行。賈珠的早夭，讓大家都成了驚弓之鳥。

長輩們對賈珠遺孤賈蘭的態度似乎也不合常情，按理說應該對他極盡呵護才是，但是沒有，從賈母到王夫人都對他淡淡的。深層次理解他們，恐怕是見了他就難免想到賈珠而觸發傷心，反而有意迴避著這個孩子，這才是真正的人之常情。

關於賈珠，大家都不再提起，好像把他忘了。

然而第三十三回，賈政怒打寶玉時，王夫人急痛之下，竟然脫口叫出了賈珠的名字，哭道：「若有你活著，便死一百個我也不管了。」李紈聽了放聲大哭，賈政的「淚珠更似滾瓜一般滾了下來」。

安徒生（Hans Christian Andersen, 西元 1805 年至 1875 年）說：「有些話，人們不說，不是忘了，而是永遠地留在了人們心裡。」

人的死亡有兩次，一次是生理死亡，一次是被徹底遺忘。逝去的人不會輕易死去，太多時候生者只是假裝把他們忘了，也許是沒有防備的睡夢中，也許是歡樂的人群裡，也許是痛苦降臨的時刻，他們的樣子總會沒有徵兆地冒出來，這一刻，活著的人都會想：如果你在，那該多好。

賈蓉：含垢忍恥地活著，直到自己成為汙垢本身

一

「只聽一路靴子腳響，進來了一個十七八歲的少年，面目清秀，身材俊俏，輕裘寶帶，美服華冠。」這位通身氣派的清俊小鮮肉，讓初進榮國府的村野老婦劉姥姥自慚形穢局促不安，坐也不是站也不是──在美面前，若不是起強盜心，便是生自卑心。

鳳姐說劉姥姥：「妳只管坐著，這是我姪兒。」

這是賈蓉的第一次正面出場。《紅樓夢》的第六回，作者借劉姥姥一個陌生人的眼來告訴讀者：這位寧國府單傳繼承人，端的生了一副好皮囊。

只可惜一肚子男盜女娼，糟蹋了這皮囊。

一提起他，就很難不讓人想到他與賈珍父子兩個的「聚麀之亂」，何況亂倫對象還是自己名義上的姨媽。

第六十三回，賈敬歿了，尤氏要在廟裡料理後事，因家中無人照管，特地將繼母和兩個非親生妹子尤二姐、三姐接來住在上房代為看家。書上寫賈蓉「聽見兩個姨娘來了，便和賈珍一笑」。這父子兩個心照不宣地相視一笑，簡直不要太噁心。

接下來就是調戲尤二姐：「二姨娘，妳又來了，我們父親正想妳呢。」尤二姐拿著熨斗打他，他裝躲反滾到二姐懷裡。

和二姐搶堅果吃，被人家吐了一臉嚼碎了的渣子，他不怒反笑，用舌頭都舔著吃了──這用噁心形容都不夠了，簡直令人反胃嘔吐。

041

命運篇　最優秀的人總是先走

　　丫頭們看不下去，讓他注意影響，說外面人都說寧府裡關係混亂。最經典的莫過於後來柳湘蓮那一句：「你們東府裡除了那兩個石頭獅子乾淨，只怕連貓兒狗兒都不乾淨。」

　　賈蓉卻回答得輕描淡寫：「各門另戶，誰管誰的事。」頗有「任爾東南西北風」的老辣無恥。先是引經據典：「人還說髒唐臭漢，何況我們這宗人家。」彷彿亂搞是貴族階級的特權；接著是援引身邊人的例子做依據，意思是「大家都這麼幹，憑什麼我不行」的理直氣壯，什麼賈璉和他爹賈赦的小姨娘不乾淨啦，什麼鳳姐那麼厲害賈瑞還打她的主意啦，「那一件瞞得了我！」

　　說起賈瑞，又想起一樁：他曾經替鳳姐去敲詐過賈瑞，最後讓賈瑞身心俱毀，一命嗚呼。

　　他還替賈璉說過媒，出於私心把尤二姐糊弄給了賈璉做二房。

　　幾乎每一件拿不上臺面的雞鳴狗盜之事，他都幹得得心應手、熟極而流，完全沒有道德負擔。

　　他此次登門，是跟鳳姐借玻璃炕屏的。對鳳姐各種做小伏低，甜嘴蜜舌，將鳳姐溜舔得那叫一個心花怒放。他一會半跪在炕沿上「求嬸子開恩」，一會被半路叫回來站著垂手侍立，站了半天又讓他晚飯後再來。他的恭順，讓鳳姐在旁觀者劉姥姥面前擺足了架子。

　　但不知為什麼，他們兩個明明是長幼關係，嘴上說的是「求嬸子可憐姪兒」，氣氛裡卻摻雜了男女調情眉來眼去的黏膩。

　　連鳳姐兒給賈瑞下套的時候，都拿他說事：賈蓉那樣清秀，卻不解風情不知人心。以至於有些讀者起了疑心，覺得他們兩個說不定有一腿。不可能的，這兩位純粹是俊男美女互相心知肚明地貧嘴逗樂子，願打願挨地

滿足一下鳳姐作為女性「高層」的虛榮心，舒緩一下神經而已。鳳姐那麼要強，不會拿自己的聲譽開玩笑，給賈蓉十個膽子，他也不敢對鳳姐有非分之舉，只能當奶奶一般供著罷了。

且看後來因賈璉偷娶尤二姐之事敗露，酸鳳姐大鬧寧國府，賈蓉磕頭如搗蒜，自搧耳光的樣子，這兩位哪像是有過半點曖昧的？從始至終，都是鳳姐高高在上。

二

賈蓉乃寧國府長孫，正宗嫡傳人，算起來比榮國府的寶玉都金貴，寶玉上有賈璉，旁有賈環，下有賈蘭，並不是唯一繼承人。賈蓉可是十畝地裡的一根獨苗，寧府傳宗接代的重任都在他肩上，理應集全部寵愛於一身才對。

但全然不是那麼回事。

他的爺爺賈敬，一門心思要成仙，躲在道觀裡煉丹，一煉就是十幾二十年，煉得六親不認。俗話說「小兒子，大孫子」，意即這兩種孩子最受寵，但賈蓉作為大孫子，從來沒有享受到來自祖父輩的疼愛。倒是賈敬過生日，他這個當孫子的，帶著十六盒子好吃的送到道觀裡去行大禮，口稱「我父親在家裡率領闔家都朝上行禮了。」爺爺一高興，派他個大任務，印刻一萬張〈陰騭文〉，分發出去。

他自幼喪母，是個沒娘的孩兒。尤氏是繼母，年齡介於母親和姐姐之間，又過門晚，與他互相之間是以禮相待，沒有多少母子之情。

他有個小姑姑叫惜春，比他還小，性子冰冷孤介，一本書下來，沒見他們兩個說過一句話。很多讀者都意識不到他們兩個的血緣關係這麼近。

命運篇　最優秀的人總是先走

他也沒有兄弟姊妹。

他只有一個父親賈珍，算是最親的人。

可是，這個父親是怎麼待他的呢？

父親加諸給他的是無盡的羞辱和踐踏，從裡到外，從身到心。

美貌嫋娜的秦可卿是他的結髮之妻，但是在他眼皮子底下，父親卻不顧廉恥將之或勾搭或霸占了去。這種事，別說人倫綱常了，但凡顧念一點父子之情的人，都不可能做得出來，但賈珍卻肆無忌憚地做了，到最後還鬧出了一場「秦可卿淫喪天香樓」的桃色死亡事件，在兒子賈蓉面前沒有半點羞愧之色。

賈珍對他的直接管教更近乎於羞辱。

第二十九回，清虛觀打醮，因為他沒有在賈珍面前伺候進了鐘樓，賈珍道：「我這裡也還不敢說熱，他倒乘涼去了！」換一般人頂多罵兩句也就算了，但賈珍的方式卻聞所未聞，「喝命家人啐他」──往他臉上吐唾沫。一名小廝就衝賈蓉臉上吐了一口，賈珍說「問著他」，小廝就問：「爺還不怕熱，哥兒怎麼就乘涼去了？」這熟練之極的程序化一啐一問，隱含著有太多的資訊量，說明這種懲罰方式在父子兩人之間已經不是第一回，是家常便飯的事情。這種人格上的侮辱比賈政拿著板子打寶玉，更令人無法直視。

賈蓉現身說法，演繹了什麼叫「唾面自乾」。

所以就能解釋為什麼尤二姐啐他，他才那麼滿不在乎，反而是一種享受，原來是早被啐慣了，啐皮了。

他不像父親的兒子，更像是父親的一條狗，召之即來揮之即去，想打就打想罵就罵，高興了丟給他一根肉骨頭，不高興了一腳踢開。也只有帶

著他一起幹吃喝嫖賭齷齪之事時，他才能感到被接納。

以這種變態方式養大的孩子，只能成為一個沒有自我意識的低自尊者。他們會有「討好型人格」，消極又自我放逐，沒有被愛過，也不會愛自己，更遑論愛別人和愛生活。

三

焦大醉酒，悍然罵出這家主子「爬灰的爬灰」時，小廝們被唬得魂飛魄散，塞了他一嘴馬糞。而當事人賈蓉的反應是「裝作沒聽見」。

他的真實感受是什麼呢？無從得知。

清醒著就痛苦，不妨讓自己麻木。這也許是他能坦然地與父親共同分享尤二姐的原因，他振振有詞地對丫頭普及「髒唐臭漢」論時，焉知不是與自己的恥辱尋求和解？那楊貴妃原來可不就是唐明皇的兒媳婦？說服自己接受現實，合理化眼前的一切骯髒，直到自己也成為這骯髒的一部分。

秦可卿死後，他父親拄著拐哭得死去活來，以一個「杖期夫」的形象出現，卻未見得他怎麼難過傷心。不知道在賈珍介入之前，賈蓉與秦可卿的關係到底怎樣呢？他與可卿的婚姻狀況真是一個謎。

我們看到的賈蓉，長成了一個畸形扭曲的「兩面人」：又奴性又混蛋。對內是一個孝順的孫子，恭馴的兒子，會來事的姪子，膝蓋特別軟，對著長輩們說跪就跪，特別會討人歡心；一轉身，又變成一個什麼缺德事都幹得出的混小子，一個聲色犬馬的紈褲子弟：來啊，快活啊！反正有大把時光。

也許這世上被侮辱和被損害的人們，修復療癒的管道都不盡相同，而自我麻痺也是一條常見的路徑。

命運篇　最優秀的人總是先走

許多貌似沒心的人,不是天生沒心,而是他們的心已被石化。冰冷虛妄的人世間,他們唯一活下去的樂趣,就是淪為慾望的奴隸,無可選擇地去墮落。

甄士隱:是誰在造謠?說好人一定有好報

一

「我這一生未曾做過壞事,為何會這樣?」張國榮寫下這樣一句遺言,從樓頂一躍而下。

他死後,每年的四月一日,演藝圈的人們都要隆重紀念他一番,他生前的故人們,每一個人,都在不遺餘力地回憶他在世時,對他們種種的好。

好有個屁用,人還不是死了。越誇他,越讓人想到那句令人不寒而慄的話:「高尚是高尚者的墓誌銘。」我曾經在書裡面寫過:「古人說『方寸若好,吉地自得』,人在世上混,以為靠高尚的道德就能換取生存空間是天真的一廂情願。現實冷硬,單靠方寸活,遲早要在傷害面前失了方寸,痛苦地問十萬個為什麼。」

這大概才是問題癥結所在。

不信你來翻《紅樓夢》,號稱有一顆絕世悲憫之心的曹雪芹,並沒有讓好人們都有好下場,相反,他持一種冷靜的殘忍,把那些好人們的命運一一撕碎了給你看,再把碎片向上揚起,灑你一臉血淚。

他頭一個撕的,就是將「真事隱去」開啟「紅樓」大戲的人物甄士隱。

甄士隱：是誰在造謠？說好人一定有好報

二

士隱，這個人名，本身就透著潔淨淡泊，「志士不飲盜泉之水」，連他家住的巷子都有個高尚的名，叫「仁清巷」。他本人秉性恬淡友善，嫡妻封氏賢淑明理，是一對三觀契合的幸福伴侶。

身為姑蘇閶門鄉宦，他有閒有錢，成天在家觀花修竹，酌酒吟詩，沒事了上街「遛遛」漂亮的女兒，過的是神仙的日子。物質富足，無憂無慮，只是，按照馬斯洛層次理論，多少會有點寂寞吧？如果能再有一半個能談得來的朋友，人生就圓滿了，就像《還珠格格》裡那樣，能一起「看雪看月亮，談整整一夜，從詩詞歌賦談到人生哲學⋯⋯」

暫住在隔壁葫蘆廟裡賣字作文的窮儒賈雨村，有文采有見識，恰恰填補了甄士隱這一項生活空白。「與君初相識，猶如故人歸」，遇到賈雨村的甄士隱，有一種終於找到能一起愉快玩耍的同伴的感覺。

曹公介紹賈雨村時這樣說：「士隱常與他交接。」可見在這段關係裡，甄士隱始終是主動的那一方。

三

賈雨村第一次出場是烈日炎炎的夏天，甄士隱本來是在「遛」女兒，一見他，立即命人把女兒送回去，與他「攜手」來至書房中喝茶，待之不可謂不重視不親密。

這就是傳統文人待人的天真之處：只要認可對方的才華，就會自動載入「月暈效應」，全面拔高對方。甄士隱如是，後來的賈政亦如是，他們待賈雨村的方式如出一轍，但凡他的就是好的，賈政在大觀園裡命眾人題

命運篇　最優秀的人總是先走

檻聯時的那句「若妥當便用；不妥時，然後將雨村請來，令他再擬」，毫不掩飾自己的真愛。

中秋節來臨，甄士隱備好美酒佳餚，親自來請賈雨村，說什麼團圓之節，「想尊兄旅居僧房，不無寂寥之感……邀兄到敝齋一飲」。唯恐他「佳節倍思親」。賈雨村欣然前往，不去白不去。兩人對著一輪圓月又吃又喝，聊得很過癮。賈雨村藉著酒勁忘乎所以，口占出了「天上一輪才捧出，人間萬姓仰頭看」，暴露了他要出人頭地的狂放野心和赤裸裸的功名欲望。

甄士隱大聲點讚，說「兄弟，你這是要紅呀！」

賈雨村說：「可惜我沒錢。」

甄士隱說：「我有，早就想給你了。」

甄士隱立即送上白銀五十兩做進京趕考的盤纏；怕賈雨村路上凍著，貼心地送上冬衣兩套；還挑好了出門的黃道吉日。第二天一早，又覺得自己做得還不夠，寫了兩封薦書給京城官宦人家，找好了進京的住處給賈雨村——親爹對兒子，也不過如此了吧？

如此上趕著的細緻周到，甄士隱，你也是雙魚座嗎？

可惜啊，人家賈雨村拿著錢物，天不亮就一溜煙走了。

賈雨村的為人初露端倪。不管怎麼說，人家幫你這麼大的忙，好好當面跟人告個別，遲個一半天再走有什麼關係呢？留的那一句「總以事理為要，不及面辭了」，其實是「我的利益最重要，禮數就乾脆不講了」。這是典型的利己主義者才能做出來的事情，和甄士隱的「利他」風格截然相反。

對於賈雨村驟然離去，甄士隱是愕然的吧？但也「只得罷了」。

也許在困境中掙扎過人心會變硬，而那些一直被生活善待又內心溫軟的人，恐怕很難理解前者的那種不顧姿態所為何來。

四

他們的命運就此開始反轉。

賈雨村揣著那五十兩紋銀打開了自己人生的新大門，「十年寒窗無人問」後，他中舉了，一舉完成了階層跨越，做起了知府太爺。

仁清巷的甄士隱呢？本以為退回自己的生活，繼續過觀花修竹、讀文頌詩的神仙日子就好，奈何如金聖歎評《水滸》中的林沖：「與人無患，與物無爭，而不知大禍已在數尺之內。」

元宵之夜，僕人霍啟弄丟了甄士隱唯一的女兒英蓮，自己畏罪逃之夭夭，老兩口尋女不著，為此一病不起。

兩個月後的三月十五，葫蘆廟油鍋著火，連帶一條街都陷入火海，隔壁的甄士隱家在劫難逃，被燒成了一片瓦礫場。

沒關係還有田莊，可以去田莊安身。偏又值「水旱不收，鼠盜蜂起」，搶田奪地，官兵剿捕，沒法安生度日。

把田莊賣了，帶著銀子去岳丈家投親；又被岳丈坑，將他的錢半哄半賺，打發了他幾塊薄田朽屋，他又不大懂莊戶營生，一兩年過去，幾乎淪為社會底層。

還是魯迅那句話：「有誰從小康人家而墜入困頓的嗎？我以為在這途路中，大概可以看見世人的真面目。」落魄後，沒料到頭一個來踩他的人，竟恰是他最信任的親人。老婆的親爸爸封肅開始人前人後數落他「好吃懶

命運篇　最優秀的人總是先走

做」，他才明白自己看錯了人。

張愛玲筆下《傾城之戀》的女主角白流蘇，不也是這樣嗎？離婚之後回娘家，自己手裡那些私房錢零零碎碎都貼補給了哥哥，七八年後，錢被掏光，就開始被哥哥們各種嫌棄，說既然前夫死了，你不如回去做遺孀，再賴在娘家便是不懂事。

「金滿箱銀滿箱，展眼乞丐人皆謗。」人生的真相就是這麼不堪。

當你身陷困境時，有些曾經與你親密甚至受過你恩惠的人，為了急於撇清，最擅長的就是一邊袖手旁觀，一邊站在道德高地對你的人格進行攻擊，彷彿這樣就能洗脫自己的不作為和不道義。在對你一次次的攻擊中，既混淆視聽，也完成對自己的催眠：「你的不幸是你造成的，與我無關。」以期獲得心理上的平靜，逃避良心的譴責。

千萬不要指責他們，他們說不定巴不得你如此，正好給他們辯解、推諉的機會，一翻臉就會演變成羅生門，孰是孰非該信誰？再說絕大多數圍觀者是來吃瓜的，他們不會履行陪審團的義務。

真相雖心刺骨，但越早一天明白越好。

「我這一生未曾做過壞事，為何會這樣？」曾經吃風拉煙的甄士隱，也是這麼追問過蒼天的吧？生活的重錘一錘一錘錘下來，他漸漸有了「下世的光景」，人品超逸的散仙成了「倚杖柴門外，臨風聽暮蟬」的衰病老叟。

參透命運的無常，無非就是那三個字：「甚荒唐。」他跟著跛腳道士飄飄而去：老子不玩了。放棄紅塵，它好或壞再與自己無關。

幻滅之後，才得超脫。

五

　　甄士隱走了，賈雨村回來了。他頭戴烏紗帽，身著猩紅袍，坐著八抬大轎，在大街上招搖而過。一眼認出了買線的甄家丫鬟嬌杏，那個他曾經暗戀的姑娘。

　　他先是給了封肅二兩銀子，再是送來兩封銀子四匹錦緞作為當日之恩的答謝，這個數目應該不低於當年甄士隱贈他的那五十兩。要了嬌杏做二房後，又封百金加上許多物事，一是作為彩禮，二是為了資助封氏的生活。

　　做到這份兒上，表面看起來，賈雨村也算有情有義了。

　　但是，別忘了，他還信誓旦旦在封家人面前再三說過要幫忙找到英蓮：「不妨，我自使番役務必探訪回來。」

　　事實上呢？英蓮拐賣案卷真的到了他案前，他卻「葫蘆僧判葫蘆案」胡亂結卷。

　　飾演過八七版電視劇《紅樓夢》香菱一角的陳劍月老師，在一次閒聊中，提到賈雨村，曾經悲憤地說：「甄士隱當初是怎麼對他的？他明明可以解救恩人的女兒，卻為了巴結四大家族，昧著良心裝聾作啞，任由薛大傻子將之擄走，在此後經年裡，守口如瓶。他是怎麼做到的？」

　　是的，「他是怎麼做到的？」天真的好人們都會這麼問。

　　人與人的差別，本來就像物種與物種之間的差別那麼大。

　　沒有利益衝突時，看起來個個都是可交的，但只有他的利益與你的發生衝突時，才能徹底看得清各人真面目。

　　好人們常常會生出一種天下大同的幻象：以為每個和自己交好的人都

命運篇　最優秀的人總是先走

和自己一樣，平日裡相依相伴，有難時鼎力相助。

結果呢？你對世人存著始終如一的希冀，到頭來才發覺世人各有各的可惡。預期低一點，受傷隨之小一點。

不要希圖每個人都像自己一樣願意雪中送炭，得容許有灰色地帶，大部分人只願意錦上添花。有的人可以過命，有的人只適合清談，有的人適合合作雙贏，有的人則適合勾肩搭背，營造假繁榮——那也不是完全無益的，人生需要一點熱絡幻象。

只是你在心裡要分清，不要搞岔，誤把人情當交情，把交情當真情。「酒肉穿腸過，分寸心中留」。

如果吃過他們的虧掉過他們的坑，又暫時沒法把界線劃清，不妨學精，開始量入為出，標好感情的刻度，一不越界，二不錯付。

想做好人全憑自願，但是得明白：不是所有的人類，都配得上你的好。但行好事，至於回報？呵呵，隨緣。

封氏：她的一生，是女版《活著》的故事

一

讀「紅樓」，會忍不住想，如果我是封氏，猜想會夜夜焚香，指著老天爺破口大罵，順便向竇娥致敬。

竇娥曾經這樣罵：「天也，你錯勘賢愚枉做天；地也，你不分好歹何為地？」換了封氏，只應該罵得比這更狠、更難聽、更口不擇言才對。因

封氏：她的一生，是女版《活著》的故事

為若不是瞎了眼蒙了心，老天爺怎會派發給她這樣的人生？

她的丈夫是鄉紳甄士隱，夫妻恩愛，性情相投，衣食無憂，賞花修竹，膝下有一個玉雪可愛的女兒英蓮承歡，過得如神仙眷侶一般，人人羨慕。

甄士隱為人樂施好善，禮讓有加，尤其是對讀書人。賈雨村就是受他資助了五十兩紋銀，才有了進京趕考的盤纏，拿到了人生第一筆創業資金，從此走上光明又陰暗的仕途，甄士隱，堪稱天使投資人。

封氏的為人呢？曹公用八個字概括：「情性賢淑，深明禮義。」這是在為好女人蓋章。

都說善有善報惡有惡報，但在他們夫婦身上完全不適用。

人到中年，忽遭厄運連連。英蓮被拐，遍尋無果，緊接著被隔壁葫蘆廟一場大火殃及，燒得自家宅院只剩滿地瓦礫。投親卻被親生父親算計，遭娘家人白眼，丈夫心灰意冷看破紅塵，丟下她一走了之，生死未卜，剩她一人在世間苦熬……試問還有比這更缺德的命運嗎！

老天怎麼能這樣對待一個好人呢？

好有什麼用？在突如其來的厄運面前，人好反而會起反作用。人好，就意味著柔善，柔善者不擅長廝殺和搶奪。

如果環境一直優渥，跟籠中飼料雞一樣，他們的生存能力會加速退化。

當然也可能因果是反的，如同電影《寄生上流》裡說的：「不是有錢卻很善良，而是有錢所以善良。」「金錢就像熨斗，把一切都燙平了。所有皺褶都被燙得平平的。」

無論哪一種情況，都注定了他們一旦被丟到叢林社會，只能淪為食物鏈的末端，根本沒有絕地反彈的能力。

命運篇　最優秀的人總是先走

■ 二

　　蘇州仁清巷裡的這一對中產夫婦，變故面前，也只會一再退讓。

　　房子燒沒了還有田產，那就去田莊安身，可是田莊近年水旱不收——看到了嗎？這叫後續資本營運不力，再來就是資金鏈斷裂了。

　　溫水煮青蛙的日子，其實早就不安全了。

　　即便不失火，甄家也已經在坐吃山空，這樣的活法不改，兩三代之後必定階層下墜，淪為引車賣漿之流。

　　水旱不收，鼠盜蜂起，搶田奪地，難以安身。此等局面根本應付不來，他們只好把田莊折賣掉。這一步沒什麼大毛病，落袋為安也好，識時務者為俊傑。

　　他們下一步選擇了投親。投靠封氏娘家，這麼做好像也沒毛病，困窘時投親靠友，很多人都這麼做過。但明白人會知道這是權宜之計的過渡期，凡事最終還是要靠自己。而這一對呢？沒吃過社會的虧，多年的順境讓他們全無一點防人之心，將自己最後的養老身家都託付給了父親封肅，讓他幫忙買房買地。

　　再有一層，他們習慣了守業吃現成，重新創業完全搞不定，正好假手他人，也正好被人家半哄半騙。

　　另一種生活開始了，和往日時光完全迥異，甄士隱的短板越發明顯。從前僕婦伺候，躺在祖輩家業上無憂無慮，吟風弄月，日子美好得像加了濾鏡。現如今生計稼穡，柴米油鹽，哪一樣都湊到鼻子尖前來，生活粗糲的紋理避無可避，因束手無策而束手就擒。

　　甄士隱，像不像《亂世佳人》(Gone with the Wind) 裡面的衛希禮？溫和，

高貴，有詩意，為審美而生不適合打拚。他們的身邊，都有一個賢淑的女人，衛希禮有美蘭，甄士隱有封氏。

甄家的日子每況愈下。落在封肅嘴裡，甄士隱便成了好吃懶做不善過活——換個角度看，似乎說得不錯，百無一用是書生。

是封氏的親生父親又如何？這世界，終歸是慕強的啊。

三

文人有文人的辦法。

潦倒窘迫的現實面前，他們總能為自己覓得一處精神棲息之處，暫排苦思。

陶淵明當年辭官歸家，種地種得一塌糊塗，還有臉寫「種豆南山下，草盛豆苗稀」，活得沒人搭理了就寫「窮巷隔深轍，頗回故人車」，餓得慌去討飯就寫「飢來驅我去，不知竟何之。行行至斯里，叩門拙言辭」。

蘇東坡更不用說了，被貶黃州時一個「揀盡寒枝不肯棲，寂寞沙洲冷」千古流傳。

甄士隱也是，當街遇到一個跛足道人，聽人家唱了一曲〈好了歌〉，立即徹悟，對上一首解注詞，「亂烘烘你方唱罷我登場，反認他鄉是故鄉。甚荒唐，到頭來都是為他人作嫁衣裳！」說透命運的無常。他跟道人一拍即合，飄然而去，身後紅塵瑣事一概拋下，瀟灑得一如後來的李叔同。

相傳李叔同當年執意出家，其妻追至虎跑寺，悲憤泣血質問：「你慈悲對世人，為何獨獨傷我？」前者默然，無言以對。

命運篇　最優秀的人總是先走

慈悲給世人，殘忍給家人，是他們的共通處。遇上有靈性宿慧的他們，是福也是劫。

李叔同的妻子想找丈夫尚有可尋之處，而封氏沒有，甄士隱跟著跛足道人上天入地，無蹤可覓，她除了哭得死去活來，毫無辦法。上一次這樣哭，還是女兒英蓮丟失的時候。

一個女人，先失孩子後失丈夫，孤苦如飄萍，讓她怎麼活？甄士隱苦，英蓮苦，封氏是苦上加苦。甄士隱成仙得道解脫了，英蓮乾脆忘了家鄉父母，別人問起時，笑嘻嘻地說不知道。只有封氏，她不得解脫，也無法忘記，在苦水裡泡著，泡著。

女性的韌性令人刮目相看，她竟然沒有死，也沒有瘋，而是頑強地活了下來。還帶著兩個丫鬟靠做針線活發賣，幫著父親過活。換個角度看，她比男人強。

這簡直是另一個《活著》的故事，封氏堪比女版福貴。

得到故人賈雨村的消息時，她「心中傷感，一宿無話」，未曾失控失態，說明她已經接受現實。

賈雨村最後一次見她，娶走了她的貼身丫鬟嬌杏，送給她很多錢物，令其好生養贍。

他還說了：會幫她找回女兒。

並沒有。他後來並非不知道她女兒的下落，但人在官場權衡利弊，惹不起四大家族的薛家，反而順水推舟裝乖討好，昧了良心，任由英蓮被惡少強搶而去。

直到最後，封氏也沒有等到全家團圓的一天。

命運將她玩弄於股掌之上任意搓弄，她一樣樣捱過去，走完了餘生，

痛不欲生之後，歸於平靜。

細看封氏的人生故事，就是一個宜家宜室的傳統好女人，面對倒楣人生努力活下去的故事。她只是曹公指縫裡漏下的一個小人物，占不了幾行字，分量很輕，但是她的命運卻太過沉重。她像一株被丟出溫室的植物，經狂風暴雨幾次摧折，幾次倒伏在地，卻也總能緩過一口氣後，重新泛綠。不說別的，單單在深痛巨創之後能夠神志清明地活下去，就足夠讓人肅然起敬。

襲人：被母親捨棄的女孩怎樣長大

一

襲人姐姐是典型的照顧型人格，對身邊所有人，能不能照拂的都一律照拂，她是出了名的賢人。但唯有對母親的態度，讓人看不懂。

五十一回，襲人的哥哥花自芳來賈府求情，說自己母親病重，想見女兒一面，求開恩讓襲人回家一趟。

王夫人馬上就准了：「人家母女一場，豈有不許她去的。」並馬上吩咐鳳姐去辦。

來看看鳳姐怎麼辦的。她把周瑞家的叫了來，「再將跟著出門的媳婦傳一個，妳兩個人，再帶兩個小丫頭子，跟了襲人去。外頭派四個有年紀跟車的。要一輛大車，妳們帶著坐；要一輛小車，給丫頭們坐」。算算，這陪著襲人回家的就是八個人，好大的陣仗。

命運篇　最優秀的人總是先走

　　鳳姐兒又傳話給襲人，叫她穿幾件顏色好的衣裳，大大地包一包袱衣裳拿著，包袱也要好好的，手爐也要拿好的。穿戴好了來她這裡，讓她過了目才能走。

　　看到這裡，禁不住要責怪鳳姐了：「人家老媽躺在榻上硬撐著不嚥氣，就等著見女兒一面呢，妳倒是快點放人家回去呀！」到底是賈府面子重要，還是人家母女之情重要？

　　過了「半日」，襲人才穿戴好來了。頭上戴金釵珠釧，身穿桃紅百子刻絲銀鼠襖，蔥綠盤金彩繡錦裙，外面穿著青緞灰鼠褂，花紅柳綠，十足一個闊氣少奶奶。這感覺哪裡是要回家奔喪，分明是衣錦還鄉回娘家。

　　鳳姐兒還嫌襲人的褂子素，又笑道：穿著冷不暖和，該穿一件大毛的。

　　襲人笑著回：太太就只給了這件灰鼠的，還有一件銀鼠的。說趕年下再給大毛的。

　　鳳姐兒笑道：把我的穿上好了，等過年太太做的時候也做一件給我，就當妳還我了。

　　眾人都笑道：「奶奶慣會說這話。成年家大手大腳的，替太太不知背地裡賠墊了多少東西，真真的賠的是說不出來，那裡又和太太算去。偏這會子又說這小氣話取笑兒。」鳳姐兒笑道：「太太哪裡想的到這些……」停！你們在這裡你笑她笑大家笑，真是不知人間疾苦啊。

　　其他人也就罷了，襲人呢，也跟著眾人一起說笑，好像病危的是別人的媽。她怎麼這麼無所謂呢？

　　說笑間，鳳姐兒又讓平兒給了襲人一件石青刻絲八團天馬皮褂子，又看包袱，見是一個「彈墨花綾水紅綢裡的夾包袱」，不行，再給一個「玉色綢裡的哆羅呢的包袱」，又命這個包袱裡要包上一件雪褂子。

於是平兒去找，拿回來兩件，一件大紅猩猩氈的，一件大紅羽紗的——又是半天過去了。平、襲兩人還有挑有揀有商有量，最後決定拿猩猩氈的，羽紗的送給邢岫煙。

讀者禁不住要大喝一聲：襲人妳倒是快點啊，這是擺闊的時候嗎？妳媽快撐不住了！

對比賈敬暴斃後，賈珍父子星夜趕回，到了靈堂放聲大哭跪爬著進去。尤氏身為沒有血緣關係的兒媳，還記得要先卸妝以示孝道。襲人的表現真不像一個親媽快嚥氣的孝女。

換個人心急如焚歸心似箭，哭都哭死，但見她穿金戴銀不慌不忙，慢悠悠地換行頭，慢悠悠地聊天說笑，慢悠悠地帶著一行人坐車回去，不像是去和母親生死訣別，倒像是去赴一個不得不敷衍一下過場的宴會。

這是襲人最不像襲人的一次，也是最像襲人的一次。不像是因為這和她平日重情重義熱心大姐的形象判若兩人，最像是因為她不經意間暴露了自己與原生家庭的關係。

二

我們印象中的襲人，永遠嘴角朝上眼裡含笑，在不經意間悄悄嘆一口氣，操心使然。她是友善的，周到的，也是勤勉的，緊繃的，「一時我不到，就有事故」，帶著一股非我莫屬的責任感，這是她在職場中的人設。

工作場合之外的她，寶玉有幸見到過一次。那是第十九回，襲人過年回家，寶玉在家窮極無聊追了過去。在城外尋常陋巷的小院裡，與平日在怡紅院忙忙叨叨張羅的樣子不大一樣，她正樂陶陶坐在炕上與幾個堂表姐妹吃果茶，敘親情，說說笑笑。

命運篇　最優秀的人總是先走

　　儘管蓬門茅舍，那一桌子果品簡陋到沒有寶玉可入口之物，然而她可以什麼都不想什麼都不做，只做花家的女兒和妹妹，盡情放鬆。

　　家裡人喊她時喊的應該不是寶玉給取的「襲人」，也不是賈母給取的「珍珠」，是她在家時的乳名。

　　看上去很美，很溫馨，很天倫之樂。

　　但，沒有哪一種愛不千瘡百孔，親情尤最。

　　晚間她回來，寶玉問起她那個穿紅衣服的姨妹子，順嘴說也弄進園子來一起玩就好了。沒想到襲人冷笑道：我一個人做奴才就算了，難道我家親戚也是做奴才的命不成？將寶玉噎了個乾瞪眼。

　　她後來解釋道雖然表妹沒有當小姐的命，「倒也是嬌生慣養的呢，我姨爹姨娘的寶貝」。你好好體會一下，這句話裡包含了多少心酸與羨慕！

　　緊接著，她一邊感嘆妹妹嫁妝都備好快嫁人了，一邊嘆「如今我要回去了，他們又都去了」。嚇得寶玉一激靈，她趁勢說出自己媽媽和哥哥商議幫她贖身的事兒，潛臺詞不過是「我也有人疼」。

　　但事實上呢？一半真一半假。母兄贖她是真，她回去卻是假。

　　她對母兄說：「當日原是你們沒飯吃，就剩我還值幾兩銀子，若不叫你們賣，沒有個看著老子娘餓死的理。」家中窘迫揭不開鍋，父母環顧四周，就剩年幼的她還有點市場價值，於是咬咬牙將她賣與侯門為奴，換點口糧。

　　當時的襲人也就是七八歲吧，是懂事的孩子，擦乾眼淚不哭不鬧，乖乖地跟著人牙子走了。

　　走的時候她有一步三回頭嗎？初到賈府有受氣受委屈嗎？夜深人靜她有咬著被角小小聲哭嗎？一定有，早熟的孩子都是這麼長大的。

曹公一開始如此介紹她：「這襲人亦有些痴處：服侍賈母時，心中眼中只有一個賈母；如今服侍寶玉，心中眼中又只有一個寶玉。」

廢話，那是因為她被切斷了退路。

她父母幫她簽的賣身契是死契，即永不贖回，轉賣、婚配都由買家決定。

三

當做奴才成為畢生的功課，她只能死心塌地地做一個忠僕，無論哪個職位，伺候的對象是誰，她都心氣不散、不頹不混，盡己所能交出一份讓東家滿意的答卷。

恪盡職守加一點順勢而為的心機，與寶玉有了肌膚之親，又憑藉一席諫言拿下王夫人，成為板上釘釘的內定姨娘，實現了階層跨越。

這已經是她能力範圍內能賺來的最好收梢。

日子既然是一條既定跑道，那就調勻氣息、耐心地勻速跑下去，跑到終點。所以，襲人的個性根本不是「賢惠」那麼單一，她還有她的強韌與控制力。

老道的薛姨媽一眼看穿她：「她的那一種行事大方，說話見人和氣裡頭帶著剛硬要強，這個實在難得。」那是因為人家奴才的身子裡，明明長著一顆當家主母的靈魂啊。

守得雲開見月明，她剛為自己長長舒了一口氣。不長眼的家裡人跳出來要替她贖身。

什麼？早不贖晚不贖，偏在她好不容易給自己打拚下一片天的時候，

命運篇　最優秀的人總是先走

他們良心發現了。要求賈府開恩把死契變活契,把她贖回來,這豈不是要她前功盡棄?

襲人立刻生氣:「……如今幸而賣到這個地方,吃穿和主子一樣,又不朝打暮罵。況且如今爹雖沒了,你們卻又整理的家成業就,復了元氣。若果然還艱難,把我贖出來,再多掏澄幾個錢,也還罷了,其實又不難了。這會子又贖我做什麼?」

按理說贖身是好事,從奴才再變回自由身,但是她第一個念頭竟然是家人想把她「二次回收」後再賣個好價錢,找個婆家再賺一筆彩禮。年幼時被母親捨棄的陰影,讓她下意識地把自己當成一個永遠的受害者。

原來她對他們的怨恨一直都在,對被賣這件事始終耿耿於懷。雙魚座女生的特質就是一邊寬諒,一邊記仇。

「當日既送我到那不得見人的去處……」這是《紅樓夢》裡另一個女兒元春,成為皇妃後榮耀省親,見到母親王夫人時說的第一句話。她被送去的地方可不是勾欄瓦肆煙花巷,而是別人做夢都不敢想的皇宮,照樣委屈得不行。

也許每一個被父母過早捨棄的孩子,即使後來過得再好,對被捨這件事也無法釋懷。這種傷害不可能完全消失,只能隨著時間減輕,那可能是汲汲半生也難以癒合的傷口,看似結痂,一碰仍然會痛、會出血。

尤其是女孩。

所以那些沒有父母庇護、背景加持,憑一己之力讓自己不墮落、不盲從、不被吞沒,還能脫穎而出的女孩子是多麼不容易,哪怕那點收穫在別人眼裡並沒有多麼了不起。

面對要被贖回的想法,襲人很是哭鬧一陣,話說得冷而扎人:「權當

我死了，再不必起贖我的念頭！」

被迫切斷了與家庭的臍帶後，她們凡事靠自己，被迫長大、也被迫冷硬；被迫獨立，也被迫涼薄。

母親臨終時，襲人的躊躇，一方面原因是賈府規矩大，一方面原因也是沒有那麼所謂了。倒是母親，非要挺著一口氣，見她最後一面——她對她有愧。

辦完母親的喪事，襲人又回到了怡紅院。她和同樣喪母的鴛鴦，兩人歪在榻上聊這件事，語氣清淡，像是在說別人的事。

鴛鴦嘆：沒想到，妳還能為母親送個終。

襲人說：這我也沒想到。

又說：太太賞了我四十兩銀子，這倒也算養我一場，我也不敢妄想了。

這句話要劃重點，「倒也算養我一場」，語氣裡充滿了感恩與親暱，在她心裡，這裡才是自己的家。從小家女成大家奴，在被母親捨棄的那一刻，她就與她切割清楚、兩不相欠了。

世上沒有無緣無故的愛與恨，也不會有無緣無故的冷漠。

喜鸞：那個只有一句「臺詞」的窮人小姑娘

一

《源氏物語》裡說：「世間還有這樣的事：默默無聞、淒涼寂寞、蔓草荒煙的蓬門茅舍之中，有時埋沒著秀慧可喜的女兒，使人覺得非常珍奇。

命運篇　最優秀的人總是先走

這樣的人物怎麼會生在這樣的地方,真個出人意外,教人永遠不能忘記。」

不是非得錦衣玉食琴棋書畫,布衣素顏粗茶淡飯,照樣養得出陋室明娟。

這樣的女兒《紅樓夢》裡當然也有。

在第十五回裡,她叫二丫頭;在第四十九回裡,她叫邢岫煙;在第七十一回裡,她又叫賈喜鸞,這名取得市井又鄭重,是賈府玉字輩族男賈瑞的妹妹。

要說她家「淒涼寂寞、蔓草荒煙」倒是不至於,但是跟本家賈府比起來,的確算得上是蓬門茅舍了。

她跟著母親去給賈府太君拜壽,竟幸運地中了大獎,獎品是「大觀園深度二日遊」。

那年喜鸞大約正值荳蔻,正是對人生諸事將懂未懂的年紀,但賈母仍然在自己的生日宴席上,一眼將她從人堆裡離析出來。

二十多個滴滴答答的孫女兒呢,單單看中兩個,一個叫四姐兒,另一個就是她。

她留下她們,在園子裡住幾天 —— 這就是賈母:喜歡誰,就留誰住下,因為她們「生得又好,說話行事與眾不同」。

賈母看人,向來就看這兩樣。至於貧富門第,她反而不在乎。就連為孫子擇偶都是這態度,貴族聯姻居然不管門當戶對,只以人為本:「可如今打聽著,不管他根基富貴,只要模樣配的上就好,來告訴我。便是那家子窮,不過給他幾兩銀子罷了。只是模樣性格難得好的。」

老名媛的確夠灑脫前衛。

喜鸞：那個只有一句「臺詞」的窮人小姑娘

「模樣好」即顏值高，至於「性格」，看「說話行事」唄。

語言是思維的外殼，靈透孩子一張嘴就知道她腦仁有幾兩，外加行事爽朗大方不扭捏，多半就錯不了。

賈母看人，何時走眼過？喜鸞的出挑不言而喻。

更兼她身上還有一種未經雕琢的天真。平民人家雖物質粗陋，但人際關係簡單，孩子反易得到更充沛的關愛，小門小戶的嬌養，養出了喜鸞的一派明亮嬌憨。

她就像剛出山的泉水，潺潺淙淙，未經汙染，讓看了一輩子體面尊貴之下各種爾虞我詐的賈母，正好借她的清澈明淨洗洗眼。

二

賈母有多寵喜鸞們？

她讓她們吃她的剩飯。

鳳姐這邊伺候完賈母吃飯，才和尤氏兩個少奶奶坐下，那邊賈母便特地叫人把喜鸞和四姐兒叫來，跟她們一起吃。

這在賈府是至高的榮譽。老祖宗高興了，把自己吃剩的菜送誰一碗，是給誰莫大的臉。第七十五回，賈母把自己的剩飯送給了四個人：「將這粥送給鳳哥兒吃去⋯⋯這一碗筍和這一盤風醃果子狸給了顰兒寶玉兩個吃去，那一碗肉給蘭小子吃去。」

剩飯也不是誰都有資格吃的，那得是自己心尖上的人。

她讓她們替她揀佛豆。

揀佛豆是一種佛事活動，老人過生日時為了延壽，會專門找一袋子羅

命運篇　最優秀的人總是先走

漢豆，往簸籮內揀一個唸一聲佛，等揀完得唸成千上萬聲。然後將豆煮熟，放在十字街口用小勺子發放，名曰「結壽緣」。揀佛豆有講究，誰揀誰有福。

且看賈母怎麼對鳳姐說：「你兩個在這裡幫著兩個師傅替我揀佛豆，你們也積積壽，前兒你姊妹們和寶玉都揀了，如今也叫你們揀揀，別說我偏心。」

喜鸞們也得到了這份榮幸，跟鳳姐們一塊吃完飯，洗手上香，一塊揀。賈母親自給她們撐腰。

「到園裡各處女人跟前囑咐囑咐，留下的喜姐兒和四姐兒，雖然窮，也和家裡的姑娘們是一樣，大家照看經心些。我知道我們家的男男女女都是『一個富貴心，兩隻體面眼』，未必把他兩個放在眼裡。有人小看了他們，我聽見可不依。」

這是賈母的原話。

先是說給一個老婆子聽，但怕力度不夠，由「第一祕書」鴛鴦親自傳話給李紈，李紈又把各處的頭兒召集起來開了個「中層緊急會議」，讓她們原汁原味傳給基層每一個員工，若不遵從後果自負。

「一個富貴心，兩隻體面眼」，賈母活脫脫畫出了豪門家奴們的嘴臉，她太了解這些人的尿性了。不提前震懾一下，恐小姑娘受了委屈沒處說，從此留下心理陰影。

賈母不但要讓她們住，還要讓她們住得高興。為富未必不仁，對一個窮親戚的重視到了前所未有的程度，不禁讓人懷疑，今日賈母對這對小姑娘的盛寵，莫非是曹公埋下的草蛇灰線，要到後來的後來才會呼應？

三

關於喜鸞在大觀園內對豪門貴族生活的自我體驗，作者沒有多寫。畢竟劉姥姥的感受珠玉在前，已經濃墨重彩過，一個高明的寫作者不會再次浪費筆墨。

劉姥姥逛大觀園，曾有三個想不到：

第一個「想不到」是他們莊戶人過年時貼的年畫上的景色，這世上竟還真有；

第二個「想不到」是賈府吃個茄子會用十幾隻雞來配，一頓飯就抵得上她全家幾個月的花銷；

第三個「想不到」，是發現進餐時王熙鳳、李紈兩位尊貴的少奶奶不能落座，她們得和下人們一道侍立一旁伺候，等到大家離了席她們才可以坐下來吃別人的剩飯。劉姥姥看在眼裡，不由讚嘆「禮出大家。」

如果讓喜鸞回來口述一篇遊記。她會怎麼說呢？

喜鸞也有自己的三個「想不到」：

一是想不到人人畏懼的璉情婦奶，到了一個丫鬟嘴裡成了一個「可憐見的」人，「罷喲，還提鳳丫頭虎丫頭呢」，為之感嘆「為人是難做的」。

原來這威震四方的厲害人，雖然這幾年得到了賈府最高領導者賈母和王夫人的認可，但治一經損一經，背地裡不知得罪了多少人，招了多少怨恨，累積了多少仇敵。

與世無爭不行，招人欺侮，能幹了也不行，招人忌妒。二是想不到看起來尊貴能幹的三小姐探春，只因老太太多疼她一點兒，會被下人詬病不憤。

三小姐無奈地說：「糊塗人多，那裡較量得許多。我說倒不如小人家

命運篇　最優秀的人總是先走

人少,雖然寒素些,倒是歡天喜地,大家快樂。我們這樣人家人多,外頭看著不知千金萬金小姐,何等快樂,殊不知我們這裡說不出來的煩難,更利害。」

這話簡直是說給喜鸞聽的。生活永遠在別處,喜鸞的貧寒生活,可不正是探春嚮往的武陵桃花源?

三是想不到養尊處優的富貴公子寶玉,人生態度那麼喪。

張嘴閉嘴「死了就完了」,「今日明日死了,今年明年死了,也算是遂心一輩子」,消極悲觀,完全沒有一個少年人應有的勃勃英氣。

飯來張口的生活,讓這位投胎小高手有精力做哲學思辨,思考活著的終極意義,結果是參透了人生的虛無,乾脆得過且過。像酒精缸裡泡著的孩屍,任由自己與世界一同下墜。

喜鸞對寶玉的消沉產生了深深的同情,開始安慰他:

「二哥哥,你別這樣說,等這裡姐姐們果然都出了閣,橫豎老太太、太太也寂寞,我來和你作伴。」

這句話換來了已婚婦女們的揶揄,李紈、尤氏道:

「難道妳是不出閣的?這話哄誰。」

可愛的小姑娘只得就此打住。在眾人的鬨笑聲中,她窘迫地低下了頭。

可是作為讀者,沒有人懷疑那一刻她的真誠。她不是邀寵賣乖,是發自肺腑的有言在先:「不是現在,等人走光了,你們身邊沒人陪了我再來。」善良裡有自律,卑微中也有骨氣。

不禁浮想聯翩:那句在別人聽來是脫口而出的傻話,在賈府敗落寶玉潦倒以後,喜鸞真的會回來兌現嗎?

喜鸞：那個只有一句「臺詞」的窮人小姑娘

也許會。

這是這個窮人家小姑娘唯一的一句臺詞。

跟劉姥姥一樣，在這裡所受到的款待不會平白忘記，按照曹公伏筆千里的玩法，這當看作她日後報恩的一個承諾。

也許不會。

她的出現，是借用旁觀者角度，集中講述了賈府最得寵的三個孩子不為外人所知的一面，同是對窮親戚，賈府中人炫給劉姥姥的，是面子；亮給喜鸞的，則是裡子。

在一個本家小姑娘面前，他們沒必要設防顧忌，喟嘆便代替了優越感。

所以劉姥姥看到的是富人物質生活的精緻奢靡，喜鸞看到的是富人靈魂深處的蒼涼無奈。

這些原是她仰望中的神仙一樣的人物啊，在他們那一襲襲華美的人生袍子上，一樣爬滿了齧人的蚤子。更別提「眼看他高樓起，眼看他樓塌了」，在家族命運面前勢必產生的殫精竭慮和戰戰兢兢。

如果喜鸞有悟性，便會少一分豔羨，多一分慶幸。

古希臘哲學家伊比鳩魯（Epicurus, 西元前341年至西元前270年）說：「無論擁有多麼巨大的財產，贏得多麼廣的名聲，或是多麼無限制的欲望，都無法解決靈魂的紊亂，也無法產生真正意義上的快樂。」

不管貧窮富有，煩惱是人人都無法迴避的事情。人人有困境，倒是這世間最大的公平。就像只要在天空下行走，雨遲早會落在每個人身上，無一例外。

真實的人生都經不起檢視。

命運篇　最優秀的人總是先走

劉姥姥：我們還要感謝貧窮嗎？

一

《紅樓夢》主打富人生活，寫窮人不多，但寫一個是一個，每一個都讓人印象深刻。

頭一個就是劉姥姥。這個泥土裡打滾的窮苦老太太，憑著跟王家硬蹭來的親戚關係，誤打誤撞進了侯門公府，見識到了上流社會的華貴奢靡。因為善於逢迎逗樂，獲得了賈府主子歡心，從指縫裡漏了點財物給她，竟令她在晚年時得到了人生第一桶金，帶領全家脫貧奔小康。

第二個是邢岫煙。邢夫人的內姪女兒，因家貧跟著父母來榮府投親，雖荊釵布裙卻端雅穩重，機緣巧合被薛姨媽看中，與薛家公子薛蝌結了姻緣。

第三個是賈芸。這個被邊緣化的賈氏宗族子弟，靠著聰明機智，從當權者鳳姐手裡謀得一份美差，讓自己家的孤兒寡母過上了衣食無憂的生活。

這三個窮人，不管是主動或被動，無不是靠自己的魅力或能力，憑藉賈府這個平臺完成逆襲，有了新的人生起點。

家世顯赫的貴公子納蘭容若曾滿不在乎地說：「身世悠悠何足問？冷笑置之而已。」這種腔調，也只能屬於那些一出生，起點就是別人可望不可即的天花板級的人。有多少窮人，窮盡一生都逃不出惡性循環，可以改變命運的機會，一生中寥若晨星。

劉姥姥、邢岫煙和賈芸，都是沒有錯過機遇的人。一來因為和賈府沾親帶故；二來自己也爭氣，沒有被窮困嚇倒，而是被激發出了潛能：岫煙

靠隱忍的韌性，賈藝靠審時度勢的變通，劉姥姥靠所謂「謀事在人成事在天，謀到了，有些機會也未可知」的樂觀和勇氣。

不是天時地利人和三樣疊加，他們可能一輩子都徘徊在社會邊緣和底層。

二

如果一定讓他們說出感謝的話，他們會感謝誰？

劉姥姥是這樣說的：「我這一回去後沒別的報答，唯有請些高香天天給你們唸佛，保佑你們長命百歲的。」她感謝的是賈府主子團隊。

賈藝要謝也只會謝鳳姐兒給了他就業機會，倪二借給他十五兩銀子的創業資金。

岫煙不愛言辭，她要謝的人太多，平兒的關照，寶釵的接濟，薛姨媽的慧眼，鳳姐兒和賈母的保媒，還有尤氏婆媳的張羅，再往遠，妙玉對她的文化薰陶。

如果往根上說，她還得感謝有邢夫人這個姑媽，不是她，她根本進不了賈府的門，自然沒有後面的種種際遇。

如果挨個謝過，她首先要謝自己的優秀，才得到了男方家長的青睞——你只有足夠好，才配得上好生活。

他們誰都可能謝，但唯獨不會謝貧窮本身。

拿劉姥姥來說，一個老寡婦，膝下無子，跟著女兒女婿過活。秋盡冬至，天氣漸冷，家中卻「冬事未辦」。冬事，就是添冬衣、買炭火、儲菜糧，外帶準備過年諸多事宜，需要一筆開銷。莊戶人家冬天本就難過，家裡就

命運篇　最優秀的人總是先走

只有出沒有進，又遇上女婿王狗兒不會籌謀省儉，眼睜睜看著要受飢寒。

劉姥姥心疼女婿是個大男人，女兒是個年輕媳婦，只好自己腆著臉上賈府，名為求親實則乞討。

七十五歲的老婆婆，手裡拉著一個五六歲的小孩子，怯怯地走向那高門大院，單這一老一小兩個背影，就足以令人鼻酸。

對著門房賠笑施禮，被勢利眼們冷落耍弄。

進得門去，套近乎拍馬屁，編故事扮小醜，自稱「食量大如牛，吃個老母豬不抬頭」，被人當笑話插上一頭花，還要揣著明白裝糊塗，只為討有錢人歡心。這明明是本該頤養天年的年紀呀！更別提賈芸在世態炎涼裡上下求索，親舅舅袖手旁觀說著風涼話，為了生計，要管比自己還小的寶玉叫爹，對著鳳姐百般討好；岫煙大雪天裡把棉衣當了，給擠對她的下人們打酒喝，站在一片大紅羽紗中凍得拱肩縮背好不寒酸。

所有以上這些，都是「窮」鬧的。貧窮令人飢，令人寒，令人氣短，令人形容猥瑣，令人拮据窘迫，不體面。

正因為窮，才「窮則思變」，更沒有一個脫貧的人願意返貧。

三

劉姥姥們是幸運的，他們攥住了命運向深淵中的自己投下的繩索，助自己脫離困境。還有更多的窮人，身陷困頓，沒有這樣的運氣和能力，無不焦慮、憂鬱、憔悴，像乾旱中的植物期盼第一滴雨露一樣，企盼命運的一縷優待，最終不得不在無望中放棄。

在劉姥姥背後，還有無數垂垂老矣的鄉村老嫗在貧困中掙扎；

在邢岫煙背後，還有無數資質超群但被原生家庭拖累的姑娘，無法實現自身價值；

在賈藝背後，還有無數心存理想卻被現實壓垮了脊背的年輕人，不甘不願，卻必須低下自己高傲的頭，為生存輾轉。

所以，如果有人說感謝貧窮，那多半是命運出現轉機以後的憶苦思甜，是勝利者送給往日坎坷的寬容大度，是對舊日苦痛的詩樣美化。

但是身為旁觀者，我們要明白，但凡說出這些話，就意味著他們已經或正在擺脫困境。

聽聽就算了，千萬別當真。在給予祝福的同時，不要被這樣的「倖存者偏差」帶偏，而去粉飾最不該粉飾的東西。

命運篇　最優秀的人總是先走

職場篇
妳談業務的樣子真性感

職場篇　妳談業務的樣子真性感

鳳姐姐：妳談業務的樣子真性感

一

「恨鳳姐，罵鳳姐，一日不見想鳳姐」，王崑崙先生的這句話，高度概括出了讀者對鳳姐愛恨交織的複雜情感。

鳳姐的魅力，在於她身上的閃光點與陰暗面交替閃現，朝暉夕陰，難以捉摸，形成一種奇異的吸引力，像風情萬種的海妖。賈瑞就是被她這種魔力迷惑，明知有毒，也情願飲鴆止渴。

她只要不使壞，人就沒法不喜歡她。

鳳姐什麼時候最有魅力？

私以為不是被賈璉挑逗羞紅了臉，啐他一口的時候；不是她承歡賈母膝下說單口相聲的時候；而是她忘我工作的時候，最是閃閃發光。那種奉獻、周全、殫精竭力，讓多少人自嘆不如。

認真做事的人身上有魔力。

在管理家族業務的領域裡，她是當之無愧的女王。特別是第三十六回算帳的樣子，那簡直太性感了。

「紅樓」處處是戲，初讀者讀鳳姐算帳這一節，很容易忽略過去。或者看得雲裡霧裡，不知道鳳姐這帳到底是怎麼算的；甚至看完了，還沒搞清楚鳳姐為何突然發飆，她罵的是誰？為什麼罵？

我們來捋一捋。

話說一幫人正在王夫人屋裡說笑間，王夫人忽然向鳳姐發問：「正要問妳，如今趙姨娘周姨娘的月例多少？」

這句問話是鋪陳，暗藏機鋒。

鳳姐答：「那是定例，每人二兩。趙姨娘有環兄弟的二兩，共是四兩，另外四弔錢。」

王夫人話鋒一轉：「可都按數給她們？」

鳳姐「見問的奇怪」，忙道：「怎麼不按數給！」她立即意識到這其中必有妖異。

王夫人說：「前兒我恍惚聽見有人抱怨，說短了一弔錢，是什麼原故？」來了，這才是重點：為什麼剋扣薪資？所謂的「恍惚聽見」只是修辭手法，這四個字寶釵也喜歡用，是大家閨秀的話術。

換個人，必定會追問：「誰說的？」

但王夫人面前站的可是鳳姐兒啊，一個水晶心肝兒玻璃人，她馬上給出了針對性的回答：「姨娘們的丫頭，月例原是人各一吊。」通透到不用再多一句廢話，她用鼻子一聞，就知道是趙姨娘在背地裡嘀嘀咕咕給她下了蛆。

她不打磕巴地解釋：「從舊年外頭商議的。」

外頭即賈府管理總部，她是管裡頭的分部經理，得聽人家的。姨娘們的丫頭薪資減半，從原來的一弔錢即一千錢變成五百錢。趙姨娘屋裡兩個丫頭，一人五百，加起來可不就少王夫人所言的「一弔錢」嗎？

她反過來給了一咕嚕話：「這也抱怨不著我，我倒樂得給她們呢，她們外頭又扣著，難道我添上不成。這個事不過是我接手，怎麼來，怎麼去，由不得我作主。我倒說了兩三回，仍舊添上這兩分的。她們說只有這個項數，叫我也難再說了。如今我手裡每月連日子都不錯給她們呢。先時在外頭關，那個月不打饑荒，何曾順順溜溜的得過一遭。」

這一通辯白，叫王夫人無話可說，也只能罷了。

職場篇　妳談業務的樣子真性感

■ 二

不料，王夫人又來了第二輪，換個方向開始質詢：「老太太屋裡幾個一兩的？」

鳳姐瞬間明白了，月錢的事還是沒過去，還是趙姨奶奶詆病寶玉房裡的丫頭月例超標，是一兩銀子，居然和老太太屋裡的一個級別。

她說：「八個。如今只有七個，那一個是襲人。」一下子點到關鍵處：襲人占的是老太太房裡的位置，她是借調在寶玉處的。王夫人隨即恍然大悟：「這就是了。妳寶兄弟也並沒有一兩的丫頭，襲人還算是老太太房裡的人。」一個「也就是了」，坐實了鳳姐的判斷。

鳳姐心裡罵髒話，面上笑嘻嘻，接著解釋。

「襲人原是老太太的人，不過給了寶兄弟使。他這一兩銀子還在老太太的丫頭分例上領。如今說因為襲人是寶玉的人，裁了這一兩銀子，斷然使不得。」「斷然使不得」頗有分量，提醒王夫人這不是錢的問題，而牽扯到王夫人和賈母的婆媳關係，因為一兩銀子，落個剋扣老太太的名聲實在不值。

「若說再添一個人給老太太，這個還可以裁他的。若不裁他的，須得環兄弟屋裡也添上一個才公道均勻了。」她也承認，目前賈環屋裡確實在下人薪資支出上比寶玉少了，再添上一個人就基本上持平。

不過她又進一步解釋道，寶玉房裡的丫頭是老太太特批的，薪資原就比別處的高：晴雯麝月等七個大丫頭，每月薪資是一吊；就是佳蕙等八個小丫頭，月錢都是五百錢，和姨娘房裡的丫頭一樣多呢！順道再踩趙姨娘一下：「還是老太太的話，別人如何惱得氣得呢。」

鳳姐姐：妳談業務的樣子真性感

這段話裡資訊量很大。

首先，我們第一次確切地知道寶玉有多少人伺候，大小丫頭各八個，這就是十六個人了，外加婆子小廝們，怎麼著也得有二三十人。照這個標準，賈環也不差啊！在此之前，我們還以為庶出的孩子沒人照顧沒人疼，這位公子哥有多受委屈呢！貧窮限制了我們的想像力。

第二，在當時，一兩銀子到底是多少錢？

慣常印象中都是一兩銀子等於一千錢，一千錢即一弔。一弔錢不就等於一兩銀子了嗎？顯然不是，如果是的話，就沒人說襲人待遇超標了。

鳳姐說，要給賈環屋裡再添一個丫頭才公道，即這個丫頭的薪資應該是一兩銀子和一弔錢之間的差價。比照寶玉房裡小丫頭的標準，月錢按五百錢算，可以推算出一兩銀子差不多一千五百錢。

以上都是冷知識。現在，鳳姐已經把球兒踢給了王夫人：要不要給賈環屋裡添人，您看著辦。

這下輪到王夫人頭大了，她一過問給自己找出麻煩了，插手吧得罪老太太，不插手就落個偏袒自己兒子的名聲。

她「想了半日」，才出了這麼個操作：明兒找個好丫頭送去老太太使，補襲人，把襲人的一分裁了。

至於襲人的薪資嘛，王夫人正好想抬舉她做姨娘，每個月從自己的月錢裡往出勻二兩銀子一弔錢給她。

誰能想到，趙姨娘告鳳姐的小黑狀，最後鳳姐毫髮無損，花襲人竟成了最大的受益者，王夫人平白無故每月虧二兩銀子一弔錢。

職場篇　妳談業務的樣子真性感

三

　　無端被黑，鳳姐兒心裡憋了一大通火，出來後把袖子挽了幾挽，用腳趾著門檻，在廊簷下吹過堂風換氣。

　　眾人問為什麼這麼長時間，她答：太太把兩百年前的事兒都想起來問我。

　　每天忙得腳打後腦勺，忽然憑空裡橫生枝節，那種累死累活還不被人信任的感覺太糟糕了。她恨死了打小報告的趙姨娘。

　　盛怒之下她當眾潑婦罵街般的放了狠話：「我從今以後倒要幹幾樣尅毒事了。抱怨給太太聽，我也不怕。糊塗油蒙了心，爛了舌頭，不得好死的下作東西，別做娘的春夢！明兒一裹腦子扣的日子還有呢。如今裁了丫頭的錢，就抱怨了我們。也不想一想是奴幾，也配使兩三個丫頭！」

　　先前那場姑姪對話，實則是上下級約談，表面上和氣，實則暗潮湧動。下級一個不小心，就會失去高層的信任，哪怕是自己的親姑姑，也一樣。幸虧是鳳姐，穩住了盤問。她業務精熟到無論是人力資源還是財務問題，都能對答如流。怨不得一旁的薛姨媽點頭稱讚：帳也清楚，理也公道。

　　職場暗礁處處，防不勝防，不由得想起平兒對婆子們的那句話：「情婦奶若是略差一點的，早被你們治倒了……」

　　不愧是妳，鳳姐姐，最服妳算帳談業務。

　　甭管什麼局面一眼就能看到本質，抓住核心問題；腦子裡存著資料庫，隨時調出資料，給出決策依據；上級誤解能平心靜氣、高效溝通，用資料說話，擺脫被動處境；被暗算後能迅速作出反應，精確打擊報復——這似乎不該提倡，但很真實，否則就不是鳳姐了，她從不做聖母。

這是一種智性的力量。那種無與倫比的自信與掌控，具備了一種跨過肉身、超越時空、打破性別界線的性感。在嬌弱的美與醒目的力之間，人類最終的選擇多是慕強而去，甚至憑空多出征服欲。

為這樣的鳳姐姐打九十九分，少一分是因為她不識字——不過也幸虧不識字，要是再識字，那她不得上天啊？

賴嬤嬤：實力演繹「一個女人怎麼旺三代」

一

讀「紅樓」，有兩位老太太是怎麼都繞不過去的，一個是賈母，另一個是劉姥姥。這兩位雖然地位懸殊如雲泥，一個雍容華貴，一個低賤卑微，但論起世事洞明人情練達，卻不相上下，賈母乃世家出身內功深湛，劉姥姥則是民間高手自成一派。她們在書裡都是重量級的人物，少了這兩個老人家，「紅樓」這出大戲就唱不圓。

其實，書裡還存在著一個老太太，在人情世故上也修練得爐火純青，情商堪與賈母、劉姥姥相抗衡。她雖然出場極少，但一舉一動都是戲，是人精中的老牌戰鬥機。

可惜由於篇幅不多，她極易為人所忽略。

她就是賴嬤嬤，賈府管家賴大的母親。

書裡沒明說她照顧過哪位主子，但只看在賈母面前，尤氏鳳姐兒站著她坐著，就知道她地位不一般。因為按賈府的規矩，「年高服侍過父母的

職場篇　妳談業務的樣子真性感

家人，比年輕的主子還有體面」，她是資深的實力奴才。

第四十三回，賈母要幫鳳姐過生日，竟然突發奇想玩起了眾籌，興致勃勃地把主子和有臉的奴才都召集了來。賴嬤嬤就是在這一回出場的，她一進來，賈母「便忙命拿個小杌子來」，給年高又體面的她坐。

而賴嬤嬤的回應是，坐之前，先告個罪。

賴嬤嬤要說話，是先「忙站起來」才開口。

後來到了鳳姐兒房裡也是，平兒給她倒了杯茶，賴嬤嬤忙站起來接，口中說著姑娘「折受我」。

在賈府，不管對面的主子年老年輕，她都恭謹殷勤，處處塑造著「忠心老奴」的形象。

就算幫鳳姐過生日出銀子，她也時刻記著自己的身分，絕不敢越過主子去：「少奶奶們出十二兩，我們自然也該矮一等了。」

看，這就是職場規矩，不是錢的事。捐款、湊分子這些雖然掏的是自己腰包，但也是講位次的，不能僭越，否則就是不懂事，是要被側目甚至挨修理的。

中國是禮儀之邦，講究禮尚往來，幾千年下來，出禮已經形成了出禮文化。表面上是錢，實則是身分階層的展現。想多出？你得看自己夠不夠格。

賴嬤嬤此舉，是自知之明。她很清楚，再體面，自己也是奴才，不能和主子比肩。

賈母自然明白這其中的關竅：「這使不得……你們和他們一例才使得。」馬上給賴嬤嬤們抬面子。

賈母還有一句話，資訊量很大：「你們雖該矮一等，我知道你們這幾

082

賴嬤嬤：實力演繹「一個女人怎麼旺三代」

個都是財主，果位（佛教用語，這裡指分位）雖低，錢卻比他們多。」

沒錯，在賈府之內，賴嬤嬤雖然刻意做小伏低，但實際上早已背靠著賈府這棵大樹做大了。

鳳姐也曾打趣她：「……誰好意思的委屈了妳。家去一般也是樓房廈廳，誰不敬妳，自然也是老封君似的了。」

你要是注意到賴家花園什麼樣，就知道實在是太小看了賴嬤嬤。原著裡這樣寫：「那花園雖不及大觀園」，這是自然。「卻也十分齊整寬闊，泉石林木，樓閣亭軒，也有好幾處驚人駭目的。」如何個「驚人駭目」法，不得而知，以今人的見識也想像不出，但以曹公的筆法，這詞實在不是可以拿出來隨便用的。

我們能知道的是，這個花園裡是有戲臺子的，請了柳湘蓮來客串，是後來薛蟠捱打的導火線。分明已經是一個府邸的規模。

再回頭看看賴嬤嬤在賈府的諸多做派，就有「扮豬吃老虎」之感。這個老太太呀，實在是不簡單。

二

賴嬤嬤的不簡單，首先是話術高超。

比方說湊分子時，鳳姐兒為了討賈母歡心，故意道：賈母出二十兩，替寶玉黛玉出了；薛姨媽也出二十兩，含寶釵的分子，這也公道。只是邢王兩位夫人，每位出十六兩，出的少，還不替別人出，這有些不公道。老太太吃虧了！

話音未了，這賴嬤嬤站起身來了。頭一句就是「這可反了」，引起眾

職場篇　妳談業務的樣子真性感

人注意，再是「我替兩位太太生氣」。讓人面色一肅。

只聽賴嬤嬤接著道：鳳姐兒是邢夫人的兒媳婦，是王夫人的內姪女兒，倒不向著婆婆、姑娘（即姑姑），倒向著別人。「這裡媳婦成了陌路人，內姪女兒竟成了外姪女兒了。」

這是批評嗎？這分明是人人都誇到了：一誇鳳姐兒孝順賈母，鳳姐兒開心，賈母也高興，就算鳳姐一開始有點「能」過頭了，經她這一注解全都兜回來了；二強調鳳姐兒其實是邢王兩位夫人的內親，兩位夫人怎好真惱？這話說得周全，邊邊角角都照顧到了，明著是說公道話，實際是拍了個迂迴起伏的馬屁，峰迴路轉處，好聽話說得柳暗花明，人人滿意。

不怪她話音一落，眾人都大笑，屋子裡充滿了快活的空氣。

試問這等口舌，整部書看過去，幾人能做到？口舌不只是口舌，鼓動唇舌的是頭腦。賈母、王熙鳳、邢夫人、王夫人四個人之間，彼此關係複雜又敏感，誰敢輕易下場蹓躂？分寸感差上一絲一毫，便會顧此失彼出力不討好，倒不如別吱聲為妙。但賴嬤嬤敢，這說明什麼？說明她藝高人膽大，才四面不跑煙。

還有一次，是替周瑞家的兒子求情。周家小子在鳳姐生日宴會上屢屢造次，主子沒喝高他先醉了，大好的日子把饅頭撒了一地不說，還把管教他的人罵一頓。鳳姐一怒之下要攆他出去，不許兩府裡收留他。周瑞家的跪下求情都不行。

賴嬤嬤問明原委，對鳳姐說了如下一番話：奶奶聽我說，他犯了錯，打他罵他都行，就是不能攆。他不是我們家的家生奴才，是王夫人的陪房，你攆出去，傷的是太太的臉。你留著他，不是看他娘周瑞家的，是看太太。

一番話點明利害，說得鳳姐回心轉意，周瑞家的當場給賴嬤嬤磕頭，這賴老太太又輕巧賺了一份人情。

巧舌如簧會說話，湊趣恭維樣樣不落下。「好馬在腿，好人在嘴」，就憑這三寸不爛之舌，她行走於各方各家，誰見了她都不煩。

晴雯原本是她買的小丫鬟，帶著進賈府，見賈母喜歡就送給了賈母；孫子有了前程，先去請賈府主子們家去喝酒看戲；說昨兒得了鳳姐的賞，她讓孫子在門上朝上磕了頭了……種種見風使舵會察言觀色，哄得主子們團團轉，自然願意提攜她。

三

賴嬤嬤第二個不簡單，是持家有道。

賴嬤嬤的大兒子賴大在榮府當管家，兒媳是管事婆子；二兒子賴二（待考）則是寧府管家。這些身分都是拿年薪的高階主管。依靠著賈府這棵大樹，在外面做點買賣都捎帶賺錢。否則，他們家那帶花園假山游泳池的別墅哪來的？

創業難守業更難。拿賈府為例，生齒日繁人浮於事是痼疾難治，要顧及虛榮又不肯省儉。但是賴府不同，他們家的管理較之賈府先進得多。

我們都知道探春管家時興利除宿弊，實行了承包責任制，單這一項一年給府裡省出幾百兩銀子。其實，她是從賴家偷師學來的。

在賴家花園做客時，探春和賴家女兒閒聊方知，賴家的園子除了自家帶的花、吃的筍菜魚蝦之外，把園子外包，年終還足足有兩百兩銀子的結餘──原來還能這樣玩？她大開眼界，驚喜地說：「從那日我才知道，一

職場篇　妳談業務的樣子真性感

個破荷葉，一根枯草根子，都是值錢的。」新錢給舊錢上了一堂經管課：你家的園子是燒錢的，我家的園子是賺錢的。

曾國藩說過「治家八字」，其中有兩個字便是「蔬」、「魚」，意即家裡伙食要自給自足，所以，賴嬤嬤家的日子蒸蒸日上是有道理的。

四

賴嬤嬤第三個不簡單，是教子有方。

兩個孩子能在賈府重要職位上立足，說明個人職業素養禁得起嚴格的考驗，這與賴嬤嬤平日裡的嚴格教導分不開的。賴大鬍子一大把，兒子都成年了，還常常要被他媽叫去罵一頓。罵的原因是，發現孫子有不學好的苗頭。

賴嬤嬤教育孩子有一套，看不上賈珍管兒子，說他「管的到三不著兩的，他自己也不管一管自己」。她也當面教訓過寶玉：不怕你嫌我，你就欠你爹收拾。

這老太太最厲害的是，她沒讓孫子再進賈府當接班奴才，而是從小供他讀書識字，愣是靠著賈府的關係，花錢捐了個州縣官當，開始和賈寶玉一桌喝酒稱兄道弟，算是徹底擺脫了奴才的身分。

不要以為她只會做小伏低逢迎拍馬，她高瞻遠矚著呢。

然而她教訓孫子，聽來卻句句血淚，字字扎心：「你哪裡知道那『奴才』兩字是怎麼寫的！只知道享福，也不知道你爺爺和你老子受的那苦惱，熬了兩三輩子，好容易賺出你這麼個東西來。」

哪有人真會喜歡當奴才呢？都是生存所迫、咽淚裝歡。

賴嬤嬤：實力演繹「一個女人怎麼旺三代」

但總有人能將「垃圾吃下去，變成糖」。苦心經營，終於在三代之後實現了階層跨越。

她叫孫子好好爭氣，做對社會有用的人：「州縣官雖小，事情卻大，為那一州的州官，就是那一方的父母。你不安分守己，盡忠報國，孝敬主子，只怕天也不容你。」先不論真假，能說出這一番話的，格局就不是一般老太太。

■ 五

賴嬤嬤第四個不簡單，是她時刻表示不忘本。

她把主子恩典時刻掛在嘴邊。

孫子能念書，她說：一落娘胞胎，主子恩典，放你出來……也是公子哥兒似的讀書認字。

孫子捐了前程，她說：「到二十歲上，又蒙主子的恩典，許你捐個前程在身上。你看那正根正苗的忍飢挨餓的要多少？」這話不假，看看賈芸就知道。

到後來孫子真的當了官，她說：若不是主子恩典，喜從何來？

她說孫子「你一個奴才秧子，仔細折了福」，她把這些話說給鳳姐，當鳳姐說她多慮時，她如此說道：小孩子要管嚴點。知道的說他淘氣，不知道的說他仗勢欺人，連帶著主子名聲也不好。

話說到這份上，哪個主子能不動容不開心不欣慰？

奴才做到這份上，也是沒誰了。有些話，不是人人都能說得出口的。

賴嬤嬤用實際行動告訴我們，感恩的話要大聲地、不厭其煩地、變著

職場篇　妳談業務的樣子真性感

花樣地說，多多益善！

看她如此不忘本，自然她家發展得越好，主子臉上就越有光。

滿足了虛榮心和成就感，怎會不樂見其成？但她也正是藉著這個「本」，利滾利利生利，換取了利益最大化。讓自己越過越好，完成了家族的原始累積、自我疊代和華麗轉身。

女性是一個家的定盤星，一個好女人旺三代，這話絕非虛言。有賴嬤嬤這樣的老太太在，賴家怎麼可能不興旺？

賴嬤嬤為我們演示了什麼叫「家有一老，如有一寶」，人不見得越老越不值錢，也可以越老越老到，靠自己的閱歷和睿智繼續發光發熱實現價值。

《紅樓夢》裡賈母、劉姥姥、賴嬤嬤這三個人精老太太，論人生智慧可謂是三足鼎立，各有一套。這三人中，賈母天生富貴，劉姥姥安貧認命，只有賴嬤嬤最不容易，她以一己之力，面上恪守奴才本分，實則善用資源借力，對外長袖善舞，對內嚴於律己、忍辱負重、自強不息，帶領闔家既能悶聲發大財，也能抓住機遇完成突破性的逆襲。

《紅樓夢》的女能人中，不能只看到鳳姐，只看到探春，只看到平兒，也要看到賴嬤嬤這樣不簡單的老太太。約翰·歐文（John Owen，西元 1616 年至 1683 年）說過，看一個老婦人，「要努力去看她的整個人生，你總能找到非常動人的東西」。

晴雯：白白出挑了一場

一

　　如果一個普通女性，整體高於周邊人群平均值，換句話說，擁有了和自身地位不相稱的美貌和才華，她的處境會怎樣？無非是鶴立雞群，再然後可能是懷璧其罪。她的出現會讓身邊人不安，上下左右總有人隱隱看她不順眼，因為忌妒，她的缺點會被人放大，甚至將她妖魔化。這是她們當中很多人共同的困境。

　　這樣的人在《紅樓夢》裡，就叫晴雯。

　　晴雯，「紅樓」丫鬟團隊裡的第一美女。

　　她美到什麼程度？

　　美到鳳姐如此評價：「若論這些丫頭們，共總比起來，都沒晴雯生得好。」

　　美到得了重感冒頭痛，往兩邊太陽穴上分別貼了塊膏藥，都要被麝月心服口服地讚嘆：「病的蓬頭鬼一樣，如今貼了這個，倒俏皮了。情嫂奶（鳳姐）貼慣了，倒不大顯。」

　　美到午覺起來睡眼惺忪，刻意不打扮，都有「春睡捧心之遺風」，落到王夫人眼裡就成了「好個病西施」。

　　女生橫豎怎麼都好看，才是真正的好看。王夫人巡視大觀園，驚鴻一瞥就記住了她的長相：「水蛇腰，削肩膀，眉眼又有些像妳林妹妹的。」

　　女人看女人吧，眼睛就是這麼毒，先看身材後看臉，把重點一網打盡。也側面說明了晴雯的長相的確很能打。

職場篇　妳談業務的樣子真性感

唯一有爭議的可能是她的削肩膀。別看我們如今崇尚的是平肩，穿風衣氣場兩公尺這種，但去瀏覽一下明清時的仕女圖，從唐寅到閔貞，再到改琦，他們筆下的美人，無一不是溜肩細頸，襯得鬢髮如雲卻也我見猶憐。

這種審美一直延續到民國。張愛玲長篇小說《怨女》裡，就管削肩膀叫「美人肩」。

換句話說，晴雯用當時的眼光來審視，從頭到腳無一不美。

林語堂曾經毫不掩飾地說：「美這種權利總是賦予富貴之身的。」用這種標準看，身分低微的她真的有過度美貌之嫌。

二

不止美，她還是「紅樓」第一巧。

心靈手巧，針線上天賦異稟，在賈府少有人比肩。

那一晚，寶玉把老太太新賞的雀金裘不小心燒了個洞，面對這件金碧輝煌的「孔雀羽絨衣」，專門的織補匠人、能幹的裁縫繡匠都不敢接。

這些專業人員都拿不下來的單子，是晴雯用孔雀金線「界線」幫他補上了，補得以假亂真。

這種界線的手藝屬高難度技術，不是縫，也不是補，而是要先紉兩條線，分出經緯，再界出底子，依本衣之紋來回織補。簡單說，就是用細金線再純手工織一小塊布，與原來的衣服無縫銜接，其細密精湛可想而知。

女紅是古代評判女子的一個重要標準，單這一條，晴雯算是業內翹楚。

她名字裡的「雯」與「紋繡」的「紋」諧音，焉知不是曹公的深意？

墜兒偷了東西後，晴雯恨鐵不成鋼，抓住她的手用又長又尖的一丈青

簪子戳：「要這爪子作什麼？拈不得針，拿不動線，只會偷嘴吃。」

在她的認知裡，手最大的用處是做針線，這是她足以傲視群芳的資本。

晴雯還是梳頭高手。芳官和乾娘吵架，因為洗頭的事弄得披頭散髮。哭鬧完了，是晴雯上前為她洗了頭，用毛巾擰乾，按照寶玉「別弄緊襯了」的要求，挽了個鬆鬆的慵妝髻，讓芳官俏麗的小臉錦上添花。

三

她更是「紅樓」第一「勇」。做事勇於承擔，從不偷懶，不怕苦怕累怕危險。

第八回，寶玉早上起來煞有介事地「秀」書法，結果就寫了仨字：「絳藝軒」。擱下筆跑他姨媽家去了，又是喝酒又是吃糟鵝掌，一直玩到下雪天黑才回來。他進門時，那三個字已經高高地貼在門鬥上了，是晴雯貼的。

她女孩子家家的冒著雪花親自爬上梯子，寧肯自己高空作業，也不肯假手小廝，只因怕他們貼歪了。

每日夜間，她睡在寶玉外床，「寶玉夜晚一應茶水起坐呼喚之任皆悉委他一人」，一會要喝茶一會要尿尿、一會喊冷了一會喊怕了。晴雯睡覺輕，喊一聲「晴雯」馬上就能到跟前伺候。

這可是個苦差事，一天兩天還行，天天上夜班有幾個能受得了？但晴雯數年如一日從不抱怨。後來，直到她死了很久，寶玉夜間喊「晴雯」的這個習慣還改不過來。

寶玉的雀金裘被燒壞時，晴雯已經病了很多天，看到他為難的樣子，

職場篇　妳談業務的樣子真性感

病榻上的她很仗義地來了一句:「說不得,我掙命罷了。」就攬了過來。

她強撐著坐起來,頭重身輕,滿眼金星亂迸,頭暈眼黑,氣喘神虛,補不了三五針就需要伏在枕上歇一會兒 —— 就這樣補了整整一夜。

完工後直接躺倒,力盡神危。這就是著名的「病補雀金裘」,她真的是用生命在工作。

四

從外貌形象到業務能力再到工作態度,晴雯樣樣讓身邊人輸得徹底,真正的百裡挑一。

說起她的身世著實堪憐,不記得父母家鄉,被賣到賴家,跟賴嬤嬤常進賈府,賈母很喜歡她。為了討主子歡心,賴嬤嬤把她像小寵物一樣獻給了賈母。

閱人無數的賈母,眼光像一把篩子,將晴雯早早就篩選出來重點培養:

晴雯那丫頭我看她甚好……我的意思,這些丫頭的模樣爽利言談針線多不及他,將來只他可以給寶玉使喚得。

聽聽,多高的全面評價,基本上是內定的姨娘人選。

而那時,襲人還是「沒嘴的葫蘆」,至於寶玉房裡其他丫頭,賈母眼皮子都不夾一下,秋紋自己就承認「有些不入他老人家的眼的」。

然而後來,那個前途最光明的姑娘卻最早被幹掉,罪名是「勾引寶玉」。

這才是最諷刺的地方。

早在第六回,襲人就與寶玉有了男女之實,卻一直「潛伏」到最後都安然無恙,還被王夫人青眼有加:我把他交給妳了。保全了他,就是保全了

我，我不會虧待妳。

而晴雯呢？自始至終與寶玉涇渭分明，寶玉邀她共浴時，她斷然拒絕：少來，不跟你玩這套。還順便嘲諷了一下他和碧痕的「鴛鴦浴」：罷，罷，我不敢惹爺。還記得碧痕打發你洗澡，足有兩三個時辰，也不知道作什麼呢。我們也不好進去的。後來洗完了，進去瞧瞧，地下的水淹著床腿，連蓆子上都汪著水……」

寶玉和晴雯，兩人零距離相處五年八個月，未越雷池半步。然而抄檢大觀園，一個個有事的反而沒事，最自律的晴雯卻成了「狐狸精」。

連以開放著稱的多姑娘都替他們鳴不平：「誰知你兩個竟還是各不相擾。可知天下委屈事也不少。如今我反後悔錯怪了你們。」

五

怡紅院裡一塊趕出去的還有四兒和芳官，但攆他們都師出有名，有證可查。

王夫人質問四兒：「他背地裡說的，同日生日就是夫妻。這可是妳說的？」

再問芳官：「妳還強嘴。我且問妳，前年我們往皇陵上去，是誰調唆寶玉要柳家的丫頭五兒了？」

這些都是鐵證，可以拿到桌面上講的，她們沒法抵賴。但唯獨到晴雯這裡，這些類似的證據一概沒有，在此之前王夫人甚至都不知道有晴雯這個人，只憑藉下人三言兩語挑唆，上來就是一記「蕩婦羞辱」。

晴雯之冤，匪夷所思卻百口莫辯。

職場篇　妳談業務的樣子真性感

　　寶玉想不通，痛哭流涕，說不知晴雯犯了何等滔天大罪，想來想去只有一種解釋：「想是她過於生的好了。」潛臺詞是「大家容不下她的好」。

　　當然也不全然如此，她自己個性上的硬傷也難辭其咎。鋒芒太露，橫衝直撞，打罵小丫鬟，頂撞寶玉，挖苦襲人，和碧痕拌嘴……明裡暗裡樹敵，招人側目。

　　但耐人尋味的是，人們不能就事論事，總下意識地把她的美貌當作原罪。

　　王善保家的說：「那丫頭仗著她生的模樣兒比別人標緻些，又生了一張巧嘴，天天打扮的像個西施的樣子，在人跟前能說慣道，掐尖要強。」

　　下姐都如此理直氣壯：好看的人脾氣暴就是恃美行凶，合著醜人脾氣暴，那就叫真性情了？

　　王夫人說：「有了本事的人，未免就有些調歪……她色色比人強，只是不大沉重。」語氣篤定得彷彿對晴雯瞭如指掌。

　　襲人說：「在太太是深知這樣的美人似的人必不安靜，所以恨嫌她，像我們這樣粗粗笨笨的倒好。」自謙裡有掩不住的僥倖。

　　對於這種強盜邏輯，最想不通的是晴雯本人，臨死都耿耿於懷：「只是一件，我死也不甘心的：我雖生的比人略好些，並沒有私情密意勾引你怎樣，如何一口死咬定了我是狐狸精！我太不服。」

　　她還是太天真，不懂人性的複雜幽暗。

六

　　美貌從來是稀少資源，尤其是在沒有醫美整容的古代。

　　大戶人家講究「賢妻美妾」，晴雯擁有的先天優勢，讓她提前獲得了

進階的更大可能性；而她風流伶俐又硬派高調的個性，並不太有群眾緣。

哪怕高高在上如王夫人，一見她就聞到了危險的氣味，忌憚她來爭奪自己的兒子，讓他失控。

被攆時，已經多日水米不沾牙，路都走不動了，然而王夫人沒有動半點惻隱之心，讓人架著把她丟出去了。除了貼身內衣，其他衣物釵環一律不許帶走，好衣服要留給「好丫頭」穿。

幾天以後，她香消玉殞。怡紅院裡再不聞她俐落的口齒，不見她輕倩的身影，只有「千金難買一笑」時撕扇子的哧啦哧啦聲，還迴盪在讀者的耳畔。

死後也沒有入土為安，屍骸被王夫人下令一把火燒了：「女兒癆死，斷不可留。」真正灰飛煙滅無跡可尋。她死後，除了寶玉，居然沒有看到誰為她掉過眼淚，包括那些曾經朝夕相處的同事。

麝月看著寶玉穿的褲子，笑嘆道：「這是晴雯的針線……真真是物在人亡了！」一向敦厚如麝月，此刻居然笑得出來，而秋紋的反應更有意思，她直接將麝月拉了一把來制止，不要讓寶玉想起她。

寶玉拿凋謝的海棠花比晴雯，襲人生氣道：「那晴雯是個什麼東西……她縱好，也滅不過我的次序去。」半真半假流露出了潛意識對晴雯的不憤。

原來，晴雯早已是大家喉嚨裡的一根刺，現在這根刺拔了，很多人連呼吸都順暢了。

從內控型人格角度出發，這固然是晴雯做人的失敗，但也必須面對的真相是：

當一個人太過優秀，會不自覺淪為周邊人的假想敵，極易被群體孤立或陷害，正所謂「風流靈巧招人怨，壽夭多因譭謗生」。

職場篇　妳談業務的樣子真性感

褒貶那些人沒有用的，這是人類出於生存危機感而生發的人性之惡，不能奢望人人自省成聖。

七

彌留之際，晴雯哭著說：「今日既已擔了個虛名，而且臨死，不是我說一句後悔的話，早知如此，我當日也另有個道理。不料痴心傻意，只說大家橫豎是在一處。不想平空裡生出這一節話來，有冤無處訴。」

啊，多麼痛的領悟。言外之意是早知如此，不如也早日謀劃，主動追求（勾引）寶玉，混個姨娘當。

女性無法獨立的古代，精明又無奈的女孩們會把歸宿當作事業一樣來經營。

襲人找王夫人表忠心出主意拉近了關係，擠掉晴雯晉升為未來的花姨娘；

秋紋靠送桂花得了賞，賈母給了幾百錢，王夫人給了舊衣服，樂呵呵的：錢和衣服事小，難得的是這個體面和彩頭。

只有晴雯不以為然，說那是賞完襲人剩下的：「一樣這屋裡的人，難道誰又比誰高貴些？把好的給他，剩下的才給我，我寧可不要。」表示自己不屑於邀寵爭寵。

「心比天高，身為下賤」，從始至終，她不肯低下高貴的頭，一路梗著脖子往前闖，姿態也從來不柔軟。

空有美貌、耿直、能幹，但在「女人多，是非窩」的大觀園，她還沒來得及用這些優點換取半點實際好處，就被海量的同性同類們合力剿殺，落

得個「孰料鳩鴆惡其高，鷹鷲翻遭罦罬；薋葹妒其臭，茝蘭竟被芟鉏。」

寶玉與她見最後一面時，她在病榻上，從枕邊摸出剪刀，把二寸長的紅指甲齊根剪下來給寶玉留作紀念，並脫下貼身的紅綾襖，和寶玉互換了內衣穿。

她囑咐他：如果有人問起不必隱瞞。「既擔了虛名，越性如此，也不過這樣了。」對這個世界最後的報復，充滿了孩子式的賭氣。

曾經唯恐被人誤解，如今索性叫人誤解，作為對自己擔了虛名的一點補償——原來她也是愛他的。只是當初太沒心沒肺，錯把他鄉當故鄉，誤以為來日方長。

八

曹公給晴雯的評價是「使力不使心」。這五字真是一針見血。

紅樓一夢，小姐公子們無憂無慮的生活才可以稱得上是夢。至於這個夢裡的其他人，對不起，大家過的都是最現實的生活，越是貧瘠越是如此，和今日的殘酷職場本質上沒有區別。

出色的人應該早早明白這個道理：

你想與世無爭，又自認無欲則剛，但對不起，實力擺在那裡，哪怕與世無爭，別人也怕你爭；再自認無欲則剛，別人不信你無欲，只會非議你的剛。

了解自己的價值，努力擺脫原生階層，進入和自己匹配的群體裡去是一種思路。

往高處走，遠離低處的損耗與傾軋，反而安全。

你看晴雯給過黛玉閉門羹，但黛玉何曾記仇過？

職場篇　妳談業務的樣子真性感

　　換了王善保家的你試試，不找機會搞死你不罷休。一樣的事情在不一樣的圈層，結局截然不同。

　　不願意上進，信奉平凡可貴平淡最真，也是另一種活法，但基於對人性的了解，需要修練出更高更圓融的生存智慧。

　　晴雯的結局，是孤獨地死在一方冰涼的土炕上，嚥氣前直著脖子喊了一夜的「娘」。

　　見識過人心涼薄和險惡，奄奄一息間，如同順水漂流被捲入漩渦的樹葉，會在安靜的水窪重新漂浮上來一樣，最原始的訴求浮現了出來。

　　她渴望再次回到恍惚的親情記憶中去，被收留，被悅納，被安妥地包容疼愛。

　　可惜，短暫的生命如煙花綻放的一瞬，命運吝嗇到沒有一點富餘時間給這個漂亮姑娘，讓她查漏補缺、反省成長，成為一個更成熟完善的自己後再次出發重建幸福，就粗暴地戛然而止。

　　多麼令人心碎，她只活到十六歲。

玉釧兒：既然生活要繼續

一

　　年紀小一點的時候，真挺看不上玉釧兒的，覺得她是典型的「三沒女」，沒骨氣沒原則沒記性。姐姐屍骨未寒，就開始和害死姐姐的元兇同喝一碗湯了。

玉釧兒：既然生活要繼續

玉釧兒的姐姐是著名的烈女金釧，因為和寶玉調笑失了分寸，被王夫人趕了出去，一時想不開投井了。

類似的情況還有鮑二家的，和賈璉偷情被鳳姐發現，回去含羞上吊了。

但出事以後，兩家死者親屬的反應卻大相逕庭。

鮑二家的吊死，鮑二自己尚還沒說什麼，娘家親戚們倒先鬧起來，揚言要到官府去告，賈璉不得已給了兩百兩銀子息事寧人。

金釧兒呢？尚未出閣，花朵一樣的姑娘，說沒就沒了，固然是自己想不開不假，但就寶玉母子而言，「我未殺伯仁，伯仁因我而死」，在道義上他們也脫不了關係。

出於愧疚，王夫人把金釧兒母親喊來，賞了五十兩銀子併幾件簪環，請僧人唸經超度，又把外甥女寶釵的衣服送去裝裹。金釧兒母親一句多話沒有，只會磕頭謝恩，再靜悄悄地退出。

面對主子，這家人表現出了非同一般的隱忍克制。他們背地裡如何宣洩自己的悲傷，哭天搶地？日夜流淚？曹公隻字不提，倒是和金釧兒一起長大的襲人聞言落了幾滴淚。

金釧兒母親的名字叫「老白家媳婦」，這個稱呼洩露了重要資訊：既是「老白家的」，就還有個「老白」—— 原來他們闔家都是賈府的奴才，金釧玉釧姐妹都是如假包換的奴才秧子。

為什麼鮑二家的親戚們敢大鬧特鬧，因為光腳的不怕穿鞋的，鬧不成也不損失什麼，索性撕破臉叫板，銀子能鬧幾兩算幾兩。

而老白家拿什麼跟人家撕呢？一家子吃喝生計都靠著賈府，根本撕不起。

既做了奴才，就做不得刁民。

099

職場篇　妳談業務的樣子真性感

二

　　說回玉釧兒，作為金釧兒的親妹妹，她對寶玉的怨恨顯而易見。

　　寶玉捱打之後，鬧著要喝荷葉湯。王夫人遣玉釧兒送去給寶玉。寶玉見了玉釧兒，自然想到她死去的姐姐，又是傷心又是慚愧，上趕著和玉釧兒說話。

　　「妳母親身子好？」「誰叫妳送來給我的？」各種沒話找話，巴結討好。

　　見她不理她，他只好想盡辦法把周圍人都支出去，然後又賠笑問長問短。

　　「伸手不打笑臉人」，她有點繃不住了。

　　寶玉請求她給他把湯端過來，她不肯，寶玉自己掙扎，疼得動不了。玉釧兒忍不住道：「躺下罷！」把湯端了過來。

　　寶玉腆著臉道：「好姐姐，妳要生氣只管在這裡生罷，見了老太太、太太可放和氣些，若還這樣，妳就又捱罵了。」玉釧兒說吃吧吃吧，不用跟我甜言蜜語的。

　　寶玉說：這湯不好喝，一點味都沒有，不信妳嘗嘗。

　　玉釧兒半是賭氣半是不信，真的就嘗了主子的湯。那一回的回目就叫「白玉釧初嘗蓮葉羹」，這一嘗，可算點了題。

　　寶玉笑道：「這可好吃了。」我的天哪，他也太會撩了吧？

　　傅秋芳家的婆子來拜見，寶玉一邊跟婆子說話一邊要湯，玉釧兒也注意力不集中，不小心把碗打翻，湯潑在了寶玉手上。

　　寶玉忙問玉釧兒：「燙了哪裡了？疼不疼？」

　　大家全笑了，包括玉釧兒：「你自己燙了，只管問我。」

100

玉釧兒：既然生活要繼續

傅家婆子們背地裡笑他傻：「自己燙了手，倒問人疼不疼，這可不是個呆子？」

翩翩佳公子，在自己面前如此地做小伏低，玉釧兒心裡的寒冰一點點融化了。氣是沒全消，也不可能全消，但是放心吧，遲早會消。

三

還有後續。

金釧兒空出來的位置王夫人也沒有再找其他人補缺，而是把一兩銀子的月錢發給了玉釧兒，讓她一人雙職，拿兩份薪資。

理由是：「她姐姐服侍了我一場，沒個好結果，剩下她妹妹跟著我，吃個雙分子也不為過逾了。」

鳳姐喊著「大喜，大喜」，來給玉釧兒報喜。

收入翻倍，的確可喜。可這喜是姐姐的命換來的，又有何喜可言？換個道德家可能會問：「玉釧兒，蘸了人血的饅頭好吃嗎？」—— 還是不要想這麼多吧，這都是局外人的看法。

玉釧兒不是晴雯，沒有「不穿太太舊衣服」的骨氣。

她跟她娘一樣，乖乖給王夫人磕了頭，表示謝恩。

大家都心知肚明：這恩，是歉意，也是補償。

可是做奴才的，不能說「這是妳欠我們家的」。真要翻臉，人家一怒之下收回：「我欠妳什麼了？妳姐姐犯了錯，我攆她是應該的，又沒讓她去死。她自己跳了井，又不是我們推她下去的。」寶釵不是說了嗎：「縱然有這樣大氣，也不過是個糊塗人。」真要算起來，這筆糊塗帳哪是能算清楚的。

101

職場篇　妳談業務的樣子真性感

　　委曲求全，求的是一個「全」，她一家子端的飯碗都是賈府給的，說有恩與他們一家也不為過。老白家一家在賈府，有點像幾輩人都進了同一個老企業。他們大概從沒有想過離開賈府怎麼生存，遑論玉釧兒一個簽了賣身契的弱女子？「兩害相權取其輕」，沒辦法，只得眼眶裡含著淚，生生嚥下這口窩囊氣。這眶淚裡，也未必沒有寬慰：幸而主子有良心，姐姐也不算白死。想記仇嗎？妳沒資格。

　　膝蓋既已彎下去，就只好一彎再彎。在生存面前，骨氣放一邊，這是大多數普通人的選擇。

　　好聽點叫「識時務」，難聽點則叫「奴性」。

　　長期委身於體制內的人都會奴性附身，多多少少，或晚或早。這所謂的奴性裡，既有著對既定現實的接受，也有著審時度勢的務實：失去的既已失去，如果生活還要繼續，就讓往事都隨風都隨風。

　　太年輕的時候，總以為這世界非黑即白，發誓會有仇必報，如果做不到，至少跟一切傷害過自己的人畫地決裂，老死不相往來。到最後才知道日子過得泥沙俱下，人與人之間的關係之複雜超乎想像，恩與怨，利與害會糾纏在一起，根本沒法涇渭分明，有時候還得咽淚裝歡，強顏歡笑。

　　所以，玉釧兒沒得選，她只得端起那碗荷葉羹，輕輕放在寶玉的床邊。

　　面前的這個「罪魁禍首」，讓親愛的姐姐與她天人永隔，再也不會回來，而自己卻還不得不近身伺候他。這是怎樣一份錐心刺骨的殘酷與疼痛？

　　你要是問我，從玉釧兒身上看到了什麼？我看到了草根族群無奈的卑微，還有柔軟的堅韌。她不是沒骨氣沒原則沒記性，不過是生活所迫，「人在屋簷下，不得不低頭」。

　　《紅樓夢》這本書，不是寫想當然的階級仇恨，它一直都在寫真正的

生活。

荷葉羹清香撲鼻，玉釧兒「咕咚」一口，嚥了下去。

這個動作，當時讀並不覺得怎樣，但人事歷練過一番再來讀，不禁會汪著一泡眼淚微笑：不平不甘、疙疙瘩瘩地與現實和解，最後讓時間淡化痛苦，甚至消解仇恨，若無其事地活到老死的，何止是玉釧兒呢？你我他她，這一生中，說不定都面臨過，或即將要面臨這樣的時刻。

雪雁：快樂的職場小「油條」

一

我很喜歡小戲骨版的《紅樓夢》，小朋友們演技精湛，細節到位，哪怕是個邊角料小角色，該有戲的地方一點也不含糊，頗有種「只有小演員，沒有小角色」的覺悟。

比如林黛玉從蘇州帶來的小丫鬟雪雁，在其他版本裡，根本看不出這丫頭的個性。

然而在這一版裡，一樣是跟著自家姑娘進賈府，一樣是一句臺詞都沒有，一樣是鏡頭裡只有幾步路，但雪雁的小腦袋瓜兒轉來轉去，上看下看，小臉上是繃不住的新鮮興奮，眼神裡盡是好奇驚嘆。

這波操作傳神也就罷了，還非常之合理。

因為原著上就是這樣寫的啊，賈府排場可比林府大多了，雪雁的反應很對。

職場篇　妳談業務的樣子真性感

　　況且正是因為她這「一團孩氣」，賈母很不放心把外孫女交給她伺候，才另撥了紫鵑過去的。如果她精明能幹如鴛鴦，事事妥貼周到，還有後者什麼事兒？

　　本是貼身丫鬟的她，就這樣被「空降」的紫鵑後來居上，截斷了升遷之路。

　　後來的雪雁，就一直一直是個小丫鬟。

　　這有區別嗎？當然！大丫鬟的月錢是一弔錢，小丫鬟的月錢是五百錢，職位薪資差一半兒呢！經濟上的差距還是表面上的，更深層次的損失是她在瀟湘館權力格局上的被邊緣化。本來主僕兩人客居金陵相依為命，理應她是心腹才對。

　　誰能想到小姐居然和半路上殺出來的紫鵑配一臉？兩個人成了貼心貼肺的姊妹淘，關係完全超越了主僕，天天秀恩愛，直接把她撇到一邊。

　　「我並不是林家的人，我也和襲人鴛鴦是一夥的，偏把我給了林姑娘使。偏生她又和我極好，比她蘇州來的還好十倍，一時一刻我們兩個離不開。」

　　這是紫鵑的原話。雪雁在她的嘴裡，直接成了「蘇州來的」，竟然連個名字都不配有了。

　　聽她的口氣，將來還打算做黛玉的陪嫁丫鬟，因為「她倘或要去了，我必要跟了她去的」。那，到時候萬一位置有限，雪雁怎麼辦呢？

　　要不說，人心的地界裡不講先來後到，只講性情相投呢！

二

在紫鵑和黛玉水潑不進針插不進的情誼之間,雪雁生生淪為一個跑腿的。

第八回,林黛玉在薛姨媽家喝酒,吃鵝掌鴨信,雪雁來送手爐。

黛玉直接問:「誰叫妳送來的?難為她費心,那裡就冷死了我!」彷彿天然知道雪雁不會這麼貼心,上心的一定另有其人。

雪雁老實答:「紫鵑姐姐怕姑娘冷,使我送來的。」她倒也不貪功隱瞞。

看出端倪了吧?黛玉與紫鵑之間是至親至疏的關係,知之甚深,又到此為止。

這還不算,她竟然順便成了瀟湘館的「捲簾大將」。

「雪雁,快掀簾子,姑娘來了。」連廊下養的鸚鵡都學會了,一見林黛玉回來就粗聲嘎氣地吆喝她。不用說,這肯定是跟紫鵑學的,春纖比雪雁資歷還淺,鸚鵡都不敢這麼使喚她。

換個心高點的,早氣死了。

小紅不是就在寶玉面前抱怨過:端茶送水的工作輪不上,只能做點外圍的工作。在瀟湘館這邊,從來都是紫鵑喊姑娘吃藥,沒見過雪雁什麼事兒。

可憐的雪雁,跟著主子風塵僕僕北上,無親無故有家難回,卻不被重用,也太慘了點。

可是,從來沒見過雪雁發牢騷,哀怨自己的受冷落、不得志,也沒看到她拚命上進,抓住一切機會表現自己,以期重得姑娘的信任,她更不可能跟誰爭寵邀功,爭風吃醋。

職場篇　妳談業務的樣子真性感

雪雁每天樂樂呵呵進進出出，似乎正好樂得清閒自在，就差說「反正紫鵑姐姐本就是這裡的人，她受姑娘看重，原是應該的」了。

這就叫恬淡不爭了吧？似乎是值得嘉許的。

人的性情若要平和，內在能量進出需要保持平衡，所以跟「輕仇者寡恩」一樣，不太計較的人，一般也不會熱衷於付出。

類似於黛玉初入賈府的「不肯多行一步路」，雪雁平時的靈魂背景音樂，應該是「絕不多做一點事」，讓擦桌子不掃地，讓掀簾子不抹灰的那種。

且看第五十七回，紫鵑派她到王夫人處去給黛玉取人蔘，這半中間寶玉來到瀟湘館，被紫鵑搶白了一頓。他一個人失魂落魄走出來，坐在桃花樹下山石上發呆時，雪雁回來路過，上前問候了幾句，被寶玉不知好歹地給嗆回來了。

注意，寶玉發呆可不是一時半會，是「直呆了五六頓飯工夫」，少說也有兩個小時。

也就是說，雪雁去隔壁部門領個東西，兩三個小時才回來。

所以才有後文把人蔘交給紫鵑時，紫鵑問她的那一句：「太太做什麼呢？」這話問得突兀，畢竟地位懸殊太遠，紫鵑管不著人家王夫人做什麼。

紫鵑，是在婉轉表達不滿，潛臺詞是：「太太不在嗎？怎麼這會才回來？」或者另一種擔憂：「這麼長時間才取到人蔘，是太太不好好給嗎？」

響鼓不用重錘敲，雪雁馬上意識到自己辦差時間過長了，忙說王夫人在午睡，「所以等了這半日。」

換個勤快點的，一看太太午睡就先回來了：「太太正睡午覺呢，一半個時辰醒不來，我午後再去吧。」但是她沒有，正好藉機和玉釧兒聊會兒閒天，順理成章摸個魚。

她不是勤快人，但聽她的回話，也絕對不傻，一個「所以」就表明她聽出了弦外之音。

再往後看，才發現何止不傻，她精得跟猴兒似的，可惜，聰明才智全用在這些雞毛蒜皮的小事情上面了。

三

她跟紫鵑講了個「笑話」。

「我因等太太的工夫，和玉釧兒姐姐坐在下房裡說話，誰知趙姨奶奶招手兒叫我……」

趙姨娘找她，是因為自己兄弟沒了，要回去送殯，同帶著的小丫頭小吉祥兒沒有孝服，就來借雪雁的月白緞子襖。林黛玉的父親林如海去世才不久，趙姨娘知道雪雁必定有，故此張口。

但是雪雁有老主意，不借。理由是白襖趙姨娘她們自己一定有，只是怕去髒地方弄髒了，才來借別人的。

她不像老好人襲人，面對別人求助，不幫就會心有不安。既然認定假設成立，所以拒絕起來沒有道德負擔，是趙姨娘不仁在先，自己不借便不算不義。

她也不像火爆性子晴雯，會直接懟回去：「恐怕是你們自己的怕弄髒了不捨得穿，才來借我的吧？想得美！」

她是這樣軟軟地回過去的：「我的衣裳簪環都是姑娘叫紫鵑姐姐收著呢。如今先得去告訴她，還得回姑娘呢。姑娘身上又病著，更費了大事，誤了妳老出門，不如再轉借罷。」告訴對方自己的東西自己做不了主，上

職場篇　妳談業務的樣子真性感

面有兩層主管,大老闆由於身體原因又不方便審批,這申領的程序太複雜,別耽誤了您的大事兒。

她也知道自己這鍋甩得不厚道,因此忙忙地跟紫鵑報備,以防謊言萬一被戳穿,自己裡外不是人。明明是個人行為,她卻上升到了集體立場:「借我的弄髒了也是小事,只是我想,他素日有些什麼好處到我們跟前。」

話說,一件衣服借不借是你的自由,不用扯上別人,你說「我」就行,別「我們」行嗎?好像多大事兒需要同仇敵愾,這真犯不上表忠心。

幸而紫鵑豁達,看穿了她的小想法,也能一笑了之:「妳這個小東西子倒也巧。妳不借給她,妳往我和姑娘身上推,叫人怨不著妳。」趙姨娘本來就對黛玉有芥蒂,這必定又在記恨簿上添一筆,而這一切黛玉還蒙在鼓裡。

這樣的雪雁,應變不能說不靈活,思維不能說不縝密,口齒不能說不伶俐,但總透著一副精明過頭的樣子。

所以她不得黛玉重用,是有自身原因的。

人與人相處,要有幾分憨氣和義氣。

紫鵑既會替黛玉日夜操心:「替妳愁了這幾年了,無父母無兄弟,誰是知疼著熱的人?」

也會設身處地焦慮:「有老太太一日還好一日,若沒了老太太,也只是憑人去欺負了。」

在懷疑賈母屬意寶琴後,竟敢豁出去鋌而走險,捨一身剮招一頓打罵,去試一試寶玉的真心:「早則明年春天,遲則秋天,這裡縱不送去,林家亦必有人來接的。」只為了給黛玉搏一個幸福的未來。

兩相對比，如果換作你，更願意親近誰？

聰慧如黛玉，自然知道雪雁此人不是能力不行，是根本養不熟。早年年幼尚可擔待，如今大了千伶百俐，卻凡事先替自己打算，雖不是什麼大奸大惡，但到底不能與之深交相托。

否則事到臨頭，沒有擔當，把頭一縮，閃一個沒商量，乾脆就當個普通的家政服務人員用用就好。

當然話說回來，也許是雪雁意識到黛玉對她的不看重，索性自己不那麼出力了。人與人之間的複雜微妙，本就說不清。

四

高鶚續書，有千般不好，但有一處很穩。

第九十七回，他寫寶玉大婚，王熙鳳使掉包計，將寶釵換了黛玉。為了做戲要做足全套，特別選了雪雁來做陪嫁丫鬟，負責披著紅扶新娘子下轎。

作者這麼安排太對了，這種事紫鵑絕對做不出來。而雪雁就可以，她沒有那麼堅定的立場。

所以，該怎麼評價雪雁這個人呢？

如果把瀟湘館看作一個家庭，雪雁像個縱然有點滑頭滑腦，但哥姐們也不與之計較的老么；如果看作是職場呢？那她就是一個天生的小油條。

本職工作上不好不壞，過得去但也說不上優秀，該做的做一做，能拖的就拖一拖；對於額外的事情，秉承「不在其位不謀其政」的宗旨，能推就推；至於人際關係上，不樹敵也不站邊，不得罪誰，但也不會對誰很忠心。

職場篇　妳談業務的樣子真性感

　　這種人不是攀登者,是天生的遊弋者,擅長混日子,做快樂的普通人。「飽食遨遊,泛若不繫之舟」,東遊遊西逛逛,這一輩子就鬆鬆快快地過來了。

　　有人喜歡當爭誇榮耀的襲人,有人喜歡當掐尖要強的晴雯,有人喜歡當掏心掏肺的紫鵑,也有人就喜歡當隨遇而安的雪雁,人各有志,不能用單純的好或壞來定義。

　　但切莫以為做雪雁就比其他人容易,職場油條也需要足量的「聰明才智」。

　　首先,你得滿足現狀,沒有上進心,更不能有忌妒心。冷板凳一坐好多年,眼看著別人升職加薪,自己要能不失落,始終風輕雲淡。單這一份超脫的心態,就篩下去許多人。

　　其次,不爭強好勝,不承擔責任,怎麼自在怎麼來,但尺度把握在他人可容忍範圍之內。俗話說「不打勤不打懶,就打那個不長眼」,雪雁這種人是最有眼力見的,否則早被拍扁了。

　　最後說為人,有點小算盤小聰明,滑不溜秋難以抓牢,說話不授人以柄,做事不落人口實,絕不讓自己陷入尷尬,和誰都笑哈哈,關鍵時刻還會甩鍋,明虧暗虧都不吃。

　　左手中庸右手雞賊,你以為這樣平平淡淡活著,比做少數派菁英容易啊?也需要心力和天分的。

　　所以,當你遇到一個職場油條,與他們共過幾次事,交過幾次手之後,就會覺得這樣的聰明人淪為芸芸眾生真是可惜,被品性給耽誤了。但你看人家蹓躂的樣子,也會覺得這樣也挺好,反正人生苦短,自己開心比什麼都強。

再說未必人人都要做菁英，大家都去做響噹噹的菁英，誰來做芸芸眾生？而且吧，你還會發現一個令人哭笑不得的真相：

有的菁英是因為做不好芸芸眾生，在擠擠挨挨的人群裡，不具備讓自己一直舒舒服服待著的能耐，才被逼無奈去做了菁英的。

所以三觀不正地借用一下羅素（Russell，西元 1872 年至 1970 年）的話吧：須知參差多型，才是幸福本源。

賈瑞：猥瑣直男怎麼作死

一

身為一個女性讀者，讀「紅樓」每次讀到關於賈瑞的部分，整個人都感覺不好了。

那種令人反胃和愕然的猥瑣，已經到達第七層境界，賈璉、賈珍、賈蓉們已經夠不講究了，但跟他一比都自嘆不如，賈蓉後來還特別提過：「鳳姑娘那樣剛強，瑞叔還想她的帳。」差不多是說：瑞叔特別有理想，連鳳姐的主意都敢打，不扶牆就服他。

雖然他的戲份統共沒幾頁紙，幾下就嗝屁著涼了，但是這個人物帶給人的心理噁心感，卻久久不能散去。

首先賈瑞亮相的方式，就讓人很不舒服。

當時，鳳姐剛從病重的秦可卿屋裡出來，走在園子裡想透口氣，恰好眼前黃花滿地，白柳橫坡，小橋流水，紅葉翩翩，她沉醉其中，步步行來

職場篇　妳談業務的樣子真性感

　　步步稱賞，秋日的美景暫時沖淡了她心頭的沉重。大多數時候她活得太過緊繃，美景當前她從來無暇欣賞，更多的是眼觀六路耳聽八方，陪伴張羅活躍氣氛，只有這一刻，是屬於自己的獨處時刻。

　　如果給這個畫面配樂，該是一段舒緩流麗的小提琴獨奏。而走到假山前時，音樂將戛然而止，詭異的敲擊聲會驟然響起。賈瑞現身了。

　　用詞向來講究得不能再講究的老曹，短短幾句話裡，一個詞重複用了兩次：「猛然」。

　　「猛然從假山石後走過一個人來」，「鳳姐兒猛然見了，將身子望後一退」。

　　注意，他顯然不是遠遠地看見再走上前來打招呼，而是躲在假山石頭後面埋伏已久，像一個等候獵物的蹩腳獵手。

　　動作也很壞，不是偽裝一場不期的偶遇，也不是用西門慶式的胸有成竹，悠哉悠哉晃出來，而是「噌」地一下竄出來，向前逼一步：「請嫂子安。」換個心臟不好的會被嚇死。

　　鳳姐什麼場面沒見過，此刻反應竟然是倒退一步，除了被驚到，只說明一個問題：賈瑞湊得太近了。

　　每個人都有自己的安全「領空」，心理學上有個詞叫「安全距離」，這個距離通常是 1.5 公尺左右。當人被不熟悉的人靠得太近，會感到緊張不適而後退。大概是因為遠古人類祖先為了生存要時刻保持警覺，便把這樣的預警密碼留在了人類基因之中。

　　換而言之，賈瑞這個動作有很強的侵犯性，下意識地是來者不善。

二

接下來，賈瑞的侵犯意圖越來越明顯。

鳳姐問：這不是瑞大爺嗎？

賈瑞如此回答：「嫂子連我也不認得了？不是我是誰？」

按正常邏輯，換成賈薔，會說：嬸子好記性，正是姪兒。但賈瑞用的卻是反問語氣，彷彿鳳姐不應該不記得他，有一種強行套近乎的無禮。

鳳姐的話術很高超，假意敷衍說總聽到「你哥哥時常提你，說你很好」。提賈璉是在潛意識裡提醒對方注意分寸，還昧著良心反話正說：「聽你說這幾句話，就知道你是個聰明和氣的人了。」接著又說自己今天有事，沒時間說話，等閒了再聊，滴水不漏地要結束與他的對話。

賈瑞不過是個沒落的宗族子弟，跟著他在府裡當私塾先生的爺爺才得以混進賈府，鳳姐這麼委婉，已經很給面子了。

但賈瑞全不聽對方的弦外之音，追著說：「我要到嫂子家裡去請安，又恐怕嫂子年輕，不肯輕易見人。」強調鳳姐在他心裡是一個年輕女人。

更別提他的各種表情：一開始是拿眼睛不住地打量；後來神情益發不堪難看；再後來離去時的不住回頭……全都是赤裸裸不掩飾的色慾攻心。

再接著，他就開始了第二階段的進攻。一趟趟往鳳姐屋裡跑，打聽鳳姐在不在家，連平兒都忍不住好奇：這瑞大爺是因為什麼事情老往我們家跑呢？

讀到這裡，就發現了，這人不但色膽包天，還有一腔愚蠢的迷之自信。

他的自信來自哪裡？來自他對男女之情自以為是的了解。

說賈璉，「二哥哥怎麼還不回來？」「別是路上有人絆住腳了，捨不得

職場篇　妳談業務的樣子真性感

回來也未可知？」相當於今天一個男的對一個已婚女性說：「妳老公天天在外面出差，是不是在外面搞小三呢？」這種玩笑最讓人反感，簡直是討打的節奏。

又說鳳姐，「嫂子天天也悶的很。」鳳姐天天忙得腳不沾地，連覺都睡不夠，怎麼會悶？

下一句更有趣：「我倒天天閒著，天天過來替嫂子解解悶可好不好？」他每天遊手好閒無事可做，便以為人人都和他一樣無聊到只對男歡女愛有興趣，賈璉一定是尋花問柳冷落了鳳姐；鳳姐一定是閨房寂寞，正缺他這樣的人來填補飢渴。

賈瑞的每一次試探性進攻的背後，是一種悍然的直男思維：是個女人都樂於被男人侵犯。

▍三

幾百年過去，這樣的思維到今天也沒滅絕。

某戲劇界編劇大咖的成名作裡有這樣一個情節：男人落難，將救他的女子強行占為己有，後者不但不悲不怒，還求他以後不要拋棄她。自此死心塌地跟著他，還為他生了個孩子，兩人幸福地生活在一起。

這是只有賈瑞們才能臆想出來的情節。

現實中有些男的明明剛認識沒多久，根本就不熟，就貿然給女生發黃段子騷擾，被人打臉後還振振有詞：「至於嗎？連個玩笑都開不起？我撩妳說明看得起妳，妳應該愉快接受。怎麼還翻臉了呢？」她憑什麼不接受？這也是賈瑞們的心頭疑惑。

他們全用下半身思考，大腦基本上棄用，不懂何為尊重，沒有共情能力，不會換位思考，心思齷齪手段卻拙劣，被這等人騷擾，對一個心高氣傲的聰明女子來說，簡直是奇恥大辱。

這種人就像蒼蠅，不拍死他，他就繞著你沒完沒了，趕都趕不走。

在被一而再再而三地冒犯，忍無可忍之後，鳳姐決定出手收拾他：你好，約嗎？

第一次，約在榮府穿堂，將他關在裡面整整一夜，凍了個半死。回去被爺爺打了三四十大板，餓著肚子罰跪背文章，吃盡苦頭。

他不知悔改，居然沒意識到鳳姐是在給他教訓，還敢作死地跑了來，蠢的。

鳳姐第二次直接來了個甕中捉鱉，派賈薔賈蓉拿住他敲了一筆竹槓，一人拿走了五十兩的欠條，還澆了他一身「金汁」（大糞）。從此惹上了麻煩，白天功課緊，還要被索債，晚上又將鳳姐視為幻想對象……小身板扛不住，終於倒下了。空空道人給了他一面鏡子，叫「風月寶鑑」，乃警幻仙子所制，專治邪思妄動，囑咐他只看反面，別看正面。賈瑞好奇，一看正面，發現裡面是鳳姐兒招手叫他……

結果大家都知道了，賈瑞精盡人亡，也算死得其所。

他敗盡讀者最後一點同情心的原因在於，在整個過程中，他沒有對鳳姐流露過一絲柔情，一點愛惜呵護，只有淫慾，沒有真情，全部指向簡單粗暴的生理慾望。被鳳姐二次設局時有一個細節：黑燈瞎火的，影影綽綽見個人走過來，連認也不認，就餓虎撲食似的撲了上去，做出各種不堪醜態。較之阿Q撲通跪下，對著女人說「我要和妳睏覺」時那種令人哭笑不得的憨蠻，他精蟲上腦的失心瘋行為，令人生出一種目瞪口呆的無語和

職場篇　妳談業務的樣子真性感

厭惡。

賈瑞死了，鳳姐和寶鑑固然脫不了關係，但是他自己的不自知、不節制、不自律才是真正的罪魁禍首。

猜曹公寫他的本意，恐怕是想以賈瑞們為反面教材寫一部勸誡警示之書，教人們學會管理約束慾望，否則書的原名不會叫《風月寶鑑》。

但曹公寫著寫著，竟寫成了今天的《紅樓夢》，一部充滿了高級美的靈魂現實主義鉅著。也許他終於發現，生命中那些繞不開的美好記憶，和記憶裡那些美好的人和事，才值得花心思一筆筆地去記錄、去歌頌、去緬懷，而賈瑞只能充當邊角料的小丑角色，永遠無法成為主流，他的故事只能當作一個猥瑣男作死樣本案例，告訴人們，一個愚蠢的人起了執念，就是自己的一場災難。

賈寶玉：我怎麼覺得我懷才不遇

一

沒事看直播，發現賣口紅目前誰也贏不過網紅。但若從《紅樓夢》裡拉一個人，分分鐘就「贏」了他。

大家想想，網紅賣口紅靠什麼？靠親自上陣，把口紅抹在自己嘴唇上試色。但這一位更厲害，人家直接試吃──沒錯，就是從小在脂粉堆裡打混的寶玉寶二爺。

在《紅樓夢》裡，口紅被叫「胭脂」，寶二爺最喜歡吃的就是這胭脂。

有一種病叫「異食癖」，是因為體內缺鋅造成的。得這種病的一般是窮人，愛吃的東西五花八門：鹽巴、煤球、土塊……但寶玉顯然不是，賈府的伙食那麼好，不可能讓他缺營養，唯一解釋是愛紅成癡。

小姐姐襲人為此操碎了心，她還以贖身回家相要挾過，其中一條就是：「再不可毀僧謗道，調脂弄粉。還有更要緊的一件，再不許吃人嘴上擦的胭脂了，與那愛紅的毛病。」寶二爺滿口答應：「都改，都改。」

可是，曹公寫第二天他去找林黛玉時，「黛玉因看見寶玉左邊腮上有鈕釦大小的一塊血漬」，黛玉體貼地輕撫「傷口」問：「這又是誰的指甲刮破了？」寶玉邊躲邊笑道：「不是刮的，只怕是才剛替他們淘漉胭脂膏子，(沾)上了一點。」咦？你昨晚是怎麼答應人家襲人的？陽奉陰違。

他是多麼喜歡做胭脂呀！沒事就鼓搗。

林黛玉平日用的胭脂就是他包了，上學前前去向林妹妹辭別，特別交代的一件事就是胭脂膏子等他放學回來再製。她對他這個愛好表示深深擔憂：你又幹這些事了，還不注意隱藏痕跡，萬一傳到舅舅耳朵裡，「又該大家不乾淨惹氣」。

寶玉本人對此的應對是：態度端正，堅決不改。這事發生在第十九回，那一回的回目叫「情切切良宵花解語，意綿綿靜日玉生香」，「花」即花襲人，「玉」即林黛玉。就這一件事，兩個他最離不開的女子，前後腳勸他都勸不住。

第二十一回，早起湘雲幫他梳頭，他坐在梳妝檯前，「不覺又順手拈了胭脂，意欲要往口邊送」，被湘雲「啪」地打落在地：「這不長進的毛病，多早晚才改過！」

二十三回，王夫人房裡的丫頭金釧兒還在故意撩逗寶玉：「我這嘴上

職場篇　妳談業務的樣子真性感

是才擦的香浸胭脂，你這會子可吃不吃了？」

到了二十四回，他直接猴上鴛鴦身去涎皮笑道：「好姐姐，把妳嘴上的胭脂賞我吃了罷。」襲人都快氣得原地爆炸了。

這份熱愛是從娘胎裡帶來的，不需要培養。

猶記得一歲抓周，他胖乎乎的小手掠過文房四寶、掠過金銀元寶、掠過將軍盔、掠過官星印，直奔那些芳香美麗的脂粉釵環而去。老爹賈政為此怒不可遏：「將來酒色之徒耳（爾）！」

二

若是在今天，寶玉可以根據自己的愛好選擇專業，他去做護膚品研發，一定成為行業頂尖專家；

或者當個自媒體人，專門分析成分，推薦可靠好用的護膚品，少說也能有十萬粉。有了天賦加興趣，怎麼可能不成功？

如果他願意跟緊時代風向，心血來潮上直播賣口紅，更沒網紅美妝KOL們什麼事了。論顏值，寶二爺不輸他們；論女人緣，寶玉是出了名的姊妹淘；再說專業度，試問網紅美妝KOL們除了能靠試抹展示顏色，他說得出來每支口紅的成分和製作方法嗎？但寶二爺就能，他對整個製作過程瞭如指掌，說得頭頭是道，自然更有信服度。

第四十四回賈璉偷腥鮑二家的，鳳姐「潑醋」，連累平兒捱了打，哭得妝都花了。

寶玉便抓緊推薦自己手作的私家限量版「口紅」。

先是引導消費者需求：「姐姐還該擦上些脂粉，不然倒像是和鳳姐姐

賭了氣似的。況且又是她的好日子，而且老太太又打發了人來安慰妳。」平兒聽了覺得有理，乖乖坐在了梳妝檯前。

再是設計簡約精緻。「看見胭脂也不是成張的，卻是一個小小的白玉盒子，裡面盛著一盒，如玫瑰膏子一樣。」

三是製作精良，過程透明。寶玉笑道：「那市賣的胭脂都不乾淨，顏色也薄。這是上好的胭脂擰出汁子來，淘澄淨了渣滓，配了花露蒸疊成的。」

四是經濟耐用，特別省。「只用細簪子挑一點兒抹在手心裡，用一點水化開抹在唇上；手心裡就夠打頰腮了。」平兒依言妝飾，果見鮮豔異常，且又甜香滿頰。

寶玉為什麼喜歡吃胭脂？自己做的，吃起來放心。

這種純植物又好吃的產品可跟美妝 KOL 們賣的口紅絕不是一個概念，事實勝過吵鬧，根本不用大喊口號，只須對著鏡頭笑瞇瞇地說「姐姐們都是水做的骨肉，比不得我這鬚眉濁物，自然要配用一等一的東西才好」就夠了。

在推薦胭脂、口紅之前，寶玉還向平兒推薦了自製的紫茉莉花散粉。

「寶玉忙走至妝臺前，將一個宣窯瓷盒揭開，裡面盛著一排十根玉簪花棒，拈了一根遞與平兒。又笑向他道：『這不是鉛粉，這是紫茉莉花種，研碎了兌上香料製的。』平兒倒在掌上看時，果見輕白紅香，四樣俱美，攤在臉上也容易勻淨，且能潤澤肌膚，不似別的粉青重澀滯。」

想像一下，如果直播賣貨時，寶玉能請來平姑娘做嘉賓現場試妝，並與其他產品做出試用對比，紫茉莉花粉一定也會分分鐘斷貨。

說來說去，不管你是誰，要對自己推的產品品質有了解，推的時候才會有自信，自然會有好口碑。

職場篇　妳談業務的樣子真性感

三

　　除了化妝領域，寶玉還可以推薦其他產品。畢竟出身高貴的鐘鳴鼎食公侯之家，是見過、用過好東西的人，知道什麼是真高級。

　　不妨來腦補一下吧：

　　寶玉：「今天向大家推一個良心產品，這一款薔薇硝，銀硝裡特地加進了薔薇露，薔薇清熱、利溼、活血、解毒，專治每年春天女孩子臉上長的杏斑癬。我們園子裡的姐姐妹妹們臉上長了春癬，都搽它，比外頭的銀硝強。我家雲妹妹臉上長了癬，就是跟寶姐姐討來的，一搽就好。寶姐姐房裡的蕊官，專門送給我房裡的芳官一包呢！」

　　這時，他的「助理」茗煙忽然探過頭來：「寶二爺真不誆你們，為了這個，環三爺想幫他屋裡的彩雲討，芳官不捨得，給了上一款推過的茉莉粉哄他，因為這事，趙姨奶奶還找上門來和小戲子們打了一架呢！」

　　寶玉：「妳閉嘴。」

　　麝月忽然拿了一件衣服走過來幫寶玉披上：「二爺，不早了睡吧，玩也得有個章法，不能這麼白天黑夜的，那美妝 KOL 可不就是為了多賺銀子，把眼睛都累矇矓了？你和他不一樣，回頭別讓老太太知道了⋯⋯」

　　寶玉：「茗煙，發個帖子給他，讓他注意身子，再把我們府裡上好的燕窩給他一包，好生將養。上回看他直播直吸溜鼻子，我們房裡上回晴雯用的西洋鼻菸還有沒有新的，一塊打發人快遞過去。」

　　茗煙嘴裡答應，心裡想：好吧，快遞我寄「貨到付款」。

　　茜香羅大紅汗巾子，他可以這樣說：「這款限量版汗巾子是茜香國女國王所供之物，夏天綁著，肌膚生香，不生汗漬。是北靜王爺推薦給琪官

的,琪官你們都聽說過吧?就是那位名馳天下的唱崑曲的小旦,她又推薦給了我,我綁著覺得好,又推薦給了我屋裡的襲人。一共也沒幾條,賣完就不補貨了。」

鶺鴒香念珠。他可以這樣說:「大家看看這個手串,也是北靜王同款,佛頭雕有鶺鴒圖案,寓意兄弟相親相愛。北靜王手上那一串,本是當今聖上賜予他的,他又轉贈了我,我林妹妹上回從蘇州回來,我忙拿去向她獻寶,不料她⋯⋯咳咳⋯⋯嗯⋯⋯今天我手上戴的就是這一串,展示給大家看看。這一批香珠都完全是照著我這一款做的,材質相同,香味純正。做工相似度達九成九,你戴了就知道。」

玫瑰露。他可以這樣說:「看看這個小瓶子,雖然只有三寸大小,但它的內容卻很優秀。先看包裝,瓶身是玻璃的,蓋子是螺絲銀蓋的。迎著光亮看,裡面是胭脂一般的汁子,有點像西洋葡萄酒,但並不是葡萄酒,而是比葡萄酒還金貴的玫瑰露。玫瑰可以溫養肝血,理氣解鬱,女孩子每個月都應該有幾天喝一喝,但畢竟性熱不宜多吃。若是得了熱病的人沖冷水喝,倒是眼明心亮、通體清涼。我們府裡人都拿這個當寶貝,最後幾瓶,需要的可以去搶購了。」

如果高興,他還可以推一推黛玉同款葬花鋤和錦囊、寶釵同款金鎖、妙玉同款綠玉斗茶杯、湘雲同款絳紋石戒指、自己同款的蓑衣斗笠⋯⋯只要他想。

只可惜,以上這些都是我們這些讀者一廂情願的想像罷了。一個懂得享受生活又有鑑別能力的男生,在那個年代空有一身本事無處施展,懷才不遇,被人目為異類或廢柴。

都說金陵十二釵們命薄,那麼多美好優秀的女兒們,因為時代所限沒

職場篇　妳談業務的樣子真性感

法走出家門幹一番事業，其實換個角度細想，寶玉寶二爺，那才叫真正的生不逢時哪！

無名小丫頭：「紅樓」裡那個最伶俐的女孩

一

　　曾經認為《紅樓夢》裡最會編故事的人是劉姥姥。

　　她二進賈府時，為了討賈母高興，有的沒的編了一長串。頭一個故事就是過世的茗玉小姐的泥像成了精，大雪天的穿著大紅襖白綾裙抽柴火。哄得寶玉真的派人去按圖索驥找那個廟，進去發現供的竟是個青臉紅髮的瘟神爺。

　　後來覺得是紫鵑。

　　紫鵑嘴上功夫堪稱出神入化，可以把劉姥姥直接拍在沙灘上。你看第五十七回，沒有任何徵兆，和寶玉談笑間忽然翻臉，告誡他以後要與她們保持距離，別惹人閒話，說著扭頭走了，把寶玉惹哭了。

　　她去哄他，感謝寶玉幫林黛玉在老太太面前爭取到了燕窩。寶玉說吃上三二年就好了，紫鵑卻馬上說：「明年家去，那裡有閒錢吃這個。」

　　這等於是一邊伸著前爪求和，一邊用後爪又刨了個坑。

　　一句話把寶玉嚇壞了，問：誰？往那個家去？

　　紫鵑說：「你妹妹回蘇州家去。」寶玉笑了：妳哄我，他們家早沒人了。

　　引出紫鵑下面一大段話。

紫鵑冷笑道：「你太看小了人。你們賈家獨是大族人口多的，除了你家，別人只得一父一母，房族中真個再無人了不成？我們姑娘來時，原是老太太心疼他年小，雖有叔伯，不如親父母，故此接來住幾年。大了該出閣時，自然要送還林家的。終不成林家的女兒在你賈家一世不成？」

還編出了具體時限：「早則明年春天，遲則秋天。這裡縱不送去，林家亦必有人來接的。」

再來最後一擊：「前日夜裡姑娘和我說了，叫我告訴你：將從前小時頑的東西，有她送你的，叫你都打點出來還她。她也將你送她的打疊了在那裡呢。」

說瞎話不打腹稿，直接把寶玉冰凍，眼睛發直，口角流涎，不言不語，任人擺布，變成了殭屍一枚。

劉姥姥不過是叫人跑了冤枉路，頂多是糊弄瘸了，她能把人糊弄瘋了。紫鵑才是當之無愧的故事大王。

但沒想到，大王上面居然還有大魔王。

二

書到第七十八回，發現還有個人，編故事的技能比紫鵑更厲害。

那感覺，好像喬峰遭遇了掃地僧，周芷若碰到了黃衫女，《紅樓夢》裡這一位，老曹直接叫她「旁邊那一個小丫頭」——真正的隱世高手，都沒有正經名字。

晴雯被攆後一命嗚呼。寶玉牽心不已，便特地找了兩個了解情況的小丫頭詢問。他最關心的是晴雯斷氣前叫的是誰，小丫頭說叫的是娘。寶玉

職場篇　妳談業務的樣子真性感

問：還叫誰？小丫頭實話實說：沒了。

寶玉不甘心，暗示道：「妳糊塗，想必沒有聽真。」

這時候，「旁邊那一個小丫頭」披掛上陣了。

上來就說：「真個她糊塗。」又轉向寶玉說：「不但我聽得真切，我還親自偷著看去的。」直接給出了臨場感。

寶玉將信將疑，問：「妳怎麼又親自看去？」這是要她交代動作動機。

小丫頭這麼說：「我因想晴雯姐姐素日與別人不同，待我們極好。如今她雖受了委屈出去，我們不能別的法子救她，只親去瞧瞧，也不枉素日疼我們一場。就是人知道了回了太太，打我們一頓，也是願受的。所以我拚著挨一頓打，偷著下去瞧了瞧……」

這些話裡夾帶著兩層含義，第一是說晴雯冤枉，投寶玉所好；第二標榜自己有良心講義氣。

下面一句最有資訊量：「她因想著那起俗人不可說話，所以只閉眼養神，見我去了便睜開眼……」這是王婆賣瓜，標榜自己不是俗人哪！見過給自己臉上貼金的，沒見過貼得這麼順手的。

看她接著往下編。

她說晴雯問了：「寶玉哪去了？」這一下，正中寶玉下懷。

又說「不能見了」。還是她勸晴雯等一等寶玉回來，但晴雯說：不能等了，自己要去天上當花神，玉皇敕命的。未正二刻上任，但寶玉未正三刻才能回家，不能見面。緣由嘛，人死了做鬼，可以燒點錢賄賂一下索命的鬼，他們忙著搶錢，人可以多遲延一下。但現在是神仙召喚，豈可拖延。

小丫頭說到這裡，換了個角度：「我聽了這話，竟不大信。」這是替聽

故事的人說出疑問。

然後再兜回來：我到房裡留神看時辰表，果然未正二刻嚥氣，你正三刻進門。

這波操作太聰明：她把自己擇出來，成了客觀敘述，很巧妙地把細節補充齊全。

三

到了這份上，寶玉完全被故事帶著走了，不由自主幫她解釋：「妳不識字看書，所以不知道。這原是有的……」

入戲太深的寶玉問她：晴雯是總花神，還是單管一種花的花神？

這問題明顯超出理解範圍了了，小丫頭傻眼了謅不上來，但她反應奇快，看到池上芙蓉開，馬上急中生智說晴雯主司芙蓉花。

如果她直接說出答案還罷了，誰能想到，她在亮出答案之前竟又加了一場戲：「我也曾問她是管什麼花的神，告訴我們日後也好供養的……」說完晴雯怎麼回答後，大概是怕洩露出去，有人找她麻煩，還順帶用轉述晴雯的「原話」嚇唬寶玉「我只告訴妳，妳只可告訴寶玉一人，除他之外若洩了天機，五雷就來轟頂的。」

本就有「痴氣」的寶玉就這樣徹底被洗了腦。

每看這一段，禁不住被驚得目瞪口呆：天衣無縫、無懈可擊，這個小丫頭，不做編劇真是可惜了。

就剛剛編的那些個人物情節裡：有動作，動作有動機；有臺詞，臺詞有邏輯。細節全部靠得住，可以多角度切換視角。居然讓觀眾也參與進

職場篇　妳談業務的樣子真性感

來,幫著她自圓其說,這是每個編劇夢寐以求的最高境界。

最最最重要的是,她特別擅長迎合心理需求,知道觀眾想看什麼想聽什麼:讓冤死的晴雯做了花仙子,這創意堪比梁祝化蝶雙雙飛。

紫鵑能把喜劇變悲劇,前一分鐘笑嘻嘻的寶玉,後一分鐘成了行屍走肉;而這小丫頭卻能點石成金,翻手為雲覆手為雨,給故事安一個光明的尾巴,悲劇秒變成喜劇,讓哭哭啼啼的寶玉如釋重負,又有了新的希望:我就料定晴雯那樣的人必有一番事業做的。

她是謅瞎話編故事嗎?不,她等於是給他造了一個夢。這個夢消解了他的罪惡感,讓他可以心安理得地繼續生活下去。所以,他寧肯信其有。

四

接近原著尾聲,突然冒出來這樣一個無名小丫頭,她真的,只是來編個善意的謊言安慰寶玉嗎?

不,「紅樓」小人物,每一個都不是無緣無故隨便出現的,都有自己所要承載的任務。

門子引出了護官符,交代了四大家族的盤根錯節;

傻大姐引出了繡春囊,掀起了大觀園抄檢的腥風血雨;

張道士引出了金麒麟,伏了白首雙星,把寶黛愛情置於死地而後生;

王一貼引出了療妒湯,提前預告了香菱之死。

這個指著芙蓉花瞎謅的小騙子,曹公不過是要借她來做個引渡,引出另一個人下半生的命運預告。

當晚,寶玉芙蓉花下祭晴雯,大家大喊「晴雯真來顯魂了」,定睛一

看是黛玉從花深處款款走了出來。別忘了，當初黛玉掣的花箋正是芙蓉花，就算有芙蓉花神，也該是黛玉。

兩人改祭文，一句話反反覆覆改來改去，最後竟成了：「茜紗窗下，我本無緣；黃土壟中，卿何薄命。」茜紗窗，正是黛玉瀟湘館的窗。

這分明是讖語啊，兩個傻孩子！

晴為黛影，說的是晴雯，其實指的是黛玉。

曹公給了那個無名小丫頭三個字的評語：最伶俐。

是的，她必須最伶俐，最能隨機應變，最能巧舌如簧，最像一個高明的導覽，靠編故事把男女主角一步步地引到命運的窗口，來提前感知一下自己的收梢。

所以，才有寶玉將那四句話親口唸出後，黛玉的「忡然變色」，又強顏歡笑，黯然歸去。如同秉燭賞花，忽起一陣陰風，燈滅花殘，只看到一地破碎月光。毛骨悚然之後，是無盡的肅殺悲涼。

周姨娘：就做一朵隱忍沉默的花

一

讀「紅樓」的人們，有誰注意過周姨娘這個人？長相不詳，年齡不詳，出身不詳。甚至，網上還有過關於她到底是誰的小妾的爭論，搞不清她到底歸屬賈政還是賈赦？

姑且以為是賈政的吧！畢竟，在趙姨娘和小戲子群毆過後，女兒探春

職場篇　妳談業務的樣子真性感

嫌她不自重，拿周姨娘做對比：「……你瞧周姨娘，怎不見人欺她，她也不尋人去。」從語境上講，只有兩人同階同境、同工同酬，才有可比性。

第一百一十三回，趙姨娘在賈母葬禮上忽然中邪，認罪呼號一夜之後，一命嗚呼，死後也無人打理，反而是周姨娘哭得最悲切。平時需在公共場合露面時，周趙兩位姨娘也都像連體嬰兒一樣站在一起。寶玉燙傷後，兩人結伴而來探望，鳳姐眼皮子都不夾她們一下，她們兩個又識趣地結伴而去。

鳳姐過生日時，大家在賈母的號召下湊分子。有頭有臉的都出了，鳳姐卻使壞笑道：「上下都全了。還有兩位姨奶奶，她出不出，也問一聲。盡到她們是理，不然，她們只當小看了她們了。」兩位姨奶奶，即趙周二姨娘。

於是遣丫頭去問，原著寫「半日回來說道：『每位也出二兩。』」「半日」這二字用得極有張力，什麼都沒說，什麼都說了。別人出錢都是痛痛快快，只有她們兩個需要拖拖拉拉好長時間才能敲定數額。

一是窮，二兩銀子對別人來說不是個事，卻是姨娘整整一個月的薪資，人窮志短，沒法出手爽利；

二是謹慎，得問清楚別人出多少，作為自己的級別應該出多少的依據。出禮是一門大學問，既不能低於丫鬟跌了分叫人笑話，又不能高過正經主子被疑僭越不懂規矩，只能在可以活動的區間裡拿捏。

商量來商量去，狠狠心，算了，就這樣吧，出上二兩銀子！誰讓我們得罪不起那個母老虎呢？就當一年只有十一個月吧——這半日就是這麼過去的。

後來尤氏做主私底下還了她們，她們都不敢收，尤氏說：「便知道了，

有我應著呢。」叫她們別怕,這才千恩萬謝地收了。尤氏還批評過鳳姐,說幹什麼拉上這兩個「苦瓠子」?

苦瓠子,一種瓜類蔬菜生長過程被踩爛或其他原因,結出的果實發苦,用它來形容姨娘的命運可真形象,無本無木無法立世,只能像藤蔓一樣依附於他人,默默嚥下心中的苦。她們是豪門大族的邊角料。

二

然而苦與苦也終究是不同的,周姨娘明顯要更苦一些。

納妾的目的就是為了多繁衍子嗣。趙姨娘膝下有兒女一雙,算是完成了生育任務。女兒探春精明能幹,王夫人屋裡丟了東西,大家明知是趙姨娘慫恿自己屋裡的彩霞偷的,但平兒三個指頭一伸,不肯為打老鼠傷了玉瓶兒,要給探春留點面子,也就輕輕放過了。兒子賈環雖然年紀還小,也算是有盼頭了。馬道婆不是勸慰趙姨娘嗎?「熬的環哥兒大了,得個一官半職」,日子就好過了。連賈赦也要拍著賈環的腦袋說「世襲的前程定跑不了你襲呢」。趙姨娘是可以盼到苦盡甘來的人。

她敢鬧,還不是因為有底氣。至於她的蠢是另一回事,「唯上智與下愚不移」也,沒救了。

而周姨娘膝下無所出。這就相當於關鍵績效指標未完成,業績不合格,好在賈府是厚道人家,也沒人十分難為她,但是她的腰桿指定是硬不起來。

另外,賈政明顯更寵趙姨娘,晚上總是歇在趙姨娘屋裡,她常常獨守空房。那麼她的不生育與不得寵到底是不是互為因果關係,哪個是因,哪個是果?這就跟到底是先有蛋還是先有雞一樣,是個說不清的謎題。

職場篇　妳談業務的樣子真性感

有人說:「跟趙姨娘的各種上竄下跳不消停相比,周姨娘實在太沒存在感了。」一個出身低微的小妾,不得寵,又無所出。她心虛理虧,誰都得罪不起,哪裡還敢刷存在感找事呢?

探春誇她不爭不搶,你就說吧,讓她拿什麼爭?憑什麼搶?任性是需要資本的,她有嗎?

寶玉挨打後,賈母來看望寶玉,花花簇簇陪著的一群人裡面有周姨娘,因為寶玉挨打與賈環有關,因此趙姨娘推病,周姨娘只好一個人前往。只見她與眾婆娘丫頭們忙著打簾子,立靠背,鋪褥子,伺候賈母,將自己擺得很低。

不多嘴,不惹事,不討人厭,不招人煩,識時務有眼色,手腳還勤快。這樣可憐的人,誰會尋她的麻煩呢?沒孩子,又少了許多利益上的牽絆糾葛,管好自己就夠了。當初被選為姨娘,大概上頭正是看中了她的溫馴乖巧。

三

所以事實看起來就很荒誕,明明是趙姨娘比周姨娘混得好,但反而是周姨娘看起來比趙姨娘過得安穩。周姨娘很像盧梭(Jean-Jacques Rousseau,西元1712年至1778年)所言的那樣:「順從讓我獲得了安寧,一種在艱難又無意義的反抗掙扎中不可能有的安寧。也正是這種安寧,讓我的傷痛都得到了補償。」

前八十回裡周姨娘沒張嘴說過一句話,還是八十回後的作者高鶚,給了周姨娘一段內心獨白:「做偏室側房的下場頭不過如此!況她還有兒子的,我將來死起來還不知怎樣呢!」她的哭,更多的是兔死狐悲。這一補

白，倒讓周姨娘這個人物立體了起來，不再是一個鋸了嘴的葫蘆人。

讓人不禁浮想聯翩：如果能生出來一男半女，她還會是這副謹小慎微的樣子嗎？她會不會也長袖善舞精明老道呢？會不會也不動聲色地為子女尋求利益最大化呢？真是說不定啊！

周姨娘像極了一個工廠的工廠女工，機緣巧合走進了人人羨慕的大工廠，成了一個底層行政人員。然而自此碌碌一生，再無半點進步，眼前的紛紛擾擾浮華變遷，都與她無關。她沒有背景，但明白事理，不作妖不樹敵，小心翼翼地混到了退休，再從自己的職位上悄無聲息地離開。

人們提起她時，會說：「她是個好人。」

至於她的哀樂掙扎，誰在乎？誰知道？就像最樸素的花朵，隱忍沉默，忘記了自己還有芬芳。這種活法，你不能說好，也說不出什麼不好，如果有辦法，誰願意選擇委屈呢？都是為了生存。反正怎麼活，最後都是一輩子……

成年人，你敢說自己沒有當過劉姥姥？

一

《紅樓夢》到第六回，之前一直在寫賈府富貴氣象的曹公，忽然驚地宕開一筆，把鏡頭伸向了微如芥豆的劉姥姥家。

這是為什麼？

曹公自己說了：「按榮府中一宅人合算起來，人口雖不多，從上至下

職場篇　妳談業務的樣子真性感

也有三四百丁；雖事不多，一天也有一二十件，竟如亂麻一般，並無個頭緒作為綱領。」劉姥姥所在的王狗兒家，「因與榮府略有些瓜葛，這日正往榮府中來，因此便就此一家說來，倒還是頭緒。」懂了嗎？從技術層面講，這就是所謂的切入角度。

於是乎，劉姥姥就這麼出場了，這個相當於戲曲舞臺上女丑式的人設，有其自帶的功能性。作者寫她的用意，就是要跳脫出來，以草根階層的目光，來打量石獅子把守的高牆朱門和朱門內的人們。換句話說，劉姥姥，其實是在帶我們這些讀者進富貴場見世面。

例如「幾個挺胸疊肚指手畫腳的人，坐在大板凳上，說東談西」，就是外人眼中的賈府豪奴形象，他們這副得意忘形的樣子，寶玉黛玉等人是不知道的。主子面前，奴才永遠卑躬屈膝唯唯諾諾，根本看不到他們的第二張面孔。所以，出身太好會錯失掉很多世間的真相和體驗，也不能不算是一種遺憾。

劉姥姥周遭的世界，何嘗不是我們普通人生活的世界：粗糲、平淡、現實，偶有片刻的細緻與溫暖。

她的人生，何嘗不是我們普通人的人生：泥沙俱下，和光同塵，磕磕絆絆是常態，受人冷眼也難免，但因為內心還有那麼一點希望在，仍然要硬著頭皮往前闖闖看。

一個膝下無子的老寡婦，孤身一人在家靠兩畝薄田度日。忽然有一天女婿王狗兒來接她家去，在鄉鄰們眼裡，劉姥姥晚年算是有了著落，有人養活是好事兒啊。但她去了並不是完全頤養天年，女婿做小買賣，女兒要做家事，青兒板兒一對小兒女無人照管，正好交給劉姥姥帶。看到這裡不禁莞爾，兒女忙生計，孩子交給老人帶，三百年過去，社會形態說起來變

了，但華人的家庭模式也沒什麼進化嘛！

劉姥姥在女兒家的表現，也跟今天忍痛放棄興趣，為兒女拚命發揮餘熱的老人們沒什麼區別：「一心一計，幫趁著女兒女婿過活起來。」嗯，小老百姓過日子，必須得一家人都朝著同一方向眺望，才能順時吃飽穿暖，難時共克時艱。

二

窮人怕過冬。

冬天一到，會憑空多出很多大項開支：首先萬物蕭瑟，地裡不產糧食瓜果，家裡得有餘糧，蔬菜靠存靠買；購置炭火、毛氈等取暖物資設備；置辦成本較高的禦寒衣物等等。寄居在賈府裡的窮親戚邢岫煙，不就是因為把棉衣當了，天降大雪卻身著單衣，和穿大紅羽紗的眾人們站在一起，凍得拱肩縮背好不可憐嗎？

《甄嬛傳》裡，因為冬天天黑得早，為了省燭火錢，沈眉莊提出了用明竹窗紙代替棉窗紙的法子，令皇上大加讚賞。皇家尚且如此，因此「天氣冷將上來，家中冬事未辦」的王狗兒，在家借酒澆愁，找碴跟老婆吵架就不難理解了。

丈母娘劉姥姥看不過，說了他幾句，她知道根源在於小時候家庭境況優越，花錢大手大腳慣了，不懂節省，才落到今天這地步。原話是這麼說的：「有了錢就顧頭不顧尾，沒了錢就瞎生氣，成個什麼男子漢大丈夫呢！」說得王狗兒惱羞成怒：「妳老只會槅上混說，難道叫我打劫偷去不成？」

「槅上混說」，細忖這四個字，其實挺傷人的，相當於說：「你個坐著

職場篇　妳談業務的樣子真性感

吃閒飯的,有什麼資格教訓我?」

劉姥姥度量大,沒和他計較,她不急不惱地說:「我倒替你們想出一個機會來。」她說:記得嗎?當年你們家是和赫赫有名的金陵王家連過宗的。

「連宗」,就是本來沒有親緣關係的同姓人家認了親,從此成為名義上的一族人,實為收編和攀附。例如,賈雨村就是和賈府連宗之後才官運亨通又壞事做絕的,平兒曾私下罵他:「認了不到十年,生了多少事出來!」── 扯遠了。總而言之,因為有曾經的這層特殊關係,劉姥姥才建議王狗兒去找當年的王家二小姐,也就是如今賈府裡的王夫人打抽豐。

沒想到王狗兒反將一軍:「姥姥既如此說……何不妳老人家明日就走一趟,先試試風頭再說。」他還建議把自己小兒子也帶上。

劉姥姥略一思忖竟然就答應了。她不是充女英雄,是在替晚輩考慮:女婿是個愛面子又不中用的,女兒是個年輕媳婦,「倒還是捨著我這付老臉去碰一碰。」天下很多父母眼裡,子女再老也是孩子,只要有一息尚存,就要為他們護航,當開路先鋒。

她做好了碰釘子的準備,豁達地說成便成,不成就當見世面了,大家臨睡前還「笑了一回」── 看到這裡,就明白為什麼王狗兒兩口子日子過不明白了。但凡有志氣又清醒一點的人,都知道一個七十多的老人家帶一個五六歲的小孩子此去意味著什麼,那就是一個老叫化子帶著小叫化子上門討飯去了,哪裡還笑得出來?

三

想見到財神奶奶的劉姥姥,第二天一早就到了賈府門口,打起了通關遊戲。

剛到前門才第一關，就被幾個豪奴捉弄了一番，還是其中一個老年人制止了：「不要誤她的事，何苦耍她。」世事洞明的曹公，把這句臺詞分配給老人，無非是老人多出來的那幾十年經歷，會洞曉生而多艱，從而對弱者心存悲憫。

第二關，在後門口，一個天真的孩子領路，把她帶到了周瑞家，因為之前欠著一個人情，周瑞家的打算幫她這個忙。

第三關，周瑞家的帶她找到了鳳姐的陪房丫頭平兒，平兒接待了她。

要說劉姥姥真是算運氣不錯的。

但等真見到光芒萬丈的鳳姐後，她開始退縮起來。周瑞家的遞眼色給她，她的臉「未語先飛紅」，「忍恥」說道：「論理今兒初次見姑奶奶，卻不該說，只是大遠的奔了妳老這裡來，也少不的說了。」太扎心了，一個臉紅一個「忍恥」，就表明她昨晚在家裡說的那些來豪門見世面的話，不過是故作輕鬆。

劉姥姥從來不是一個沒心沒肺的厚臉皮老婆子，而是一個為了子孫衣食放下自尊的辛苦老人。

幸而鳳姐動了善念，那一次，她得到了二十兩銀子的接濟，讓一家人有了一個吃飽穿暖的冬天。

第二年秋天，劉姥姥又來了。她的本意並不是來乞討，而是來還禮的。她把自家田裡種的新鮮瓜果野菜送來一口袋，讓賈府主子們嘗嘗鮮，這是莊戶人家能拿得出手的心意。她打算放下禮物就走，趁著天黑之前趕回去，沒想到這一次是驚喜連連，因投了賈母的緣，在園子裡多住了兩天，臨走又得到了更豐厚的餽贈。

按各人所贈錢物，清單如下：

職場篇　妳談業務的樣子真性感

賈母：新衣服兩套；青色軟煙羅兩匹；面果子一盒；名貴成藥一包（內有梅花點舌丹、紫金錠、活絡丹、催生保命丹）；荷包兩個，內裝筆錠如意金（銀）錁子兩個。

王夫人：五十兩銀兩包，共計一百兩（用來置田或做小買賣的本錢）。

鳳姐：青紗一匹，實地子月白紗一匹（做衣服裡子），繭綢兩個（做襖兒裙子），綢子兩匹（做過年新衣），內造點心一盒，御田粳米兩斗，各色果子乾果一斗。另有銀八兩。

寶玉：成窯鍾子一個；

平兒：襖兩件，裙子兩條，包頭四塊，絨線一包。

鴛鴦：衣服三件。

這可比上回的二十兩銀子多多了。平兒幫她僱了輛車，讓小廝把東西裝上，她風風光光滿載而歸。

四

可以想見，當她拉著那一大車錢物回到家門前的時候，女兒女婿該有多麼喜出望外，鄰居們該有多麼羨慕嫉妒恨，她拿出來的東西大家見所未見聞所未聞，象徵著一個他們想像力達不到的世界。

逛過大觀園的劉姥姥一下子成了全村的風雲人物，身為一個見過大世面的人，她會坐在村頭大槐樹下，鄉鄰們圍坐一圈，聽她講自己在大觀園裡如夢如幻的三天：富人住的園子，和我們過年時年畫上貼的一模一樣；家裡還有尼姑庵，方便上香，還有大廟牌坊，分不清該不該磕頭；園子太大逛完一圈得走一天，有的地方還需要划船，船娘是專門從蘇州買來的；

家裡的姑娘們個個長得貌若天仙，會讀書作詩畫畫；上好的細紗不是做衣服，是用來糊窗子；吃一頓螃蟹的錢抵我們莊戶人家一年的開支，吃個茄子得十來隻雞配，一個鵪鶉蛋一兩銀子，泡茶用的是天上的雨水⋯⋯

還有還有：他們家的老太太、太太、奶奶們待人都是極好的，憐貧惜弱不拿大，這不，他們給了我這好些東西。我在家天天念佛，保佑他們平安無事。

她不會說她在那兒見了誰都是滿臉陪笑，隨時準備著彎下膝蓋；

她不會說她自己甘當女篾片，吃飯前故意自黑「老劉老劉，食量大如牛，吃個老母豬，不抬頭」，逗得全場失控大笑；

她不會說鳳姐拿她尋開心，橫三豎四插了她一頭鮮花，故意把她打扮成老妖精；

她不會說餐桌上人家故意拿一副觭沉的象牙鑲金的筷子給她，專等著看她出洋相；

她不會說人家故意拿黃楊大杯子灌她酒，讓她醉得睡死過去。

他們只看到她憑一己之力讓家人過上了好日子，就以為她真成了豪門的座上賓。

有些事自己不說，別人就永遠不知道。

五

所以，我們有什麼資格同情劉姥姥？

那個為了度過實習期上趕著幫上司泡茶打水的你，

那個在歌廳裡用跑調的嗓音來博取客戶一笑的你，

職場篇　妳談業務的樣子真性感

　　那個忍受著他人擠對仍然裝聾作啞一臉憨笑的你，

　　那個明知對方是白痴，為了利益而不得不違心附和的你，

　　那個為了訂單在餐桌上努力講段子、拚命喝酒直到把自己喝吐的你，

　　那個頭髮花白還為了孩子的工作，在權貴面前討好獻媚的你⋯⋯

　　為了更好地生存，在人世間裝傻耍寶，低下身段的人們啊，什麼能屈能伸，什麼生存智慧，在那一刻，不管男女老少，大家通通都是在賈府裡做客的劉姥姥。

　　當你總算靠著「忍恥」做成事，成為別人眼裡有本事有能耐的人，享受著豔羨與讚美的時候，你還是劉姥姥，不過變成了坐在村口槐樹下講故事的劉姥姥。

　　說到底，誰活得容易呢？一家不知一家難，一人不知一人難罷了。「這世間，本就是各自下雪，各人有各人的隱晦和皎潔。」

　　黛玉罵劉姥姥：「他是那一門子的姥姥，直叫他是個『母蝗蟲』就是了。」

　　妙玉把劉姥姥用過的杯子丟到外面，寶玉提議不如給她。妙玉同意了，又說如果是自己用過的，砸碎了也不能給她。

　　她們看不起劉姥姥，也不怪她們，是階層壁壘太厚，未經風霜的官家小姐沒受過錢的苦，不知道窮人的身不由己。

　　好在，我們不是她們。苦哉，我們也做不成她們 —— 那也別學她們。鄙視劉姥姥們，意味著我們忘了自己是誰，或者，急於劃清界線地否認自己曾經是誰。

照蔡康永的標準，林黛玉才是情商最高的人

一

如果隨便拉住一個讀過「紅樓」的人，問一個相同的問題：「你認為在金陵十二釵正冊裡，誰是情商最高的人？」

不出意外的話，十有八九大家的答案都出奇一致：薛寶釵嘛！

寶釵為人圓融妥貼，說話滴水不漏，做事周全穩當，對周圍的人能幫就幫，像中央空調一樣二十四小時全天候均勻散熱，但凡和她打交道的沒有人不誇她。這還不叫高情商嗎？

真的是這樣嗎？

蔡康永最近新出了本《情商課》很熱門，顛覆了我們關於情商的傳統概念。

他說：「傳統認為情商就是一個八面玲瓏很會做人，沒什麼情緒，不會發脾氣，面帶微笑的一種人。如果這個叫做高情商的話，我認為沒有人會想要，因為代價是委屈自己，閹割情緒。這種狀態有什麼好羨慕的？」

他說他心中的高情商，第一要義是「做自己」，再恰當地找到「做自己」和「與他人共處」之間的平衡。

按照康永哥的標準，《紅樓夢》裡最有情商的人，其實是林黛玉才對。

職場篇　妳談業務的樣子真性感

二

　　第六十三回「壽怡紅群芳開夜宴」觥籌交錯間，幾處狂飛盞，划拳逗樂掣花箋，醉眼朦朧正玩得嗨，有人來接黛玉回去，她抬眼看看錶：喲，十一點多了。馬上站起來伸了個懶腰，打了個哈欠：「我可撐不住了，回去還要吃藥呢。」起身瀟瀟然走了，沒有半點因為提前退場「對不起，我掃大家興了」的歉意。

　　剩下的人你看看我，我看看你：「也都該散了。」

　　第三十六回還有一個細節，寶釵和黛玉本來和長輩們一塊吃西瓜，吃完後，「寶釵因約黛玉往藕香榭，黛玉回說立刻要洗澡，便各自散了。」這輕輕帶過的一筆閒文，讀者若不留心，根本注意不到。

　　可是，如果設身處地代入一下，就能感到黛玉在人情世故上的「鐵面無私」了。

　　兩個能在一起吃瓜的人，關係自然差不了。當一個約另一個同行，如果沒有特殊情況，後者多半會欣然前往，哪怕不太想去，一般來講也抹不開面不會拒絕。

　　這本是人之常情，想要貪圖人間的溫暖，總要先捨得一點自身熱量。

　　更何況她們不是要上班打卡的職場女性，也不是洗衣服做飯的普通民女，更不是要回家陪娃寫作業的中年老母，沒人拘著她們，不需要趕時間。她們是十指不沾陽春水的千金大小姐，每天無所事事，有大把必須要打發掉的芳華。

　　要知道這個年齡層的女生，可是連上個洗手間都喜歡結伴而行的呢！

　　但是黛玉卻乾脆地拒絕了寶釵，理由都不是「身體不爽」這樣的濫熟

託詞，而是直白地說：「我要洗澡！」

唉，林妹妹，寶姐姐是出了名的體豐怯熱，人家都不急著洗，妳急什麼？誰不知道妳那個瀟湘館是大觀園避暑勝地，竹葉森森，陰涼蔽日，地上都捂出點點青苔了，哪裡就熱成那個樣子？早一時晚一時的妨什麼？

她迤邐而去，剩下寶釵一人頂著烈日獨自前往。

熟悉「紅樓」就會注意到，黛玉的作息表從不輕易為誰更改，通常情況下比部隊執行得都嚴格。如有特殊情況，她也會遵循自己的身體感覺再調回來。

夜裡走了睏，第二天她會主動幫自己補一會覺，哪怕被笑話為「懶丫頭」，也沒為了和大家合群而強撐早起。

人生沒那麼多關鍵時刻來考驗你的定力，也不需要喊口號，全看點滴末節。只要能夠不受外界干擾，按自己的節奏讓生活運轉，這就叫踐行了「做自己」。

■ 三

反觀寶釵，「夜復漸長，遂至母親房中商議打點些針線來。日間到賈母處王夫人處省候兩次，不免又承色陪坐閒話半時，園中姊妹處也要度時閒話一回，故日間不大得閒，每夜燈下女工必至三更方寢」。看的人都替她累得慌。

香菱一進大觀園，本來急著要學詩，寶釵卻囑咐她：先出園子東角門，從老太太開始，各家各處都去問候一聲，回來進了園子，再到各姑娘房裡拜訪一輪兒。

職場篇　妳談業務的樣子真性感

何必呢？連賈母都說過橫豎禮體不錯就行了,「沒的倒叫他從神似的作什麼。」雖說禮多人不怪,但有一些繁文縟節的虛禮,的確是虛耗精力又可有可無,倒不如省去。

人情世故上放鬆些,秉承一個最低限原則:只要別礙著別人影響別人,就不算失禮。成天一味忙於迎合周全,別人累,自己也累,這就叫過猶不及。

也難怪怡紅院的晴雯抱怨她:「有事沒事跑了來坐著,叫我們三更半夜的不得睡覺!」人與人之間過多的交往,又何嘗不是一種打擾?「情不可過密,過密則不繼,則生隙。」

所以用現代人的標準來衡量,在「做自己」這件事上,寶姐姐的確需要向林妹妹靠攏一些些。

四

做自己還有一個好處,可以降低他人的預期,為自己預留出更多的個性舒展空間。

曹公很「壞」,在講完寶釵每日晨昏定省的禮數周全之後,馬上接的就是黛玉的「接待不周,禮數粗忽」,分明是有意給這兩人做對比。

黛玉每年換季會生病咳嗽,一直出不了門。悶的時候吧,她盼人來,等到姊妹們真的來看她,「說不得三五句又厭煩了」。

可是眾人對她的反應卻一致大度,「都體諒她病中,且素日形體嬌弱,禁不得一些委屈」,對她的不識好歹,竟「也都不苛責」。

值得玩味的是,中秋之夜,和黛玉一起聯詩的湘雲抱怨回自己家的寶

釵：可恨寶姐姐，天天說親道熱，早都說好了一起過中秋，可今日卻棄了我們，自己賞月去了。

這其中的區別，就在於寶釵平日裡待人滿分無懈可擊，憑空拔高了人們對她的期望值，更別提還一度被黛玉懷疑她「心裡藏奸」。

這方面的極端反面教材是秦可卿。

她死後，闔府上下無不痛哭，人人都想她素日的好處，憐貧惜弱，孝敬長輩，與任何人都能做到和睦親密。

按照傳統觀念，這樣的人應該是貨真價實的「高情商」了吧？但事實上，她並沒有從這樣的「高情商」中獲得真正的快樂，而被其反噬。

她婆婆尤氏說她雖則見了人有說有笑，會做事，但太愛思索，不拘什麼話，都要想個三五天。身體再不適，也要掙扎著出席場合，只怕讓人留話柄。

病到燈枯油盡時，「臉上身上的肉全瘦乾了」，還跟前來探望的人說老太太賞的棗泥山藥糕好消化。直到生命的最後一刻，她還在克己悅人，全然沒有意識到「迎合和內耗帶來的傷害巨大而深遠」。

終其一生，沒有一天做過真正的自己，這樣的「高情商」不要也罷。

五

「做自己」還涉及時間管理問題。

有多少人為了保持與周圍人同步，一再遷就拖延，讓做事效率走低，浪費寶貴時間，「耕了別人的地，荒了自己的田」。

還有多少人因為怕獨處怕孤單，乾脆放縱不自律，「種地的和放羊的

職場篇　妳談業務的樣子真性感

玩」，結果別人什麼都沒耽誤，而自己卻虛度時光一無所得。

時間一共就那麼多，分給別人的多，留給自己的就少了。相比取悅他人、努力與群眾打成一片，林黛玉更願意把時間用來做自己想做的事。

她願意特地幫屋裡的大燕子留著門，等牠飛回來再放下簾子，倚上石獅子；

願意坐在竹葉披拂的圓月窗洞內，隔著紗窗教廊下的鸚哥唸詩；

願意在芒種節姐妹們都呼朋引伴遊玩時，自己手把花鋤向隅而行，去葬一葬飄落委頓的落紅；

願意花幾天時間耐心地教香菱學作詩，不急不躁循循善誘，理由是「他又來問我，我豈有不說之理」。

更願意花半年的時間，為寶玉精工細做出一個荷包，讓他舒舒服服漂漂亮亮地貼身帶著。

不是所有的人都需要合群。我們的黛玉一個人走路，一個人讀書，一個人寫字，一個人吟詩。她坦坦蕩蕩活自己，不在人際關係上患得患失，即便偶有顧此失彼，那也是她自己的主動取捨。

一樣的寂寞，在別人是需要排遣的忍受，在她卻是自得其樂的享受。當一個人的精神世界足夠豐富，獨來獨往就很從容，所以對聚散亦不會有太多執念：「與其散了傷心，倒不如不聚的好。」

六

讀「紅樓」時我們常常杞人憂天，替人家黛玉瞎操心：這樣自我的人怎麼在人堆裡混呢？

事實上，人家黛玉並沒有因此而活成孤家寡人，找她玩的人排著隊呢，寶釵是她的金蘭契，湘雲是她的好玩伴，寶琴是她的小跟班，探春、妙玉也都十分重視她，更別提寶玉鞍前馬後地照顧著。就連香菱，一進大觀園找的不是別人，也是她。

在人群裡，她嬉笑怒罵，嬌嗔刻薄，皆由著性子來，好的不好的全擺在表面上，反而因為真，得到了更多的寵愛：「顰兒這張嘴叫人愛也不是，恨也不是。」

林黛玉才是那個在「做自己」和「與他人共處」之間找到了平衡的高情商之人。

黛玉的高情商，還展現從不和自認為不值得的人事計較，不耗費自己的能量。

想當初寶釵送趙姨娘禮物時，趙姨娘想到的居然是：怨不得大家都說寶丫頭好，若是那林丫頭，他把我們娘兒們正眼也不瞧，哪裡還肯送我們東西？

趙姨娘腹誹黛玉又怎樣？就算親耳聽到，相信黛玉也能一笑置之。對趙姨娘，她躲不過時以禮相待，能一邊給寶玉使個眼色叫他快溜，一邊卻又是賠笑又是倒茶。內心卻堅壁清野，連她的小丫頭雪雁，面對來借孝服的趙姨娘，都懂得俐落又婉轉地拒絕。

黛玉也親耳在窗外聽到，襲人一邊誇寶釵一邊說她壞話，說什麼寶姑娘心底寬大有涵養，那要是換了林姑娘……竟然絲毫也沒計較，只感動於寶玉給她的辯護詞──啊！我果然沒有看錯你，你真是我的知己。

晴雯給了她閉門羹，她惱的卻是寶玉，解釋清楚後後者說要懲治晴雯，她開了個玩笑就過去了，沒有揪著不放，盡顯大家氣度。

職場篇　妳談業務的樣子真性感

▍七

　　只要她在乎的人在乎她，她珍惜的人珍惜她就好，至於別人，愛誰誰：你們看我不服氣，我視你們為空氣。

　　人生中多少煩惱，皆因沒有分清先後主次，沒搞清楚一個事實：「對付自己比對付別人划算。」

　　懂「紅樓」者，必愛黛玉，而且這種愛會只增不減，綿綿不絕。

　　常常在人際亂麻中作繭自縛的現代人們，林黛玉的活法值得好好贊一下。

　　所以再也別詬病黛玉情商低不圓滑了。最新定義的高情商，就應該像黛玉一樣，抓大放小，把心思放在生活重點上。如同把好鋼用在刀尖上，去撬開庸常歲月堅硬的蚌殼，擷取屬於自己生命的種種樂趣。

　　要警惕啊，別把日子過成烤串攤，遠看熱氣騰騰，實則煙燻火燎，辛苦保證每一面都烤得均勻熟透，對著來來往往的每一個人吆喝招徠。

　　與其將感情像遍撒胡椒麵孜然麵一樣盡人而悅之，將時間和精力虛耗到可有可無的事情上，倒不如像黛玉這樣：留人間值得愛，迎浮世千重變，和有情人，做快樂事，不問是劫是緣。

一個大家族的敗亡，從這一點開始

一

每每逢年過節，或者雨雪天氣，甚至夜深人靜，賈府裡上上下下都有大大小小的賭局。

誰要是不賭錢，反而會被視為異類。

過年的時候，寶玉曾經問麝月：「床底下一堆錢，妳怎麼不拿著去賭呢？」

連林黛玉都知道這不成文的慣例，她對雨夜來送東西的婆子說：「如今天又涼，夜又長，越發該會個夜局，痛賭兩場了。」

婆子們也不避諱，直接說反正是上夜班不能睡，不如會個夜局。

林黛玉聽了說：「難為妳，誤了發財，冒雨送來。」忙命人又給了婆子幾百錢打酒做補償。

原來在賈府，在職人員喝酒賭博是允許的。

賈府主子待下寬和，體恤下人熬夜辛苦，太人性化了。

但允許上班期間吃酒賭博，會造成什麼樣的後果呢？

一有老司機焦大吃酒醉罵，大放厥詞，不出車不說，還罵出了賈珍和秦可卿「爬灰」的家門醜聞；

二有李嬤嬤跑來賭輸了錢，借題發揮拿襲人出氣大吵大鬧，鳳姐連哄帶騙將她帶走，誘餌是「到我家吃酒」，菜都備好了，是燉得稀嫩的野雞。

三有邢夫人的陪房費婆子，經常撒酒瘋罵人，發洩自己在多年職場裡累積的私憤。

職場篇　妳談業務的樣子真性感

局面漸漸地不可收拾起來。

到了第七十一回夜裡，在大觀園當班吃酒的婆子私自離開工作崗位，不接待東府裡的尤大奶奶。

鳳姐處罰了一下，又捅了邢夫人的鼻子眼，觸到了敏感的婆媳關係，引發一場齟齬，把王夫人、賈母也牽扯進來，成為賈府內鬥明朗化的導火線。

光天化日之下，園子裡竟出現了傷風敗俗的繡春囊。邢夫人拿著直接去噁心了王夫人一把：「看看你們姑姪兩人當的這好家！」亂了亂了全亂了。

二

事態再發展，有天半夜，怡紅院的丫鬟們親眼看到有人跳牆進來，對外宣稱把寶玉嚇著了，才引起了賈母的注意。

她以一個老牌管理者的靈敏嗅覺，立即覺察到了事態的嚴重性：如今各處上夜班都不負責，弄不好是監守自盜。

探春連忙解釋：「先前不過是大家偷著一時半刻，或夜裡坐更時，三四個人聚在一處，或擲骰或鬥牌，小小的頑意，不過為熬困。近來漸次發誕，竟開了賭局，甚至有頭家局主，或三十弔五十弔三百弔的大輸贏。半月前竟有爭鬥相打之事。」

賈母批評她彙報不及時。

探春道：「戒飭過幾次，近日好些。」

賈母痛心疾首：三丫頭，妳還是太年輕了，聽我把利害關係跟妳層層剝繭分析一番。妳以為賭博是常事，只要不起了糾紛就好。殊不知夜間既

賭博，就保不住不喝酒，既要喝酒，就免不了門戶任意開鎖。不是買東西就是呼朋引伴，夜靜人稀，順便藏賊引奸引盜，什麼事做不出來。況且，園內妳們姊妹們身旁都是丫頭媳婦們女的居多，品性參差不齊。丟東西事小，萬一有別的不堪之事，有一點沾染到妳們名聲，後果嚴重。絕對不能輕饒。

賈母動怒，誰敢徇私，於是徹底盤查。查出大頭三個人，小頭八個人，聚賭者通共二十多人，重重懲處。

骰子牌全部燒毀，贓款入官分散與眾人，帶頭的每人四十大板，攆出去永不錄用；從者每人二十大板，通通降職打掃廁所。

這其中帶大頭的有迎春的乳母，大家求情，賈母卻說：「你們不知。大約這些奶子們，一個個仗著奶過哥兒姐兒，原比別人有些體面，他們就生事，比別人更可惡，專管調唆主子護短偏向。我都是經過的。況且要拿一個作法，恰好果然就遇見了一個。你們別管，我自有道理。」

治不住這些惡習，說小了是誤事，說大了是誤家；說淺了是治家不嚴，說深了是自取滅亡。

賈母不愧是經驗豐富的政治家，鐵腕出手，雷厲風行，終於嚴剎住了家裡頭這股吃酒賭博的歪風。

三

此時的榮府像一個身患腫瘤的病人，迅速割除腫瘤後，接下來是「調補氣血，固本培元」。

好大夫都懂驅邪之後該是扶正，好好管理，讓一切盡快步入正軌才

職場篇　妳談業務的樣子真性感

是。偏偏接下來的主治醫生是醫術一般的王夫人，她又犯了過度治療的錯誤。

王善保家的一攛掇，她一衝動發動了一場內部抄檢剿滅運動。

後面的事大家都知道了，司棋、入畫、晴雯、芳官四個，全被攆了出去，死的死，出家的出家。

寶釵識趣地迅速搬離了園子。

尤氏、李紈相視而笑：我們家只會在外面假禮假體面，做出來的事可真是不怎麼樣。

探春憤然道：「我們倒是一家子親骨肉呢，一個個不像烏眼雞似的，恨不得你吃了我，我吃了你！」

惜春因為入畫的事，宣布與哥嫂斷絕關係。

這個大家族的人心，從這一刻，開始分崩離析。

歸根結柢，罪魁禍首便是制度上的一點漏洞，撕開了內部團結的大口子。

早知今日，何必當初。

榮府早先對下人吃酒賭博的默許本是好意，但這在管理上卻犯了大忌。

有些毛病是不能慣的，有一些口子是打死都不能開的。

勒龐（Gustave Le Bon，西元 1841 年至 1931 年）在《烏合之眾》（*Psychologie des Foules*）裡說過：「當一個人很清楚自己不會受到懲罰，他便會徹底放縱這個本能。」

你今天有一，他明天就有二，人性總是得寸進尺。

如果一開始就防微杜漸，哪還用今日痛下殺殳及無辜。

四

休克療法（shock therapy）之後，榮府算是消停了。

但按下葫蘆起了瓢，別忘了還有寧府，相比於榮府的傷筋動骨，寧府則是完全放棄治療。

他們已經走上了賭場產業化之路，家裡儼然成了拉斯維加斯了。

第七十五回，尤氏夜裡回來，發現東府裡門庭若市，門口那「乾淨」的石獅子下，居然放著四五輛大車，這都是來聚賭的。

她嘆道：坐車的都這麼多人，那騎馬來的人豈不是更多？也不知道他們老子娘賺了多少錢，夠他們這麼禍害。

她的丈夫賈珍，因居喪守孝，一開始是為了解悶，以練習騎射為名糾集了一眾紈褲子弟。

三四個月過去，騎射場變成了賭場，「公然鬥葉擲骰，放頭開局，夜賭起來。」花天酒地，豢養孌童，早把騎射扔到了爪哇國。

寧府人等荒淫無度換來的是八月十五中秋夜，他們喝酒取樂時，隔壁祠堂裡傳來的一聲長嘆。

那一聲長嘆裡，是悲憤交加，也是無可奈何，老祖宗們知道：頹勢起，敗相露，人心散，家運衰。就算是他們還魂再世，也已回天無力了。

曾國藩曾經在家書裡諄諄提點弟弟們「勿使子姪驕奢淫逸」。

當一個家裡酗酒賭博已然成風，這個家能有好兒才怪。

說句難聽的，不要把賈府敗亡全都怪罪在政治風暴的頭上，即便沒有後來的抄家，就憑他們這副德行，自己還能走多久呢？

酒局與賭場，都是釋放人性之惡的地方，前者容許放縱，後者激發貪

職場篇　妳談業務的樣子真性感

婪，這兩樣一旦氾濫猖獗，便預示著宿主岌岌可危，亡期不遠。

「千里長堤潰於蟻穴」，這絕不是危言聳聽。

對於一個人，一個組織，甚至一個體制而言，一丟丟的放任自流，一點點的自我放縱，都可能引發蝴蝶效應，遲早會連點成線，連線成面，最終積重難返，被無情反噬。

還是那句話：人性經不起考驗，勿以惡小而為之，而任之，願天下人戒之，遠之。

生活篇
仙鶴睡在芭蕉下

生活篇　仙鶴睡在芭蕉下

元宵聽戲：賈母為什麼要給芳官出難題

　　《紅樓夢》第五十三回末至第五十四回，恰逢賈府內過正月十五，專門從外頭請了戲團隊，臺上唱的是《西樓‧樓會》，演書僮文豹的小演員臨機應變說了句俏皮話：「……恰好今日正月十五，榮國府中老祖宗家宴，待我騎了這馬，趕進去討些果子吃是要緊的。」逗得大家都笑了。

　　鳳姐兒連忙在一旁介紹：「這孩子才九歲了。」賈母笑著說：「難為他說的巧。」又說了一個「賞」字。於是下面人一簸籮一簸籮往臺子上撒錢，登時下起了銅錢雨。真替文豹擔心，可別砸出滿頭包。

　　元宵上來，賈母便叫臺上的戲暫停，讓送宵夜給演員們：「小孩子們可憐見的，也給他們些滾湯滾菜的吃了再唱。」

　　吃完元宵不多一會，乾脆讓他們提前下班，原因是「孩子們熬夜怪冷的，也罷，叫他們且歇歇……」真是一個慈善寬厚的老太君。

　　但晚會還沒散，怎麼辦？賈母有辦法：「把我們的女孩子們叫了來，就在這臺上唱兩齣叫他們瞧瞧。」

　　讀者別忘了，「正規軍」走了，還有「後備隊伍」呢！賈府自己家就豢養著戲團隊。當初元妃省親，蘇州採買的十二個唱戲的女孩子，就住在梨香院裡。

　　眼下，也是時候拉她們出來溜溜了。

　　她們通通被教習帶來，在賈母面前垂手侍立。賈母發話：剛才八齣《八義》鬧得我頭痛，換個清淡點的。

　　《八義》改編自《趙氏孤兒》，打打殺殺又是抄家又是復仇的，大過年

154

元宵聽戲：賈母為什麼要給芳官出難題

的看這種戲豈止頭痛，簡直是糟心，賈母要換一種風格也是人之常情。

她點名要聽芳官唱《尋夢》，這一折講的是杜麗娘到花園裡尋找自己夢中人的情節。美麗的閨中小姐，在春光明媚裡無限的幽怨悱惻，是《牡丹亭》中經典片段。

看戲的感覺和我們今天看電視劇完全不一樣。電視劇主打情節，很少有電視劇看完一遍還想再看第二遍的，但戲不同，其中的韻味關竅皆可品評咂摸，唱唸做打一招一式樣樣有講究，觀摩欣賞的成分居多。說句簡單粗暴的：都是看，電視劇是看熱鬧，而戲，則是看門道。

越是內行，越願意看舊戲，賈母當然不例外。

但這一次，在聽傳統劇目的基礎上，賈母忽然要「弄個新樣兒的」，從伴奏樂器上另闢蹊徑。

她命令道：「只提琴與管簫合，笙笛一概不用。」

不懂戲的話，對這一句不大會留意，但是如果對於崑曲有一點了解的人，就知道這個變法著實新鮮大膽。

余秋雨先生曾經寫過一本著作專講崑曲，書名叫《笛聲何處》。「笛聲」代指崑曲，因為崑曲伴奏用笛子是梨園行的鐵規矩，就像京劇伴奏固定用京胡一樣約定俗成；可是賈母卻要棄用伴奏的標配樂器。這是要唱哪一齣啊？

十二官裡的文官最先回過味來：「不過聽我們一個發脫口齒，再聽一個喉嚨罷了。」但就算芳官主攻正旦，唱功尤佳，沒有了習慣性的笛聲相和輔佐，現場演唱將是一個全新的考驗和體驗。

那讓提琴和管簫合奏的意圖又在哪裡呢？

先來看看這兩種樂器的特點。

生活篇　仙鶴睡在芭蕉下

　　與清揚嘹亮的笛子相比，管簫的聲音柔潤、厚實、低沉，不會掩蓋演唱者的本音，更像是為之託底。

　　提琴，不是我們今天以為的西洋樂器，而是古代絃樂器的一種，具體模樣據說長得像胡琴。李漁曾在《閒情偶寄》裡提過一嘴，說提琴的音色是「形愈小而聲愈清，度清曲者必不可少。提琴之音，即絕妙美人之音也。春容柔媚，婉轉斷續，無一不肖。」簡而言之，其特點是清澈柔婉。

　　至於琴簫合奏的音效，李漁也專門記載過一筆：「止令善歌二人，一吹洞簫，一拽提琴，暗譜悠揚之曲，使隔花間柳者聽之，儼然一絕代佳人，不覺動憐香惜玉之思也。」

　　賈母深諳這兩樣樂器會奏出柔婉的女性化味道，正與戲曲中杜麗娘的形象完全契合，才做此創新。而《尋夢》的唱詞本身又美不勝收：「最撩人春色是今年，少什麼低就高來粉畫垣。原來春心無處不飛懸。睡荼蘼抓住裙釵線，恰便是花似人心向好處牽……」音樂美，戲詞美，再加上芳官正值青春，妙齡少女特有的清甜嗓音，三樣東西在一起撞出了飛濺的火花。

　　曹雪芹只用了一句話來描述現場效果：眾人都鴉雀無聞，大家聽得都入了迷。

　　賈母的創新，真是絕了！

　　只有對各門類樂器了解至深的人，才敢這麼排列組合。

　　看了一輩子戲的薛姨媽讚嘆道：我看戲看了幾百出了，從沒見過這種玩法，崑曲還能用簫管伴奏。

　　賈母回答說：也有，像剛才的《西樓·楚江情》，多有小生吹簫和的。這算什麼稀奇呢？

　　她指指湘雲：我像她這麼大的時候，她爺爺有一班小戲，還把彈琴的

元宵聽戲：賈母為什麼要給芳官出難題

都湊了來呢。

《西廂記》的《聽琴》，《玉簪記》的《琴挑》，《續琵琶》的《胡笳十八拍》，這三段戲裡都有撫琴的情節，通常演員只是拿個琴做做樣子，沒有琴聲。但是賈母的兄弟史老太爺卻要做足全套，給演員配上了真正的琴音，使得劇情效果更加完整逼真，可謂匠心獨具。

審美滲透到骨子裡血液中，許多玩法貌似大膽出位，卻能點石成金。

聯想後來中秋賞月，賈母說「如此好月，不可不聞笛」，叫吹笛子的遠遠地在桂花樹下吹，揀曲譜越慢的越好。笛聲嗚咽清揚，聽者煩心頓解，萬慮全消。她微笑著對眾人說：「可還聽得麼？」含蓄可親裡，一派藏不住的傲嬌。

回頭看她講少時記憶，方知原來人家是有家學淵源，從小就在玩音樂的環境裡浸淫，漫漫幾十年養出來的品味超群。無怪乎村上春樹說過：「真正有價值的東西，往往透過效率甚低的方式才能獲得。」

對於自己的創新，賈母輕描淡寫地解釋道：「這也在主人講究不講究罷了。」可知品味這東西，真的是無法強求無法速成，不是誰想有就能有。與生俱來的天分加上家世環境的薰陶，再加上個人多年用心，天、地、人缺一不可，才能練成一個高級玩家。

生活篇　仙鶴睡在芭蕉下

詠柳絮：一個個分明是在說自己

一

　　暮春是花朵的謝幕時，卻是柳絮的狂歡節。它們滿世界地蹓躂滿世界地「造」，飄得哪兒哪兒都是，大有「一身坦蕩蕩到四方，五千年終於輪到我上場」的囂張。

　　柳絮最先入了史湘雲的眼，她觸景生情，填了一首小詞：「豈是繡絨殘吐，捲起半簾香霧，纖手自拈來，空使鵑啼燕妒。且住，且住！莫使春光別去。」

　　這首〈如夢令〉很「李清照」，順手拈來隨意嬌俏，寥寥三十三字，道出了閨中女兒對春光的熱切挽留。

　　寶玉夢遊太虛幻境時，警幻仙姑領他到的那間屋子，瑤琴、寶鼎、古畫、新詩等等應有盡有，唯獨一句最見本性：「更喜窗下亦有唾絨，奩間時漬粉汗」，粉汗好理解，梳妝檯沒收拾乾淨唄；至於唾絨，就是繡花時從嘴裡吐出來的線頭頭嘛！有什麼可喜的？這就是寶玉啊：世上但凡沾了女兒身上味道的東西，都是好的。

　　湘雲小令第一句裡的「繡絨殘吐」正是唾絨，這一下子就定出了整首詞的基調，這是獨屬於閨中少女的感覺，「且住，且住！莫使春光別去。」寫出了對美好時光的留戀。

　　湘雲熱愛生活，思維敏捷，寫作激情一點就著，這是她的優點；但與此同時，感覺來得快去得也快，她的思考不會深入，想像的翅膀不會飛得太高遠，以直抒胸臆為多——沒關係啦，史大妹子妳痛快就好。

詠柳絮：一個個分明是在說自己

她寫完很得意，先讓自己的偶像寶釵看，再來才是黛玉。

黛玉如此說道：「好，也新鮮有趣。我卻不能。」三分讚揚，三分調侃，三分自謙。

史湘雲可聽不出黛玉一句話裡的九彎十八拐，只攛掇黛玉起社：我們從前只填詩，還沒填過詞呢！大家一起賽啊。

黛玉說：好的呢！

二

現在去考場的「直播現場」看看。

考生有黛玉、寶琴、寶釵、寶玉、探春。

考試內容是以柳絮為題，抓鬮限韻。

「助理考官」是紫鵑，她點了一炷香，香燃盡便收卷。

香沒燃盡，黛玉最先寫完，不愧是「學霸」探花郎的女兒；緊接著是紫薇舍人家的兩位千金寶琴和寶釵；最後落第的是賈政那兩個孩子，一個沒寫完，一個寫完了又抹了，等於是沒寫出來。他哥賈赦家還有兩個活寶，賈璉和迎春，就更不用上了。

承認吧，人鬥不過基因。即便是千伶百俐如探春，在寫詩填詞上終究不是薛林兩家姑娘的對手。

主考官是李紈，看看自己的親小叔子小姑子，都不知道該說點什麼好，猜想內心裡有個聲音在吶喊：「不爭氣的，都讓開，讓我兒子來！」

她還是「放了水」，讓兄妹兩個合寫了一首〈南柯子〉。

他們眼裡的柳絮意味著分離，妹妹的是：「也難綰繫也難羈，一任東

生活篇　仙鶴睡在芭蕉下

西南北各分離。」哥哥的是：「鶯愁蝶倦晚芳時，縱是明春再見隔年期！」這是在預言即將天各一方的命運。

再來看黛玉的〈唐多令〉，不得不感嘆她細緻入微的觀察力：

「粉墮百花洲，香殘燕子樓。一團團逐對成毬。飄泊亦如人命薄。」真的，現在正是柳絮飄飛的時節，你去看，它們真的是從高處落下，再成團成球，在地上隨風飄滾的居多。在黛玉眼裡，它們首先象徵著身不由己的漂泊。

後面一句高度擬人化：「草木也知愁，韶華竟白頭！」體弱之人，對早衰會格外敏感。如同最孱弱的樹葉，總是在第一陣秋風來時，做好飄落塵埃的準備。

「嘆今生誰拾誰收？嫁與東風春不管，憑爾去，忍淹留。」那是對自己未知命運泣血無奈的擔憂。

大家都說「太作悲了，好是固然好的。」嗯，太過殘忍的真相會讓人忍不住扭過頭去，終歸還是願意看一點讓人心情愉悅的東西。

■ 三

接下來是寶琴的〈西江月〉。

「漢苑零星有限，隋堤點綴無窮。三春事業付東風，明月梅花一夢。幾處落紅庭院，誰家香雪簾櫳？江南江北一般同，偏是離人恨重！」

說實話，這首詞除了暗示未來的命運多舛，扣題不緊，不說的話看不出是在詠柳絮。東拉西扯不知所云，實在看不出哪裡好。但為了客氣，大家只好尬誇，誇她「聲調壯」，有這麼誇的嗎？還愣是昧著良心硬找了兩

處亮點，說「幾處」、「誰家」最妙。呵呵，請問，寫作者的感情在哪裡？

桃花社秒變吹捧社了嗎？太難為曹公了。

實在是因和寶琴交好，否則換了別人，林妹妹的白眼都該翻上天了：「這樣的詞我一百首都有，還不如讓我徒弟香菱上呢！」

寶釵不袒護自家妹子，笑道：「終不免過於喪敗。」

她決定為了家族榮耀而戰：「我想，柳絮原是一件輕薄無根無絆的東西，然依我的主意，偏要把他說好了，才不落套。」

第一句：「白玉堂前春解舞，東風捲得均勻。」

湘雲先笑道：「好一個『東風捲得均勻』！這一句就出人之上了。」真的，太有創新了。

再來看後面：「萬縷千絲終不改，任他隨聚隨分。韶華休笑本無根，好風頻借力，送我上青雲！」

心胸視角之妙令人擊掌，瀟灑積極中透著幾分男子的堅強，充滿了正能量。怨不得眾人都拍案叫絕。

「好風頻借力，送我上青雲！」這一句，歷來總有人說這是寶釵功利心的展現。這都哪跟哪，放在當時創作環境下看，只因別人寫的太過頹喪，她是為了扭轉悲愁的氣氛才有意寫得樂觀豁達。況且為什麼要把一句詩單純看作是功利心的表現，怎麼就不能看成莊子式的自由浪漫呢？

再說都第七十回了，寶釵早就不再是最初的寶釵了。選秀的事早已涼透，需要肅清體內熱毒的冷香丸也已停服好久。去看她住的屋子，床上一頂青紗帳，案上一個土定瓶，數枝菊花，兩部書，還有一些最基本的生活用品，她放棄了一切形而下。如果一定要說她有企圖心，那大概是對自己精神世界的追求吧！

生活篇　仙鶴睡在芭蕉下

大家都推寶釵這首為尊。

撒花！不能再同意。

雖然纏綿悲戚黛玉第一，情致嫵媚該數湘雲，但是，不論是新意還是立意，寶釵的確當之無愧，她用一己之力扭轉了詩社裡瀰漫的悲苦之氣，這才是真正的「好氣力」。

細品這些詠絮詞，湘雲的活潑俏皮裡，滿滿對不可得幸福的渴望；

探春寶玉一唱一和，說盡對離合聚散的無力感；

林黛玉聰慧太過，對自身命運有預見性的哀嘆；

寶琴不諳世事艱難的空洞裡，有不自知的悲音；

寶釵呢，最守拙淡定的人，骨子裡卻儲存著張揚疏狂。

……

這哪裡是在詠柳絮，一個個的分明都是在說自己。不投入的話不感人，認真了就容易暴露，寫作真是一件太冒險的事。

過端午：第一要務並不是吃粽子

在《紅樓夢》三十一回前後，集中爆發了許多不愉快的事。

先是鳳姐在清虛觀，一個嘴巴子把個不小心撞到她的小道士打得栽倒在地，下手真重；

二是寶玉和黛玉因為張道士做媒的事大吵一架。寶玉吵哭了，黛玉則吵吐了，還剪了寶玉玉上的穗子；

過端午：第一要務並不是吃粽子

第三件，以有涵養好脾氣著稱的寶姑娘居然也發火了，先是回懟寶玉說她「體豐怯熱」：「我倒像楊妃，只是沒一個好哥哥好兄弟可以作得楊國忠的！」再罵靛兒：「妳要仔細！」最後和林黛玉正面硬槓上了：「你們通今博古，才知道『負荊請罪』，我不知道什麼是『負荊請罪』！」連一旁不讀書的鳳姐都看出了問題，上來湊趣打圓場：大暑天，誰吃生薑了？「既沒人吃生薑，怎麼這麼辣辣的？」

再接著，就是王夫人怒摑金釧兒。寶玉和金釧兒在王夫人的睡榻前嘰嘰咕咕互撩，激怒了老娘，一不做二不休，一定要把金釧兒當場開除方解心頭之怒，其凌厲程度與平日吃齋念佛的樣子判若兩人。

寶玉灰溜溜跑出來，在半路上淋了雨，路上遇到齡官哭唧唧在花下寫「薔」字。回到怡紅院時，正值小丫頭們貪玩，關了大門，堵了出水口，把院子改裝成大池塘，抓了鴛鴦、綠頭鴨等水鳥，縫住翅膀，趕在水裡玩耍——好會玩啊！鬧笑聲太大，一時沒聽到寶玉的叫門聲，導致開門的襲人直接捱了寶玉的窩心腳，踹到肋骨下一塊碗大的青紫，半夜吐了鮮血，想寶玉這一腳得有多狠，把人肺都踹破了。

第二天端午節，雖然府裡按規矩也蒲艾簪門虎符繫臂，置了酒席一起聚一聚。想來姑娘們更是少不了「綵線輕纏紅玉臂，小符斜掛綠雲鬟」，應該都是好看的吧？該有的都有，唯獨沒有好心情。

寶姑娘淡淡的，林姑娘懶懶的，鳳姐也收斂起來，大家都挺沒意思的。散了吧，散了好。

喜聚不喜散的寶玉心裡更著急了，於是，跌斷了扇子的晴雯撞在了槍口上，寶玉大罵「蠢材」不算，還聯想到了「明日妳自己當家理事」如何如何上。晴雯也是個暴脾氣，馬上就回嘴，兩人爭吵起來。

生活篇　仙鶴睡在芭蕉下

前來勸架的襲人，也被晴雯就地翻臉，連抵其隙。「你們鬼鬼祟祟做的那事，也瞞不過我去」這樣的話都出來了，羞得襲人臉都不是紅，是紫，「紫脹起來」。

寶玉牛脾氣也上來了，執意要攆晴雯，誰勸也勸不住，大家不得已呼啦啦跪了一地才攔住。

來，盤點一下：鳳姐發飆、黛玉哭鬧、王夫人攆金釧、寶釵怒懟寶黛、齡官畫薔、寶玉先是腳踹襲人、後又死腦筋地攆晴雯……還沒完。

再往後，就是金釧兒投井自殺，忠順王府上門討琪官，賈環向賈政進讒言，寶玉捱打到奄奄一息，引來賈母沖天一怒，要回南京去，連帶王夫人李紈三代主母哭天哭地，寶釵回去跟她哥薛蟠也鬧了一場彆扭……連著五六回，賈府裡天天不太平。

為什麼，這麼多糟心事會扎堆出現在三十一回前後？

私以為，與時令有關。端午節是事故頻發階段。

人體是一臺非常精密的儀器，人類在億萬年的進化過程中，儲存了一套敏感的系統，包括對環境氣溫溼度的敏感。

五月初五前後，天氣日漸炎熱，空氣也變潮溼，南方尤為明顯。熱氣與溼氣混成「濁氣」甚至「毒氣」，各種毒蟲也應時而出。古人將五月稱為五毒月，認為五月初五這一天「百毒齊出」，是皮膚病、胃腸病、心血管病等高發的日子。

聰明的古人們於是想出了一系列對付熱毒的法子，我們以為的傳統甚至迷信，其實都是防疫措施。

蒲艾簪門中的菖蒲與艾蒿，葉片當中都含有揮發性芳香油，可以驅蚊蠅、提神通竅。戴的香囊裡，裝的也是白芷、丁香、冰片、薄荷等等清涼

解毒的藥物。雄黃酒裡的雄黃，也有解毒殺蟲，燥溼袪痰的效果。

宋人過端午，《東京夢華錄》裡說除了吃粽子，還要用到紫蘇、菖蒲、木瓜等，把這些提神、袪痰、化溼等物切成細絲，用香藥攪拌，裝在梅紅匣子裡吃。在另一部宋書《歲時廣記》裡，這些藥則和梅子、杏子、李子一起切絲，用蜜糖漬了，放在梅皮中，當成端午果子吃。啊，多麼令人神往的大宋，俯拾皆是生活美學，絕不同於那些表面氣魄宏偉實則不耐看的朝代。

再遠古一點的還要講究踩露水、浴蘭湯，其實目的都在解熱毒。

這麼多的熱毒中，最難解的恐怕是肝毒。天氣一熱，肝氣鬱結，除了身上發懶，頭腦發昏，情緒低落外，還會因為疏洩不暢，容易爹毛。這就應了寶玉罵晴雯時，晴雯毒舌回懟的那一句：「二爺近來氣大的很，行動就給臉子瞧。」

這個時候，每個人都成了易燃易爆危險體質。無他，時令在隱祕處作怪，身體會有說不出的不適，從而引發脾氣，而壞的情緒又容易傳染。

簡單說，都是端午節惹的禍。

當寶玉晴雯襲人三人吵完之後，哭成一團的時候，黛玉悠悠然走進來，打趣道：大過節的怎麼都哭起來？難道是爭粽子吃爭惱了不成？

其實，在這個特殊的時令，吃粽子不是最打緊的，保持情緒穩定才是。

感謝《紅樓夢》，感謝曹雪芹，在誠實地記錄下這些透著真實生活影子的樁樁件件時，也反映出了大概作者自己都沒有意識到的自然奧祕。

原來古人誠不我欺，世代相傳的節日習俗中蘊含著千年的經驗和智慧。我們曾一度自大，也漸漸知好知歹。所以才有從前的問候從「端午快樂」，換成了如今這兩年的「端午安康」。

生活篇　仙鶴睡在芭蕉下

天人合一，從來不可分割，人類寄生於天地之間，自當懂得順應天時而作而息。熱毒之日，要調理身體並稍安勿躁。畢竟安後才有康，康了才能安。

端午安康。

「紅樓」消暑記：仙鶴睡在芭蕉下

一

夏天，人總容易犯睏。因為晚上太熱睡不好，周作人翻譯過一首日本詩，曰：「夏日之夜，有如苦竹，竹細節密，頃刻之間，隨即天明。」眼一睜，天亮了。起來晃一晃，又困了，瞇上眼剛打個盹，眼一睜，天怎麼又黑了？還有好多事沒做呢⋯⋯對，就是這種感覺，夏日炎炎正好眠。

枕邊不妨丟本《紅樓夢》，可以在午睡後或晚睡前隨時翻開消遣。書中第二十八到三十六回，一直在講夏天的故事，翻看這幾回，看書中人怎麼過夏天，正好消暑。

如果手邊再有一盅加冰的酸梅湯，簡直完美。

酸梅湯，書裡的寶玉也想喝，可是襲人不給。

剛捱了父親打，屁股火辣辣地疼不說，還鬧「心火燒」，就想喝點酸酸、甜甜、冰冰涼涼的。襲人卻認為「我想著酸梅是個收斂的東西，才剛捱了打，又不許叫喊，自然急的那熱毒熱血未免不存在心裡，倘或吃下這個去激在心裡，再弄出大病來，可怎麼樣呢。」其實她是只知其一不知其

二,酸梅湯還除煩安神平肝火呢,倒不如給他喝了還能好點。

她沒給酸梅湯,給了糖醃的玫瑰鹵子,就是玫瑰醬。和水給他喝,太甜,寶玉吃了半碗就「嫌吃絮了」,齁著了。玫瑰性熱,受傷時也不宜多吃。要不說照顧病人是很考驗綜合素養的,也不能只看愛心和責任心,總要懂點專業知識。

寶玉病中想吃的另一樣東西是蓮葉羹。借新荷葉的清香煮湯,湯裡是豆子大小的花樣麵食——還是偏清淡,畢竟是夏天。

他們在消暑飲食上真是花盡心思。

沒有冰箱,便把水果浸在水晶缸的涼水中,美其名曰「湃」;

沒有冰淇淋球,但有香雪潤津丹,寶玉荷包裡裝著,嗓子乾渴了來一顆;

好在有西瓜,三十六回看到王夫人他們一起吃西瓜來著。

林黛玉略有不同,她半條小命都是靠藥吊著,所以夏天得專門喝香薷飲解暑湯。一次和寶玉吵架,一哭就全吐出來了,想來那藥也不是那麼貼胃,看名字想配方,不由聯想到藥水的味道。

二

古人講究禮儀,不像今天的我們,夏天來了能穿多「少」穿多「少」,露手臂露腿的。他們是連半袖都不能穿的。

印象中湘雲最可憐,大夏天來賈府做客,穿得裡外三層,連賈母見了她都勸:「天熱,把外頭的衣服脫脫吧。」王夫人詫異她為什麼穿這麼多,她說是嬸嬸叫穿的。湘雲在家沒人疼,家長只顧面子好看,才不管她捂不

生活篇　仙鶴睡在芭蕉下

捂出痱子。

他們用洗澡降溫。單單怡紅院裡，每天傍晚，姑娘們都要排隊洗澡。晴雯對寶玉說過：起開讓我洗澡去，襲人麝月都洗了。

人人扇子不離身。寶玉不帶扇子前腳出門，襲人後腳就拿著扇子追上來了，只怕把他熱著：「虧我看見，趕了送來。」

記得小時候，在鄰居家見過一把紙扇，上印一首打油詩：「扇子有風，拿在手中，有人來借，等到立冬。」這相當於「天氣太熱，概不外借」。真的，小丫頭子靛兒曾因找不到扇子而急得團團轉，跟寶釵討要：「好姑娘，賞我罷。」惹得寶釵借訓斥她，指桑罵槐捎帶了寶玉和黛玉。

寶釵也愛扇子，著名的「寶釵撲蝶」那一折，撲蝶的工具就是扇子。當時正值春末夏初，天氣還不算很熱，但寶釵體豐怯熱，早早就把扇子備上了。

看到大蝴蝶，她從袖裡取出了扇子——注意，是摺扇哦！市面上有不少「寶釵撲蝶」的工筆畫，大多數都想當然地畫著團扇，偶爾看到個把畫摺扇的，馬上刮目相看，迅速地點個讚：「行家呀！」

扇子除了搧涼，關鍵時刻還能討姑娘歡心。寶玉罵過晴雯之後又想和好，連忙奉上自己的扇子給她撕：「比如那扇子原是搧的，妳要撕著玩也可以使得⋯⋯」還說「這就是愛物了。」好吧，你有錢你任性。

前有「寶釵借扇機帶雙敲」，後有晴雯「撕扇子作千金一笑」。再往前翻幾回，寶玉以物易物，用一個扇墜子換來了蔣玉菡「肌膚生香、不生汗漬」的茜香羅汗巾子。扇子還真是一物多用。

三十四回裡，有句話自帶畫面感。曹公閒閒一筆寫道：「王夫人正坐在涼榻上搖著芭蕉扇子」，看著很舒服自在，但一思索卻有種說不出的低

落。再一想，當時貼身丫鬟金釧兒新死，沒有人頂替，搖扇子這種事，王夫人只好自己親力親為了。

扇子搖啊搖，搖啊搖，搖著搖著，夏天很快就過去了。

三

語言大師曹雪芹，寫人記事已經無人能出其右，其實人家信手寫景，也甩別人八條街。

看這幾句：「赤日當空，樹蔭合地，滿耳蟬聲，靜無人語。」寥寥十六字，便讓人瞬間穿越，仿若身處於大觀園的寂靜盛夏，綠樹四合而熱浪撲面。

其實，大觀園有一個涼快去處堪比冷氣房。此處名叫瀟湘館，是林妹妹的宿舍。院裡翠竹掩映，曲欄逶迤，正是消夏解暑好去處。腦洞開大點，是不是有點像傲嬌的熊貓館，裡面的住戶簡直不要太愜意。

當初黛玉選瀟湘館居住，只是因為愛此處的幽靜而已。沒想到後面還有福利，春天搬進來，到夏天優勢就顯出來了。竹葉茂密，隔絕了當空烈日，院裡「竹影參差，苔痕濃淡」，可見其陰涼程度。

劉姥姥來參觀時不小心踩到苔蘚，咚地滑倒在地。主人自己走慣了，倒不覺得。

曹雪芹寫過這樣一段：黛玉進了院子到廊下，問了句：「添了食水不曾？」便把鸚鵡掛在月洞窗外的鉤上，自己走進屋子，坐在月洞窗內。「吃畢藥，只見窗外竹影映入紗來，滿屋內陰陰翠潤，幾簟生涼。黛玉無可釋悶，便隔著紗窗調逗鸚哥作戲，又將素日所喜的詩詞也教與他念。」

生活篇　仙鶴睡在芭蕉下

　　這畫面真是旖旎精緻，像一句宋詞，「玉鉤彎柱調鸚鵡，宛轉留春語」。單是構圖已是獨具匠心：翠色入簾青，竹葉尖尖披拂，月窗洞圓圓如環，黛玉不偏不倚坐在窗洞內，隔著朦朧紗窗，用嫩聲細嗓與窗外的鸚鵡呢噥。

　　好一幅美人消夏圖。

　　花謝花飛飛滿天裡悲戚嗚咽，傷春是她；鳳尾森森龍吟細細中閒適慵懶，消暑也是她。

　　私以為瀟湘館內戲鸚鵡，也是「紅樓」最美場景之一，不亞於黛玉葬花。

　　畢竟，葬花是偶爾的行為藝術，而一個人的真顏，在瑣碎平靜的生活細節裡才能窺見 —— 得曹公偏愛，黛玉每一面他都細細描畫出來。夏日漫長，清涼的瀟湘館內也須打發無聊。

　　好在有寶玉，他都快把瀟湘館的門檻踏斷了，還說：就是死了，我的魂一日也要來三回。

　　來吧來吧，歡迎常來，特別是夏天，這裡感覺特別爽。

四

　　綠樹濃陰夏日長，睏倦總是難免。

　　「紅樓」裡的人們也不例外，無論主僕，大家都喜歡睡午覺。

　　三十回寫過，盛暑之時，寶玉背著手，每到一處都「鴉雀無聞」，到處都是打盹睡覺的人，到了鳳姐門前，知人家有午睡習慣，想想不該叨擾，便扭身離開，很懂事。

　　寶釵好像也不愛睡午覺，本來大家一起吃西瓜，吃完該散了睡覺，但

她還約黛玉去藕香榭，黛玉要洗澡，一口回絕。

寶釵只好一人前往，卻「順路」進了怡紅院，作者說她目的是意欲尋寶玉聊天「以解午倦」，解午倦不是該午睡才對嗎？大中午找人聊什麼天呢？

法頂禪師因怕自己午睡，專門削竹子對抗睏意，為的是維持修行之人的規律作息。而寶釵所為何來呢？大概是覺得在寶玉面前，她這個表姐不算外人，比較放鬆吧。

要知道因為總來怡紅院，她還被晴雯背地裡抱怨過：有事沒事跑了來坐著，讓我們沒法睡覺。

聽起來，她來的次數的確是不少。

這一次，曹雪芹以寶釵的視角來寫怡紅院住戶們的，「一入院來，鴉雀無聞，一併連兩隻仙鶴都在芭蕉下睡著了。寶釵便順著遊廊來至房中，只見外間床上橫三豎四，都是丫頭們睡覺。」轉過十錦槅子，看見寶玉也睡著呢。襲人坐在床邊給寶玉縫肚兜，見她進來連忙起身讓座，說自己去下洗手間。

接下來，寶釵將獨自一人，聽到一句沒頭沒腦的夢話：「和尚道士的話如何信得？什麼是金玉姻緣，我偏說是木石姻緣。」她聽了，竟「怔了」。

哪還用消暑呢？只這一句話，足令她心寒。

也好，知己知彼，才不自討沒趣。

「莫搖清碎影，好夢晝初長。」這是大觀園建成之初，寶玉給黛玉的瀟湘館所提之詩。卻原來，他夢裡早有了人，不容半點動搖。

生活篇　仙鶴睡在芭蕉下

他們怎麼在自己家裡過秋天

一

林語堂在《京華煙雲》裡寫，曼娘去看她的好姊妹淘木蘭時，從自家園子裡折了一大把桂花帶去作為禮物，還遺憾地說大部分桂花都讓雨泡壞了，沒什麼香味了。

倏地想起，《紅樓夢》裡也有這樣的情節。第三十七回，怡紅院的丫頭秋紋說，因替寶玉跑腿，給賈母和王夫人送新鮮折枝桂花，兩位太太一高興，打了不少賞給她。

嗯，如果這個季節，有個朋友來看我，給我帶一束馥郁的桂花，我會開心得腦袋發暈的，非要在社群平台裡好好得意忘形一下不可。

桂花獨屬於秋天，其他三個季節想有也不得。於是，鳳姐兒專門挑了藕香榭宴客，其中最重要的一條理由是「山坡下兩顆桂花開的又好」。絕大多數女生對於花的偏愛是先天骨子裡帶來的，沒法用理論去解釋。

似乎，只有寶姑娘除外，她親媽說她古怪，不愛花兒粉兒。

可是當賈母帶人去參觀她的屋子時，看到在那樣寒素到一目了然的臥室裡，床頭桌上赫然供著數枝菊花。她真的不愛花嗎？所謂不愛「花兒粉兒」的原因，大約是沉重的家族擔子放在她肩上，她需要像個男人一樣去思考去部署去管理，沒有太多閒心去享受生活的美好吧。

同樣是拿菊花做裝飾，探春可比寶釵「奢侈」多了：「斗大的一個汝窯花囊，插著滿滿的一囊水晶球兒的白菊。」想想看，幾十甚至上百朵雪白的乒乓菊，滿滿匝匝插在巨大的扁口花器裡，是何等的氣派。花開堪折直

須折，莫待無花空折枝。秋天的開花大戶，除了桂花，可不就剩菊花了嗎？於是又有了熱熱鬧鬧的大觀園女眷們簪菊一節。大清早起來，孝順的孫媳李紈把園子裡新摘的各色菊花放到一個大荷葉式的翡翠盤子裡，要送到賈母房裡去，供她梳頭之用。真真就像李漁說的那樣：「晨起簪花，聽其自擇。喜紅則紅，愛紫則紫，隨心插戴。」而賈母就直接上手揀了一朵大紅色的簪於滿頭銀髮上，而後才有劉姥姥被鳳姐取笑，橫七豎八插一頭成了個老妖精。

除了花還有葉呢，那一池被寶玉恨不得立即拔掉的破荷葉，卻是黛玉的心頭好：「我最不喜歡李義山的詩，只喜他這一句：『留得殘荷聽雨聲』。」李義山句工，注重辭藻對仗，而黛玉崇真，「粉」的是陶淵明，所以不喜歡他也情有可原。

寶玉不見得懂其中的關竅，只知道妹妹喜歡的就是好的，馬上改口：聽妳的，留著留著。

關漢卿寫的戲詞裡唱：「乾荷葉，色蒼蒼，老柄風搖盪。」不像夏日，正當時的荷葉葉片厚實得足以吸附掉任何雨滴的聲音。只有當葉子變黃變脆，雨滴打上去，聲音才有轟然的瘖啞和豐富的層次感，那是一種常人不懂欣賞的物哀之美。

終於，多情的李商隱總算是有一次對上了林妹妹細膩靈性的心思。

二

喜歡看《東京夢華錄》的人，多少有點吃貨品格。

關於宋人秋天裡的吃食，我著重注意了一下。

第一眼看到的是「雞頭上市，則梁門裡李和家最盛」，「賣者雖多，不

生活篇　仙鶴睡在芭蕉下

及李和一色揀銀皮子嫩者貨之」。什麼意思？就是雞頭這種水生果子，只有一個老字號「李和」的店裡生意最好。雞頭雖然有好多家賣，但都比不上他家的肉嫩皮白。李和本來是北宋時的一個人，因特別擅長炒栗子而得名，用自己的名開了個乾鮮果子店代代相傳，這有點像我家社區門口的炒栗，除了炒栗子，別的時鮮也賣。作家畢淑敏曾經說過：「這世上有兩樣東西聞起來比吃起來好，一個是烤蕃薯，一個是炒栗子。」我好像聞到了炒栗子的甜香味。媽呀，怎麼又拐到炒栗子上了……

第二眼看到的是中秋節「螯蟹新出」。這個就不用解釋了吧？

這些吃食《紅樓夢》裡也有，但是人家精緻得做足了全套。

先看這一段，「襲人聽說，便端過兩個小掐絲盒子來。揭開一個，裡面裝的是紅菱和雞頭兩樣鮮果；又那一個，是一碟子桂花糖蒸新栗粉糕。」

不知為什麼，後者讓人想起張愛玲的〈桂花蒸阿小悲秋〉，題記是她姊妹淘炎櫻的一首詩：

秋是一個歌，

但是「桂花蒸」的夜，

像在廚裡吹的簫調，

白天像小孩子唱的歌，

又熱又熟又輕又淫。

熱、熟、輕、淫這四個字真是用絕了，她描述的是天氣，桂花盛開時有那麼幾天溼熱難熬，上海人俗稱之為「桂花蒸」。明明和上面的糖粉糕不是一回事，卻還是覺得莫名親切。難道是因為大家都是喝「紅樓奶」長大的緣故嗎？

再看另一個,「丫鬟聽說,便去抬了兩張幾來,又端了兩個小捧盒。揭開看時,每個盒內兩樣:這盒內一樣是藕粉桂糖糕,一樣是松穰鵝油卷。那盒內一樣是一寸來大的小餃兒。賈母問什麼餡,婆子們忙回是螃蟹的。」

此刻夜深人靜,我默默對著書本咽一下口水。

螃蟹餡的餃子什麼味道?我是沒吃過。

卻看賈母,她皺起眉頭:「油膩膩的,誰吃這個?」瞬間我平衡了:這吃法,一看就不專業,畫蛇添足,矯揉造作。

三

螃蟹的正經吃法是這樣子的:

「凡食蟹者,只合全其故體,蒸而熟之,貯以冰盤,列之幾上,聽客自取自食。剖一筐,食一筐,斷一螯,食一螯,則氣與味纖毫不漏。」看到沒?囫圇吃,現吃。

這才有了湘雲做東、寶釵贊助的螃蟹宴。

寶釵管哥哥薛蟠要幾簍螃蟹請客,薛蟠這個寵妹狂魔,立即依言送來三大簍「極肥極大的」,兩三隻就稱一斤的那種個大的,一共送了七八十斤。後來進府走親戚的劉姥姥聽說了這件事,扳指頭換算一下,說一頓螃蟹的銀錢就夠莊戶人吃一年了。我這個吃貨也默默換算一下,用斤數乘以個數,發現螃蟹數少說是兩百多隻。

這兩百來隻蟹將軍,鳳姐吩咐一次全上屜蒸了,蒸好了不要全上桌,十隻十隻地上,剩下的放在籠屜裡熱著,大家圍坐在一起大快朵頤。

生活篇　仙鶴睡在芭蕉下

　　賈母的大丫鬟鴛鴦脫個懶，委託鳳姐兒伺候賈母，自己入席吃去了；薛姨媽不讓人伺候，說「自己掰著吃香甜」；平兒伺候鳳姐，剔了一殼子蟹黃送來，鳳姐讓她多放薑醋，平兒還因為開玩笑「誤傷」了鳳姐，抹了鳳姐一臉蟹黃；黛玉呢？才吃了幾口夾子肉，就胃疼了，她喝了合歡花浸過的燒酒，釣魚去了。

　　吃完了螃蟹，再賽螃蟹詩，寶釵寫得最刻薄：「眼前道路無經緯，皮裡春秋空黃黑。」猜想是燒酒喝多了，真性情索性不掖不藏了。接下來，老輩們賞桂花去了，小輩們詠菊花，這次是我家黛玉拿了第一。

　　然後劉姥姥就來了，從自家地裡帶來了各色農產品，棗子倭瓜各種野菜，她高興地說：「今年多打了兩石糧食，瓜果菜蔬也豐盛……姑娘們天天山珍海味的也吃膩了，這個吃個野意兒，也算是我們的窮心。」對哦，秋天是豐收的季節，大自然一視同仁，窮人也要領受它的喜悅。

　　如果把文字比作音樂，曹公從來都喜歡在華彩樂章後面再來一段清淡的小調，讓人回味咂摸。

　　秋意深，秋意濃，「紅樓」最好的秋天在大觀園。滿眼所見，這裡的人們來往如織，笑語闐喧，花團錦簇，富貴無邊。這一切太美好，美好得有點失真虛幻，有點讓人害怕，彷彿置身於一場玉墜秋露、月照歌舞的夢境裡，隨時可以被叫醒。

　　怪不得說，人生得意須盡歡。

下雨的夜晚，普通人實名羨慕黛玉

「紅樓」一書，最愛第四十五回。

那一回寶釵黛玉盡釋前嫌，準確點說，是黛玉終於肯放下猜忌，接過寶釵遞來的橄欖枝。兩人剖心剖肝，說了會體己話。

陰陽割昏曉，對立關係一解除，兩個人都卸下面具露出了最本真的一面。

黛玉從之前的緊繃變得放鬆，當寶釵說要送燕窩給她時，她第一反應不是客氣推辭，而是坦然接受，笑道：「東西事小，難得妳多情如此。」給就要，不見外，心安理得。

「多情」二字，用得妙。

寶釵呢？妳說我多情，我就多情，都不否認的：「這有什麼放在口裡的！只愁我人人跟前失於應候罷了。」

她忽然起身告辭：「只怕妳煩了，我且去了。」客套感沒了，卻瞬間有了酷酷的氣質。

黛玉也不假意留客，明明白白說出了自己的訴求：「晚上再來和我說句話。」

原著寫：「寶釵答應著便去了。」頭回感覺這姑娘又颯又美，是怎麼一回事？還不是互亮底牌後，少了繁文縟節的禮數，多了自己人何必拘禮的篤定自如。

黛玉喝了兩口稀粥，接著在床上躺著。她盼著天黑，天黑了寶釵會來。

不料，日未落雨先下。

生活篇　仙鶴睡在芭蕉下

黃昏時分，天開始陰沉，淅淅瀝瀝的雨落在了遍植翠竹的瀟湘館裡。雨滴竹梢，到處是細細碎碎的沙沙聲，天籟私語美則美矣，但頻率不變的聲音一直聽一直聽，人心會變得過於安靜。

安靜則生虛空，虛空一出，萬事萬物都成了身外物，人會生出渺小之感，再聯想現實種種不如意，淒涼會像如霜的白露，不知從何而起，茫茫籠罩。

敏感的人別聽雨聲，會越聽越難過。

黛玉「知寶釵不能來，便在燈下隨便拿了一本書，卻是《樂府雜稿》，有〈秋閨怨〉、〈別離怨〉等詞。於是「不覺心有所感，亦不禁發於章句，遂成〈代別離〉一首，擬〈春江花月夜〉之格，乃名其詞曰〈秋窗風雨夕〉。」

她寫：「秋花慘淡秋草黃，耿耿秋燈秋夜長。已覺秋窗秋不盡，那堪風雨助淒涼！」

這首詩會不由得令人想到白居易〈上陽白髮人〉中的那一句：「耿耿殘燈背壁影，蕭蕭暗雨打窗聲。」寫女子的寂寞。

黛玉寫〈葬花吟〉是因為寶玉，晚上去怡紅院，吃了丫鬟晴雯的閉門羹，也算是悲憤之作；而這一首〈秋窗風雨夕〉卻是為寶釵，因她的下雨天失約——天哪，這樣說來，黛玉的〈秋窗風雨夕〉竟然為寶釵而作。

想起張愛玲的那句：「雨聲潺潺，像住在溪邊。寧願天天下雨，以為你是因為下雨不來。」她抒發完了，準備熄燈就寢。忽然，瀟湘館來客人了。

不是寶釵，是寶玉。他披蓑戴笠地冒雨來了。

林姑娘被逗笑了，笑他像個漁翁。

寶玉不怕笑，一上來就是三連問：「今兒好些？吃了藥沒有？今兒一日吃了多少飯？」

他忙忙脫完雨衣，接下來就做了幾個這樣的動作：一手舉起燈來，一手遮住燈光，向黛玉臉上照了一照，覷著眼細瞧了瞧，笑道：「今兒氣色好了些。」

這個舉動太暖，體貼入微。讀「紅樓」一到此處，就禁不住要絆一下子。

一定有人會關心我們，但大多數人也就關心到收入和地位這個層面，當然這已經不錯了，只有極少數人會留意我們的健康，正應了那句「別人看你飛得高不高，他只想問你飛得累不累」。

寶玉來這裡，並沒有什麼正經事。他就是單純地想來看看她，一日不見就跟缺了點什麼似的。當愛成了習慣，人就會變得賤賤的。

見黛玉對他先進的防雨裝備感興趣，就打算弄一套送給她，卻被當場否決：才不要當漁婆！

寶玉看了她寫的新詩，她燒了。他說他都背下來了。吹吧，笨蛋！

在作息上，黛玉向來只遷就自己。她傲嬌地下逐客令：「我也好了許多，謝你一天來幾次瞧我，下雨還來。這會子夜深了，我也要歇著，你且請回去，明兒再來。」

感情這事兒有點像翹翹板，一頭低了，另一頭就高了。

寶玉看了看錶，戌末亥初，放在今天看也才八點多，夜晚剛剛開始。但古人不比我們，他們沒電，都遵循著早睡早起的習慣。

他抱歉地說：「原該歇了，又擾的妳勞了半日神。」出去了，等一下又折回來：妳想吃什麼，告訴我，不用婆子，我明天親自去辦。

「紅樓」告訴我們，含金量最高的愛，不是捏著手腕、對方喊「你弄痛我了」都不放手，搖著對方肩膀快把對方搖散架，再附加大喊大叫式的「我愛你你知道嗎你知道嗎」的式咆哮，而是「你的一粥一飯、一呼一

生活篇　仙鶴睡在芭蕉下

吸、一舉一動都牽著我的心，你掉一根頭髮絲我都會皺一下眉」的寶玉式呵護。

那些大喜大悲、摧毀式的愛情不適於日常生活，人生已然多艱，就不要為自己增加難度係數了。能有一個知冷知熱的人，肯在我生病時不離不棄，看看我的氣色，摸摸我的額頭，問問我的飲食起居，陪我度過寂寥的雨夜，這已經是抽到了愛情的上上籤。

說回《紅樓夢》，這四十五回的結尾，寶玉提著黛玉送的玻璃繡球燈走了。

寶釵的婆子打著傘提著燈來了，送了一包上等燕窩，還有潔粉梅片雪花洋糖──她終究是沒有食言，用另一種方式赴約。雨，正越下越緊。

天哪，曹公的表現手法絕了。通篇沒有一個「愛」字，但寶玉的每一個動作每一句話，無不指向愛；通篇沒有一個「情」字，但寶釵先出後隱，再間接出場，無不在用情。一邊是愛情，一邊是友情，情節上兩個人都巧妙顧及，手法不雷同，起伏波折又餘音裊裊。所謂大師當如是！

所以下雨的夜晚，最幸福的事是什麼？

不是天黑有燈，下雨有傘，而是窩在家裡不用出門；然後就著雨聲做喜歡做的事；然後，愛我的人冒雨來看我一眼就走；再然後，惦記我的人給我送來了同城快遞。

賈府過中秋：團團圓圓裡，那些無處不在的裂隙

一

　　第七十五回，這是《紅樓夢》裡的最後一個中秋節了。

　　大概每一個家族在氣數漸盡的時候，人丁就會不知不覺地稀疏下來，生育能力是很直觀的家運指標，想想清末的愛新覺羅氏吧。人都沒了，還能做成什麼事？更別提遴選擇優了。

　　《紅樓夢》一書，從頭到尾，賈府裡不斷有人死去，卻不見有嬰兒降生。要麼懷不上，比如邢夫人、尤氏、秦可卿老中青三位；要麼千辛萬苦懷上了卻留不住，比如鳳姐、尤二姐，各自流產過一個成形的男胎。老大不小的寶玉為什麼一直可以是寶寶是巨嬰，這都是人口順差的後果。

　　這種感覺平日裡還不覺得，只有到了團圓時分才格外明顯。

　　這不，賈母說了：「常日倒還不覺人少，今日看來，還是我們的人也甚少，算不得什麼。想當年過的日子，到今夜男女三四十個，何等熱鬧。今日就這樣，太少了。」

　　儘管府裡月明燈綵香煙繚繞，儘管桌上月餅瓜果祭品豐盛，儘管地下拜毯平鋪錦褥華麗，到處洋溢著過節的氣氛；

　　儘管盥手上香，磕頭拜祭，該做的儀式都一一做畢，該有的禮節都一一到位；

　　儘管大家也因賈母一句「賞月在山上最好」，眾人集體不辭辛苦爬上凸碧山莊；

生活篇　仙鶴睡在芭蕉下

儘管「凡桌椅形式皆是圓的，特取團圓之意」；

但到底是冷清了。

該來的都來了，大家團團圍坐，也「只坐了半壁，下面還有半壁餘空」，從前的桌子如今坐不滿。於是，把另一邊的女眷也叫過來，場面才勉強看得過眼。

那一刻，能感到家族成員們隱隱的不可言喻的壓力和尷尬。

二

賈母提議擊鼓傳花，傳到誰手裡誰就講個笑話。

兩個兒子分別講了個笑話，但他們的笑話都很怪。

老二賈政一向以道學著稱，不苟言笑。桂花傳到他手中時，大家互相擠眉弄眼，頗多期待。然而這個號稱「大有祖父遺風」的人，卻講了個巨噁心的笑話：一個怕老婆的人舔老婆腳，舔吐了，解釋說是月餅和黃酒吃多了反酸。這個笑話一點也不好笑，但大家卻都笑了，對平日迂腐的小兒子今天的自我放飛，賈母一笑置之，還揶揄說，快把黃酒換燒酒，免得兒子回去受苦。

大概這種粗俗對貴族們來說也是一種新鮮的刺激。只是不知道，從此刻開始，低頭看著桌上的月餅還有沒有食慾呢？

賈政一個讀書人，這等低級的笑話從哪種管道得來呢？在他的生活圈裡，誰會跟他講這種粗鄙的故事呢？想來想去，只有趙姨娘，聽那口風，甚像。

老大賈赦是個神人，一向任性，他講的笑話很幽默，但在這種家族聚

會的場合裡講非常不合適。他講的是母親病了，兒子找針灸婆子。針灸婆子說是心火重，針一下心就行了，但「不用針心，針肋條就好」，因為天下父母大多偏心。

這個諷刺母親偏心的故事不低俗膚淺，又有包袱，大家聽了都笑。只是另一個母親的心，被刺痛了。

賈母過了半天才笑：「我也得讓這婆子來針一針就好了。」她敏感地覺到大兒子是在影射暗諷她。賈赦連忙解釋，說他不是故意的，鬼才知道。老母親表面上沒有再計較，但分明是叫這個針心的故事扎心了。

母子三人之間關係的微妙呈現了出來。母親疼兒子毋庸置疑，但還是有區別的：對老實的小兒子是寬容寵溺，對渾蛋的大兒子卻委實有點「想說愛你不容易」，別忘了他們之間曾經大鬧過一場，因兒子要納母親的貼身丫頭做妾，把母親氣個半死。互相之間早就有了嫌隙，所以今夜對話才格外敏感。就像有過摺痕的捲尺，不管是拉出還是回收，到摺痕的地方總要卡一下，再難恢復光滑如初。哪怕是血親，也不能例外。

三

接下來是年輕一輩寫詩。

寶玉、賈蘭和賈環不講笑話，寫詩。這一部分也頗有看頭。

寶玉寫得還湊合，賈蘭寫得比寶玉強，賈環寫得比賈蘭還要有新意，讓賈政刮目相看。但主題出了問題，詩中隱隱透著不愛讀書的意思。文筆再好，三觀不正。

身為一個焦慮的父親，賈政氣不打一處來，挖苦他們兩個是「二難」，

生活篇　仙鶴睡在芭蕉下

難教導的意思。但賈赦卻持不同意見，說賈環這樣寫很好，不失侯門氣概，沒有窮酸相。還拍著賈環的頭說：「就這麼做去，方是我們的口氣，將來這世襲的前程定跑不了你襲呢。」哈哈，這分明是滿嘴胡言亂語。

他自己就是襲官的受惠者，特別信奉不勞而獲，有一種毫不顧忌別人感受的得意忘形勁兒，也不管他弟弟才是個六品官。這大概也是賈母看不慣他，而對賈政寬厚的原因。

但讓人不能理解的是，他為什麼要這麼鼓勵賈環？世襲官職一般來說都是長子來襲，賈政三個兒子，本來該老大賈珠襲，但他早夭了；往下傳也該次子寶玉，再怎麼著也不該環三爺呀！除非寶玉也死了──這話簡直是惡毒。

他很快就因為作妖遭了報應。提前離席出去接待門客們，一出門沒走多遠，就被石頭絆倒崴了腳，腳面子腫得老高。猜想寧榮二公祖先的魂魄們聽見了他的昏話氣不打一處來，小小懲罰一下，讓他受點教訓。

賈母聽了，很急，連忙派邢夫人回去看，又派人去瞧──到底是當媽的。

但她還是沒忍住，自嘲說：人家都罵我偏心了，我還瞎操心。

至親之間的恩怨從來都是一筆糊塗帳，算不清的，再氣不過也還是放不下，只是每想起來總覺得意難平。

四

賈母帶大家聽笛子：如此好月，不可不聞笛。

陳與義有詞曰：「長溝流月去無聲。杏花疏影裡，吹笛到天明」，甚美。

賈母是骨灰級女文青,當知道月色與笛聲是標配。

一共聽了兩曲。第一曲洗心,天空地淨,大家寂然靜坐,聽得一片澄明。都讚好。

第二曲傷心。竟然有了嗚咽之聲,淒涼悲怨。賈母帶頭落下淚來,年老之人對於音樂的理解感受自然更不同些,很難不聯想到人生。大家又連忙勸說,又喝了一回酒。

但氣氛再難回熱了。節日都是這樣,最易高開低走,所有的喜悅在通往喜悅的道路上就蒸發了。

這時候有人不斷悄悄溜走,王夫人解釋說:她們都熬不住了,畢竟已是四更天,即凌晨一兩點了。

到最後,賈母跟前的孫女只有探春一人在堅守。迎春、惜春、黛玉、湘雲都不見了。

賈母說:三丫頭可憐見的。

這樣的時刻才最考驗耐心,當然,長輩們看到的是孝心。在某種程度上,孝心就是耐心。

就衝這一點,探春怎麼能不得長輩們的歡心?

五.

賈府人過中秋,儘管吃的月餅是內造的比別家的香甜,月亮是在山頂上看的比別家的顯大,但在本質上和別家沒有區別。《紅樓夢》好看耐看,因為它在金粉華麗的貴族生活的底子上,描畫著天下人共有的喜怒哀樂。我們在這裡,一樣能看到我們的七大姑八大姨,三嬸二大爺們的影子,看

生活篇　仙鶴睡在芭蕉下

別人家的故事，想自己家的事情，是一種很有趣的感覺。這就是經典的世情小說的魅力。

湘雲黛玉聯詩：做朋友，僅僅三觀一致就行了嗎？

一

看《紅樓夢》中人，會發現他們動不動就要寫詩（詞）。但凡情緒有一點起伏就不能不寫：相聚時寫，分離時也寫；白天高興了寫，晚上失眠了寫；得到一樣東西要寫，失去它更要寫⋯⋯排遣自己情緒時要寫，單為應景也要寫，哪怕沒靈感沒情緒也得憋兩句湊個數，不知道這算是助興還是掃興。

第七十五回，榮府過中秋。當時賈政剛從外地做官回來，一大家子人開開心心在山上賞月。賈母特別會玩，讓折一枝香噴噴的桂花來，大家玩擊鼓傳花，花停到誰手中，誰就得說一個笑話。

花停到寶玉手中時，他左右為難：若是講得別人不笑，他爹定要罵他沒口才；講得大家笑了，他爹肯定要說他別的不行，只會油嘴滑舌。

他乾脆拒絕：這個我不擅長。

賈政說：既然這樣，那你寫首詩。

賈母崩潰了：說好的講笑話，怎麼又要作詩？還讓不讓人好好過節了？

但賈政堅持，寶玉只好寫，賈政見寫得還湊合，於是賞了他兩把扇子。

賈蘭一看坐不住了，有獎品怎麼不早說？我也寫！於是，寫完也得了賞。

湘雲黛玉聯詩：做朋友，僅僅三觀一致就行了嗎？

賈環也坐不住了：什麼？還能這麼玩？那我也寫！當然，寫完得到的是一頓罵。

好好的一檔綜藝節目，就這樣被拗成了一場詩詞寫作大賽，端的無趣。

後來賈母將男的全轟走：你們去吧，我和姑娘們多樂一回。

哪知，姑娘們也一個個偷偷溜了。

王夫人圓場說姊妹們熬不住去睡了，其實也不全是，黛玉和湘雲就不是，她們兩個寫詩去了。

且聽湘雲如此說：「倒是他們父子叔姪縱橫起來。」哼，那我們也寫。

看來她兩個對寫詩這件事，是真愛。

二

湘黛聯詩這一段煞是好看，好看死了。

有些讀「紅樓」的朋友，見了書中寫詩論詩的段落就要跳過，借用周汝昌先生的話，這叫：「小道上撿芝麻，大道上灑香油。」因為詩是人寫的，在寫詩的過程中，處處是寫詩之人真性情的流露。

這一次，是兩個「資優生」之間的爭鋒。

首先要限韻，林黛玉提議數欄杆的直棍，數到頭是第幾根就限第幾韻。結果數完是十三根，好，那就「十三元」，雖然此韻較難。

林黛玉一上來就下戰書：「倒要試試我們誰強誰弱。」

又說：可惜是口占，沒有紙筆記下來。

湘雲這樣答：「不妨，明兒再寫。只怕這一點聰明還有。」她也自負著呢。

然後兩人便開啟了「一邊聯詩，一邊互嘴」的模式。

生活篇　仙鶴睡在芭蕉下

第一階段，互嘴的是寫作技巧。

林黛玉出「幾處狂飛盞」，湘雲對「誰家不啟軒」，然後自己出對「輕寒風剪剪」。

林黛玉如此說：對的比我的好。但是妳下面出的這一句說的是「熟話」，俗套話。妳該「加勁說了去才是」，意思是：既然對的不錯，就應該乘勝追擊，下一句在主題縱深上再進一步，怎麼又折返到泛泛而談之表面了？

面對這樣的批評，湘雲給出的理由是：十三元韻險，要鋪陳些才對。「縱有好的，且留在後頭。」她是從整體結構出發，要省著點，給後頭留餘地。

林黛玉不以為然地嘲諷：「到後頭沒有好的，我看妳羞不羞。」

第二階段，互嘴對方的學識。

黛玉對出「爭餅嘲黃髮」時，湘雲說是「杜撰」，林黛玉一點面子都不給，直接鄙視她沒常識：「我說妳不曾見過書呢。吃餅是舊典，唐書唐志妳看了來再說。」

湘雲對出「分瓜笑綠媛」，這下輪到黛玉說她杜撰了。湘雲說：我懶得耽誤工夫，明天我們查出了對對看。

第三階段，互嘴對方的寫作態度。

兩人攻擊對方最多的，一會是黛玉說湘雲「塞責」，「下句又溜了」，一會是湘雲說黛玉「下一句妳也溜了」。都在批評對方偷懶討巧。其實這也是沒辦法的事，兩個人，一首詩，多少要遷就一點貼著寫，順著對方的聲氣，難免「塞責」和跟著慣性「溜」。

……

就這麼誰也不服誰，一邊對一邊嘴，竟然還聯完了，末尾因為一隻忽然驚起的仙鶴，還聯出了「寒塘渡鶴影，冷月葬花魂」的佳句。

湘雲黛玉聯詩：做朋友，僅僅三觀一致就行了嗎？

雖然你一言我一語，互不留情面，可是看這一段絲毫不覺得有火藥味，只想大呼過癮。因為在她們互嘴的過程裡，讀者可以學到詩歌創作的一些門道心得，也更加了解她們的詩風：林黛玉靈氣十足，求新求精，還不惜力，當然這也是才氣夠、藝高人膽大的原因；史湘雲在細節上不求十分工整，但思維敏捷，屢有妙手偶得。

中間有一小節，史湘雲抱怨總描述別人幹嘛，「不如說我們」，給了一句「構思時倚檻」，林黛玉欣然同意：「這可以入上你我了。」對一句「擬景或依門」，再出一句「酒盡情猶在」，史湘雲聽了，沒頭沒腦來一句「是時候了」。

這句「是時候了」，是在創作上與黛玉的承轉達成共識。從虛轉實，黛玉有一句議論：「這時候可知一步難似一步了。」而湘雲，真的就被難住了，「幸而想出一個字來，幾乎敗了……」

有較量有合作，這有點像兩個武林高手過招，金庸小說《雪山飛狐》胡一刀和苗人鳳比武，可不也是這樣互找破綻又互相兜底？

兩個人互不相讓又勁往一處使的樣子，令人眼熱。尋常人若有這樣的朋友，哪怕一個，該多麼得意，做夢都得笑醒。

三

早幾年，她們兩個關係可不像現在，是會為一點小事翻臉鬧彆扭的。

好在歲月有情，成長讓人變得寬容。多年磨合下來，雖性格迥異卻三觀一致，在一起總能碰撞出四射的思想火花，早已是無話不談的密友。

但是能做密友，僅僅三觀一致就行了嗎？不可能的。

生活篇　仙鶴睡在芭蕉下

　　高品格的朋友，不光是要三觀一致，還要水準比肩，這水準裡，包括了才華、學識和認知。

　　才學不對等，容易有隔膜；認知不同步，容易生芥蒂。

　　水準相距略遠，溝通就會吃力，變成雞同鴨講，你看第三十一回湘雲同翠縷講陰陽，費了老鼻子勁，但翠縷還是似懂非懂，湘雲只好無奈笑笑表示放棄。

　　黛玉和湘雲兩個，背景和才學、寫詩能力上都旗鼓相當。表面上看是互相攻擊，其實是跳過形式，在進行嚴肅的寫作探討。

　　越專業，越直接。

　　但這種話術，在生活中極易被批評為「情商低」。

　　坦白講，只有和認知跟不上的人講話，才需要動用情商描補。其實哪有什麼誤解？大部分是有人把簡單的事情複雜化，過度解讀後跑偏了。和這類人交往心累，因為他們太愛給自己加戲，動不動就節外生枝。

　　所以，黛玉湘雲這一段聯詩之所以好看，並不在詩句本身寫得有多出彩，也不在高速推進的遣詞造句中她們仍然唇槍舌劍，看著好玩，而是透過現象看本質。這其實是兩個同樣優秀的女生，清明而直接地切磋精進，分歧、互嘴都不會影響兩人的情分。和明白人說明白話，這感覺簡直棒呆。

　　「本來無一物，何處染塵埃？」

　　能量場共振頻率一樣，會避免不必要的損耗，默契滿滿節奏同步，不用成天猜猜猜，生命變得高效、節能卻多彩。

　　看湘黛聯詩，會得到這樣的頓悟：嗯，人生這麼短，還是要和水準相當的人一起玩兒。

疫病來臨時，賈府少奶奶們怎麼應對

一

先說何為疫病？古書上說了：「天氣方今又重以疫病，長幼相亂而死喪甚大多也。」這是在說其特點：傳染率高，病死率高。

中醫書上這樣解釋疫病病因：邪氣傷害所致。「風、寒、暑、溼、燥、火」六邪氣從口鼻而入，侵犯上焦肺衛，五內相剋而為時疫。

算了，不抄書了，還是百科上解釋得言簡意賅：流行性急性傳染病。並列入了三十五種病種，分出了甲乙丙級。

照這麼說來，《紅樓夢》第二十一回，鳳姐家的巧姐出花兒應該屬於哪一類呢？

大夫幫巧姐診完脈，卻向家屬道喜：「替夫人奶奶們道喜，姐兒發熱是見喜了。」「見喜」一說是古人對天花的一種隱晦說法，天花是一種烈性傳染病，已經消滅，但如果分類的話應該是和霍亂同一級別，該屬於「第一類傳染病」，該病死亡率極高，哪有喜可言？

那是因為古時沒有天花疫苗，一旦染上如同千軍萬馬獨木橋上闖關，能闖過去的會獲得終生免疫力，方能謂之「大喜」。康熙皇帝幼年時，宮裡皇子們傳染天花，一時間皇嗣凋零，只有玄燁闖過生死關活了下來，這樣說來可不就是大喜嗎？

另有一說是水痘，因為水痘也叫「喜」。賈赦看上賈母的貼身丫頭鴛鴦，想納為小妾時，遣她嫂子去做說客。她嫂子一見鴛鴦就說：「快來，我細細的告訴妳，可是天大的喜事。」鴛鴦這樣答：「什麼『喜事』！狀元痘

生活篇　仙鶴睡在芭蕉下

灌的漿——又滿是『喜事』。」狀元痘即水痘。

天花、水痘，都是皮膚長痘疹的呼吸道傳染病，但嚴重程度卻不一樣，後者輕得多。照病程來看，天花病程是十到十二天結束，水痘則可以延長到十四天。而巧姐後來痊癒，不多不少，正好用了十二天：「毒盡癍回，十二日後送了娘娘。」又有多姑娘對賈璉說的「你家女兒出花兒」之類的話，巧姐應該是得天花的可能性較大。

這樣就能理解為什麼當太醫道喜時，王夫人鳳姐忙問：「可好不好」的緊張程度了。

太醫告訴她「病雖險，卻順」，讓她準備了專門發痘的桑蟲，和有助於修復皮膚破損的豬尾。

鳳姐按照習俗進行了一系列封建迷信活動：打掃房屋衛生供奉痘疹娘娘，忌煎炒，與賈璉分房睡，用可以闢邪的大紅色布料為奶子丫頭們裁剪新衣。這在客觀上也起到了一定輔助治療及護理作用：打掃環境可以清潔環境；忌煎炒是提倡飲食清淡；分房睡是密切接觸者與健康人群隔離開來，防止病毒擴散；至於紅色新衣，那不是貼身護理人員們的隔離衣嗎？

鳳姐還當機立斷，把兩個醫生「扣」下來，讓他們輪班值守，整整十二天不放回家。這相當於讓巧姐住進了加護病房，並聘請了專家組醫生二十四小時全程監護啊！

裡面忙著，她在外面也沒消停，領著平兒日日供奉痘疹娘娘。用信仰的力量來加持，不放棄不拋棄，增強抗擊病魔的信心。

能做的她都做了，事實證明這一系列做法行之有效，十二天后巧姐順利痊癒，這和鳳姐英明果斷的指揮是絕對分不開的。

與疫病的戰鬥就是一場與時間的戰爭，誰有預見性，誰能跑在前面，

誰能主動出擊制止事態發展，誰就能贏。

換個黏糊點的人，一觀望猶豫，就容易行動滯後，一旦病魔占了先機，後果難料。如果把鳳姐換成了迎春，巧姐小命休矣！

二

前有巧姐出花兒，後有晴雯得重感冒。這回出面料理的是另一個少奶奶李紈，她對疫病也有著非常高的警惕性。

當她聽彙報，說晴雯受涼了請醫生來看，便讓老嬤嬤如此回話：「吃兩劑藥好了便罷，若不好時，還是出去為是。」意即要將晴雯隔離出去。

理由是：「如今時氣不好，恐沾帶了別人事小，姑娘們的身子要緊的。」「時氣不好」，意即是傳染病的高發期，擔心晴雯得的是傳染病，傳染給小姐們。

這話說得並不為過，李紈肩上擔著照顧小姑子們的擔子，這是從大局出發，有防範意識。

可惜晴雯沒有那麼高的覺悟，立即大喊：「我哪裡就害瘟病了，只怕過了人！我離了這裡，看你們這一輩子都別頭痛腦熱的。」平日讀這些話只覺得晴雯脾氣暴而已，但換個角度看，便覺得她實在是不懂事。

你怎麼知道自己得的一定不是瘟病呢？總要替別人考慮才是。

寶玉是個特別理解人的人，他明白各人有各人的立場，於是這樣勸晴雯：「別生氣，這原是他的責任。唯恐太太知道了說他，不過白說一句。」

讀到這裡，覺得這些大戶人家的奶奶太太們也不容易，不是想像中養尊處優、飯來張口衣來伸手就行了，家裡事情千頭萬緒樣樣都要操心到。

生活篇　仙鶴睡在芭蕉下

防止疫病擴散，保障家人身體健康竟然也是本職工作一樁，做不到位竟然是要被「頂頭上司」──婆婆追責的。

「勞心者治人，勞力者治於人」，分工不同，都是為人民服務。

再回頭說到鳳姐，就在這一回回末，鳳姐向賈母提議給大觀園裡增設小廚房，因為天又短又冷，一日三餐就不用往府裡跑了。賈母早已有此意，但是不想再給鳳姐添麻煩，因為她事情已經夠多了。鳳姐說了，不怕麻煩，關鍵是「小姑娘們冷風朔氣的，別人還可，第一林妹妹如何禁得住？就連寶兄弟也禁不住，何況眾位姑娘。」賈母連聲稱讚，說鳳姐想得周到。

當寶玉黛玉們在大觀園裡吟詩作賦、開宴飲酒，恣意揮灑青春的時候，可曾想到兩個嫂子為他們的健康默默付出承擔了多少？

哪有什麼歲月靜好，不過是有人替你思慮周全。

三

得了疫病，活人要隔離。那如果對待得時疫之人的遺體呢？

賈府的做法貌似很無情：燒化。

但是很科學。

尤二姐、晴雯死後，賈府是按疫病處理的。

尤二姐自殺後，賈母得到的消息是「死於癆病」。於是這樣指示：「誰家癆病死的孩子不燒了一撒，也認真的開喪破土起來。」是賈璉後來悄悄地把她埋到了尤三姐墳旁，讓她們姊妹做個伴。

晴雯就沒有那麼好的運氣了，死後很快就被燒化了。

「女兒癆死的，斷不可留！」

當然她們冤枉，那是另一個話題。就事論事，只按疫病病人遺體處理方法談，這麼做沒毛病，可以最大程度地杜絕傳染源，防止疫情擴散。

今日重溫《紅樓夢》，才發現賈府中人對付疫病的方法完全符合流行病學原理。過來過去無非就是做好這幾條：消滅傳染源；做好隔離，切斷傳播途徑；保護易感人群。

萬變不離其宗，重要的是抓好落實。

讀「紅樓」不要白讀。面對新型冠狀病毒肺炎，只要我們按照上面這幾條做好防護，記得勤消毒勤洗手，出門戴好口罩，人多的地方不要去，老人、小孩，體弱、免疫力差者尤其要做好保護。

且忍耐一段時間，挺到春暖花開時氣候變好，有多少好日子不夠我們玩耍的？

站在《紅樓夢》的屋簷下看雪

一

晨起有雪，騎車出門，聽得路人說：你看這雪花多大，一坨一坨的！我笑，心說：人家《紅樓夢》裡，管這樣子的下法叫「搓綿扯絮」。

忽感到身子一顛一顛的，下來一看，車子後輪漏氣了。垂頭喪氣地把車往回推，進社區有一段逆行，對面來的車喇叭按個不停，一番騰挪躲閃才把車放回去。出來找了個計程車，奈何路上擁堵，怎麼都到不了，冷哇

生活篇　仙鶴睡在芭蕉下

哇地又等了十來分鐘。

不禁又想到人家寶玉：「出了院門，四顧一望，並無二色，遠遠的是青松翠竹，自己卻如裝在玻璃盒內一般。於是走至山坡之下，順著山腳剛轉過去，已聞得一股寒香拂鼻。回頭一看，恰是妙玉門前櫳翠庵中有十數株紅梅如胭脂一般，映著雪色，分外顯得精神，好不有趣！寶玉便立住，細細的賞玩一回方走。」同是雪後出門，怎麼區別就這麼大呢？

這麼想純粹是自找不痛快吧？真是沒個可比的了。

有人跟我晒自家小院子，雪洗後的竹子青翠可愛，我說你院子上該掛個牌子：瀟湘館。對方接不上，默默發給我一個尷尬微笑臉，我瞬間覺得自己是個神經病。

與此同時，外地的同學也發來一張圖，一朵桃紅色的月季開得嬌豔妖嬈，她說上海今年暖冬，院子裡的花又開了。

我便無厘頭地又想起「紅樓」裡的海棠花妖。探春說了：「不時而發，必是妖孽。」本想藉機開個玩笑，轉念一想，這個梗人家必定不懂，換不來會心一笑，反顯得嘴賤，算了。

中午下了班步行回家，路過一個烤肉店，想想人家大觀園裡的人們都在蘆雪庵烤鹿肉吃呢，我這飢腸轆轆的，一路上找修車補胎的。好喪。

讀「紅樓」的討人厭之處，是不管說什麼看什麼聽什麼都要忍不住聯想到《紅樓夢》。

二

我平時總告誡自己，千萬別和人談「紅樓」，除非有人請你開講座。說淺了沒意思，說深了雙方都累。何必招人嫌？更重要的是沒有授課費。

昨晚和一個好友聊天，不知怎麼說到了人類永恆的主題。她說結婚和戀愛是兩回事，嗯，這個我不反對。但她舉的是寶玉和黛玉的例子：「他們兩個結了婚一定不會幸福！」言之鑿鑿，論據充分，語氣鏗鏘。

什麼？

她要是說「不一定會幸福」就罷了，但她說的是「一定不會幸福」。我看看錶，零點了，便說：「妳說得不對，不早了洗澡睡覺。」她聽出了我的不屑，不依不饒地叫我說服她。

問題是，我一個讀原著的跟妳一個看過同名電視劇的，從何講起呢？如果實話實說，又該遭搶白了：「誰說我沒讀過原著？」但是，讀跟讀真的是不一樣的，親愛的。翻過一遍兩遍，跟吸毒似的沉浸其中，感受之幽微肯定不可相提並論。

妳所謂的「林黛玉小心眼子愛吃醋」在第三十二回往前，「訴肺腑心迷活寶玉」那裡是個界線，你自己去翻。

至於「寶玉太花心，不可能從一而終」，我只能說請妳去看第三十六回「識分定情悟梨香院」。

晚安。

三

如果和讀「紅樓」的人們在一起就不一樣了。

和一個「紅」友吃飯，對方還是個男士，談及同樣的話題，他篤信寶玉和黛玉真成了親，一定會幸福：「因為他們兩個的愛情很成熟。」

何以見得？

生活篇　仙鶴睡在芭蕉下

他說：「沒注意嗎？當寶玉每次在黛玉面前發毒誓時，黛玉會馬上制止，唯恐他受到半點傷害。她對他是真的好。」

席間還談及共同認識的另一個朋友，其性情為人我不了解，他只一言以蔽之：「她像平兒。」於是便都明白了。我問：「我咧？」答：「還是比較像黛玉。」我說：「別啦您哪，我還想多活幾年呢！」答：「怕什麼？人蔘燕窩如今我們都吃得起了！」

有一年也是下雪天，群組裡有人說：「下雪了，一起烤鹿肉吧！」於是群情振奮，好像真聚到了蘆雪庵下面鐵絲架子前似的，看到了滋滋冒油的真鹿肉，聞到了焦煳的香氣。

有個「紅迷」說：「今冬料是無他事，荷得冰鋤葬雪花」，馬上就有個煞風景的跳出來：「你那裡都凍成冰坨子了，刨得動嗎？」於是大家哈哈哈，全是些「精緻的淘氣」。又有人歷數林黛玉的不好，馬上有人接：「焦大也說他不喜歡林妹妹。」

……

隨便拋個梗就接住了，且無縫連結，「紅」迷們有自己的通關密語，跟「哈利波特」迷、「漫威」迷等各種迷一樣的。在「紅樓」這個大平臺下，是一群孤單者的狂歡。

四

常年讀「紅樓」的人，連語言習慣和行事方式都會改變。

我發現很多熟讀「紅樓」的人，都會不自覺地用「紅樓」中人的口氣說話、交談，「難不成」、「保不齊」、「前兒、今兒、明兒、後兒」這樣的詞

兒張口就來。語氣更是強硬不起來，只要一張嘴，保證露餡，很容易在人群裡被離析出來。在這真刀實槍硬碰硬的世間，會成為一個骨骼清奇的柔軟異類。

去年我在戲劇學院念書，說話經常被同班同學笑，後來才發現是被「紅樓腔」害的。就連寫劇本，寫一個小孩子不吃飯媽媽生了氣，不是說「餓死你」，而是「清清淨淨餓兩頓就好了」。分明是讓為巧姐看病的太醫附了體。

語氣的背後，其實是思維模式的重塑。

說事情會變得不急不緩，有條理，看過鳳姐、探春、平兒們理家，讀過小紅彙報工作時的那一段五門子「奶奶論」的人，還有什麼能難得倒我們？遇到不大能說到一起的，也懶得爭辯，不是如湘雲對翠縷那樣，說聲「你說的很是」停止談論；便是像探春對趙姨娘，心裡默唸一句「不過是那陰微鄙賤的見識」就走開；再不濟，乾脆一個轉身找能說到一塊的人玩，就像寶玉對黛玉的那句「憑他怎麼後手不接，也短不了我們兩個人的」，不接茬，到廳上找寶釵去。

讓我們長時間費唇舌跟人爭辯，不大可能的，因為透過讀「紅樓」，我們早早看清了一個真相：識見和認知的差異是人與人之間最大的鴻溝，三言兩語間很難踰越，更別提填平。

從一本結構複雜、人物關係繁雜的偉大名著中，所得到的閱讀訓練，可以讓人早早擺脫線性思維，當遇到非此即彼的人，只好默默給一個背影，叫他們糊塗一輩子算了。

生活篇　仙鶴睡在芭蕉下

五

更多的，是對人性人心的體察與悲憫。

曹雪芹最厲害之處，是他除了有名有姓地寫出了幾百個形色各異的人，更明裡暗裡轉著圈寫出了每一個人的不易，在這本書裡，最不堪的人也有自己的辛酸不得已。當我們從書中的世界抬起頭，再看書外諸人諸事，誠覺得沒什麼稀奇：「這不就是那《紅樓夢》裡的誰誰誰嗎？」對於可愛之人，會有一見如故的喜悅與珍惜，而對可厭之人，往往看到其可悲與可憐，內心便會少些硬碰硬與敵意。

我曾目睹過一件事，印象深刻。「紅」友群裡的 A 得了很難治的病，另有 B 在群裡發了幾百塊錢的紅包給她，她還沒來得及收，就被 C 給「攔和」了。發的人不急，@ 了一下 C，軟語溫言說她搶錯了；該領的人也不急，說沒事，可能 C 沒看清；圍觀的人也不急，只說一定是自動設定了領紅包功能。要知道，這群裡一共有幾百個人呢，要換到其他群裡，誤領者不得被罵成篩子才怪。B 於是又私發了一個給 A。半天過去，誤領者 C 上線了，說自己當時沒看清，不好意思再退回，病友 A 領完又退給了 B，說自己不能拿人雙份捐贈。皆大歡喜。

這種氛圍，在別處很難想像，除非親眼看到，才會相信真的有一群人，能同時修練到這種涵養境界。

常讀「紅樓」的人，身上都少有戾氣。

六

我們常常被人勸：「別讀『紅樓』讀傻了。」其實，我寧可他們把那個「傻」字換成「痴」。一入「紅樓」夢不醒，傻與痴的區別，就在於自知

與否,「傻」是稀里糊塗,「痴」是自得其樂。再說,真的會讀傻嗎?據我所見,真正讀「紅樓」讀得透的人沒幾個傻子,那份對人情世故的見微知著和體貼人性,像極了潤滑油,讓他們能在擁堵複雜的人際關係中穿行自如。

他們疏離又溫暖,犀利也厚道,笨拙亦通透。他們面上的拘謹是真的,但心裡的門兒清也是真的。有些事兒他們說不懂,是真的不懂,也是真的不想懂,等他們想懂,自然馬上就懂了。

有個朋友是佛門中人,他說我近幾年越來越平和溫潤,沒有躁氣。我問是長大的關係嗎?他說不是,年紀和心態不是絕對的關係。我知道,大概因為我常年讀經的緣故,性情得到滋養,這部經的名字就叫《紅樓夢》。

七

其實,也不是事事都好。

用《紅樓夢》裡的眼光去處世,現實世界卻常常是老謀深算的《三國》,打家劫舍的《水滸》,妖魔鬼怪出沒的《西遊》,或者還有冷酷算計的《金瓶梅》。迎面碰上時,會有一剎那的愕然。

後來慢慢悟出,「紅樓」裡的世界應有盡有,包含了人間一切況味,我們應該讓它為我們所用,而不是被它所誤。「紅樓」與現實的關係,就像屠龍刀和倚天劍,內部都藏著珍貴的江湖祕笈,只有兩者互斫,才能得到它們。用與不用,全看自己。

讀《紅樓夢》,原該是給我們的精神世界新築起一間屋子,讓靈魂有所依託歸附,並不是從此關上所有的門,躲進小樓成一統,管他春夏與秋冬。該走的路一步都不會少,也不應該少。就這樣吧,在《紅樓夢》的屋

生活篇　仙鶴睡在芭蕉下

簷下看雪，也看花，看風，看月，看雨，看霧，看山，看水，看你看我看他，看這蒼茫世事，和遼闊人間。

這兩個「紅樓」經典場景，所有電視劇就沒有全拍對過

一

「那些女孩子們，或用花瓣柳枝編成轎馬的，或用綾錦紗羅疊成千旄旌幢的，都用綵線綁了。每一顆樹上，每一枝花上，都繫了這些物事。滿園裡繡帶飄颻，花枝招展，更兼這些人打扮得桃羞柳讓，燕妒鶯慚，一時也道不盡。」

這是《紅樓夢》裡第二十七回裡過芒種節的情景。

回目叫「滴翠亭楊妃戲綵蝶，埋香塚飛燕泣殘紅」，「紅樓」最美的兩個片段，寶釵撲蝶和黛玉葬花都出在這一回，是讀者心中最經典的畫面，也是歷來「紅樓」電視劇裡最需要大書特書的兩場戲。

但遺憾的是，幾乎沒有一部電視劇全拍對過，包括最經典的八七版。

二

先看寶釵撲蝶。

原著裡寫得很清楚，「忽見前面一雙玉色蝴蝶，大如團扇，一上一下迎風翩躚，十分有趣。寶釵意欲撲了來玩耍，遂向袖中取出扇子來，向草

地下來撲。」

這扇子應該是摺扇，因為團扇那麼大，怎麼往袖子裡藏呢？寶釵又不是鐵扇公主。

但是，八七版張莉飾演的寶釵拿的卻是團扇。

除了和原著不符，裡面還有個問題，明清以後用摺扇居多，中國戲曲裡，拿摺扇的一般是公子小姐，拿團扇的是丫鬟。

看一下崑曲版的《遊園驚夢》，摺扇團扇之分一目了然。

寶釵這個扇子誤導了很多後來人，小戲骨《紅樓夢》也緊隨其後犯了錯。

也偶有拿捏對的，比如電影《紅樓夢》傅藝偉版寶釵，表揚一下，但請忽略大開大合的銷魂姿勢，氣質太不「寶釵」了，沒有穩重端莊的大家閨秀樣兒，倒像出來撒歡的丫鬟。服、道、化的鍋，服裝顏色款式不像閨秀像俠女，尤其腰裡那根繩子傷眼。

所以，除了對，美也是至關重要的啊！

三

最悲催的是黛玉葬花，還沒見過拍對的。

一提起黛玉葬花，大家腦子裡想當然先入為主地以為黛玉葬花，葬的是桃花，背景裡想當然是，一樹一樹桃花燦然。這都是拜八七版「紅樓」所賜。

如果你這樣想，就又錯了。二十三回是三月中旬，那一回葬桃花沒錯，但二十七回唸《葬花吟》那次，再葬桃花顯然不可能啊！芒種節桃花早敗了。原著裡寫得很清楚，是「鳳仙石榴等各色落花，錦重重的落了一

生活篇　仙鶴睡在芭蕉下

地」，黛玉葬的是鳳仙、石榴等夏日花卉。

這大概是受了戲曲的影響吧，越劇王文娟版的葬花，後面明顯是桃花。緊隨其後的是當代越劇，何英版葬花，也是桃花。閩劇版黛玉葬花，也錯了。

為什麼一窩蜂地葬桃花？大概是黛玉寫過〈桃花行〉？還是因為桃花好拍？

電影陶慧敏版黛玉也是錯的，更像是梅花。閔春曉版黛玉，不用說也是有樣學樣。

原著裡葬花，是把花放在錦囊裡埋的，以示對花的珍重。然而，新版電視劇「紅樓葬花」，印象裡有一回他們是「裸葬」，直接刨個坑就埋了。

葬的什麼已不重要了，只說觀感，像不像「村莊兒女各當家」，一個刨坑，一個撒種。

全滅，沒有對的。氣死我了。

感覺雪芹的棺材板快壓不住了，自己會跳出來託夢對導演們說：老夫讓寶釵拿的不是團扇，是摺扇；黛玉葬的花不是桃花，是石榴花！

修行篇
事若求全何所樂

修行篇　事若求全何所樂

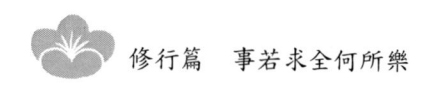

寶釵：所謂涵養，就是獨自吞下那些難言的尷尬

■ 一

　　《紅樓夢》第三十二回，寶玉因為湘雲勸他要多與官場中人來往而不高興，一向好脾氣的「愛哥哥」直接下了逐客令：「姑娘請別的姊妹屋裡坐坐，我這裡仔細汙了你知經濟學問的。」寶玉就是這樣，只要一聽到有人勸他從俗上進，甭管對方是誰，哪怕是從小一塊兒長大的青梅竹馬，前一秒還「雲妹妹」長「雲妹妹」短，後一秒照樣翻臉比翻牌子還快，可講原則了。

　　慌得襲人上來打圓場，又牽出一件舊事：「雲姑娘快別說這話。上回也是寶姑娘也說過一回，他也不管人臉上過的去過不去，他就咳了一聲，拿起腳來就走了。」

　　話沒說完人家就走了，寶釵當時的反應是什麼樣呢？「登時羞的臉通紅，說又不是，不說又不是。」

　　襲人慶幸道：「幸而是寶姑娘，那要是林姑娘，不知又鬧到怎麼樣，哭的怎麼樣呢。」

　　寶姑娘沒有哭也沒有鬧，自己訕了一會子就走了。襲人心裡很過意不去，以為她惱了，「誰知過後還是照舊一樣」。

　　襲人便誇寶釵：「真真有涵養，心地寬大。」

　　正應了那句話：「心胸，是靠委屈撐大的。」

寶釵：所謂涵養，就是獨自吞下那些難言的尷尬

二

寶玉給寶釵難堪，可不止這一回了。

第二十八回，黛玉正跟寶玉鬧彆扭，寶玉想給黛玉說好話，又礙著有寶釵。他，竟然直接攆人，對寶釵的方式不能再簡單粗暴：「老太太要抹骨牌，正沒人呢，妳抹骨牌去罷。」

寶釵聽了，應該是愕然的吧？但她也只笑笑，話裡有話地說：「我是為抹骨牌才來了？」說著便走了。身為讀者，想像一下她離去的背影，真是一種不忍直視的尷尬。

她心中未必沒有慍怒，但能怎麼樣呢？讓她也跟寶玉哭鬧一場嗎？事後也不理他嗎？

不，她做不出，她只能裝作不在意，過後該怎樣還得怎樣，不讓別人留下「小心眼愛計較」的印象，畢竟現在是客居身分，住的是親戚家，不能失了大家閨秀的身分體面。

這個姑娘，外在的有涵養，分明是骨子裡另一種形式上的自尊要強。

有一種自尊是不斷強調自尊，還有一種自尊，是明明受傷，卻笑吟吟地裝不痛，絕不將惱羞成怒的失態示於人前。

三

那一次，鳳姐打趣林黛玉：「妳既吃了我們家的茶，怎麼還不來我家作媳婦？」眾人鬨笑聲中，林黛玉紅了臉，啐了鳳姐一口。鳳姐乘勝追擊：「妳給我們家作了媳婦，少什麼？」指著寶玉道：「妳瞧瞧，人物、門第配不上，根基配不上，家私配不上？那一點還玷辱了誰呢？」

修行篇　事若求全何所樂

這樣的口無遮攔讓林黛玉大窘，她的反應是抬身就走。

就在這當口，寶釵拉住了黛玉，說：顰兒別急眼呀，快回來坐著，「走了倒沒意思」。

這就是寶釵處理事情的態度：從圓從緩，顧全大家的臉面。

她的「沒意思」在此處可以理解為尷尬，設若黛玉一摔簾子走了，鳳姐尷尬，寶玉尷尬，在場的大家都尷尬，黛玉日後與鳳姐再見面，是不是更尷尬？

克制自己的情緒，讓周圍人都不感到尷尬，就是襲人嘴裡「涵養」的正解吧？

四

說起「沒意思」，寶釵自己就有一件大大的「沒意思」的事。

那便是端午節元妃賜禮：她和寶玉一樣，其他姊妹從後，只有扇子和香珠兒，少了鳳尾羅和芙蓉簟。

之前她母親已經透露給賈府人等，她的金鎖是個和尚給的，「等日後有玉的方可結為婚姻」。這擺明是要上趕著將她許給寶玉，也不管寶釵尷尬不尷尬。為避嫌，寶釵只好有意疏遠寶玉。

而現在，元春所賜的東西，分明是坐實了要完成姨媽的心願：將弟弟和表妹撮合在一起。而賈府裡誰不知道寶玉喜歡的是黛玉呢？這樣的「拉郎配」，實在是令寶釵「沒意思」死了。

然而這事偏偏又沒法解釋，這正是最尷尬之所在。

尷尬的事一樁還接著一樁地疊加。

寶釵：所謂涵養，就是獨自吞下那些難言的尷尬

後來因為寶玉捱打，連她親哥哥薛蟠都說：我早知道妳的心了，妳這金要揀有玉的才能婚配，妳見寶玉有那玩意，所以妳現在就老護著他。直接把寶釵噎得哭了一整夜。

第二天一早腫著眼睛出來，好死不死正碰見小嘴刻薄的林黛玉，一上來就衝著她的脊梁骨道：「姐姐也自保重些。就是哭出兩缸眼淚來，也醫不好棒瘡！」句句如刺，刺刺扎耳。

換個人恐怕會被氣瘋的：這都怎麼了？一個個排著隊的來噁心我是嗎？

若穿越到今天，換個脾氣暴點的，會直接指著對方鼻子說：你再給我說一句？

然而，我們的寶釵並沒停下腳步反唇相譏，她連頭都沒回，一直朝前走去。

很多時候，所謂涵養，就是忍常人不能忍，受常人不能受，獨自吞下難言的尷尬，默默研碎消化，還世界一個風平浪靜，波瀾不興。

五

張愛玲曾經說寶釵，認為她太過懂事，以致不會太幸福。

可是她自己又何嘗不是這樣？才華俯視眾生，生活中卻極有涵養，只有人傷她沒有她傷人的。也許恰因沒有宣洩途徑，才將心中的毒素訴諸筆端，文字一派尖巧刻薄。

當年被胡蘭成一再辜負，面對後者接二連三的風流韻事，張愛玲沒有過一哭二鬧三上吊的激烈反應，默默照單全收。結果是慣得這男人誤以為她是韋小寶家的雙兒，竟然恬不知恥地說出了這樣的話：「對愛玲，我是

209

修行篇　事若求全何所樂

無言可表,但亦不覺得怎樣抱歉。」理由是「因為待愛玲,如我自己,寧可克己,倒要多照顧小周與秀美。」

心冷心死之後,張愛玲與胡分得決絕:你不要來找我,也別寫信,寫了我也不看。因為念及對方在避難中,又主動付給一大筆「分手費」,此生再無瓜葛。哪怕她後來被胡蘭成在《今生今世》裡胡亂描畫,亦自始至終不出惡言。收到胡來撩她的信,回信說:如果使你誤會,我真的覺得抱歉。

她始終保持了一個讀書人應有的涵養。

這樣的涵養,令人敬仰,也令人心疼。她太珍惜姿態,反被渣人抓住軟肋得寸進尺,視傷害她為理所應當。

有涵養自然好,君子有容人之量,修練到行事安泰平和的境界,當然值得讚賞。但如果真的忍夠了不想再忍,從某個角度講,較真是好的,翻臉是好的,爆發也是好的,因為一個活生生的人,不可能一直含著一口即將噴湧的鮮血,永遠若無其事地嘴角上揚保持微笑。

所以,《紅樓夢》裡,偉大的曹公也給了有涵養的寶釵一次狠狠發火的機會,那火發得層層遞進,節節攀高又酣暢淋漓,看得人十分過癮。

六

那一次,是薛蟠生日請客看戲,寶玉因和黛玉鬧了彆扭心情不好,借病推辭了。遇到寶釵後又心虛,此地無銀三百兩地說:「大哥哥不知我病,倒像我懶,推故不去的。倘或明兒惱了,姐姐替我分辨分辨。」

寶釵心裡明鏡似的,也不點破,漫不經心敷衍道:自己兄弟,若真計較倒見外了。

寶玉得了便宜還賣乖:「姐姐知道體諒我就好了。」

又問:妳怎麼不去看戲呢?

寶釵意味深長地如此答:我怕熱,看了兩齣。不想參加了,就推脫說自己身上不舒服,溜這裡來了。

還是沒忍住,借說自己暗暗戳破對方謊言,弄得寶玉「臉上沒意思」,只好又沒話找話搭訕:「怪不得他們拿姐姐比楊妃,原來也體豐怯熱。」這下捅了馬蜂窩,拍馬屁拍到了馬蹄子上,寶釵勃然大怒。

大怒的原因不外以下幾點:

一、你敢說我胖?

二、楊貴妃在歷史上名聲不大好,你卻拿我作比;

三、當時可能正值入宮落選,心裡很不自在,現在拿貴妃作比,豈不是嘲笑?

寶釵冷笑兩聲:「我倒像楊妃,只是沒一個好哥哥好兄弟可以作得楊國忠的!」換言之就是:你也不拿鏡子看看自己,敢笑話我?

這時候恰逢小丫頭靛兒找扇子,以為寶釵藏了她的,就撒嬌討要。一向和顏悅色的寶姑娘忽然發難,指桑罵槐:「你要仔細!我和你頑過,你再疑我。和你素日嘻皮笑臉的那些姑娘們跟前,你該問他們去。」

靛兒跑了,寶玉見狀躲了,黛玉卻來了。她本就想助攻寶玉奚落寶釵,見他們都不是對手,索性自己上陣:「寶姐姐,妳聽了兩齣什麼戲?」

她巴不得寶釵說「我看的是《南柯夢》呢!」

寶釵一見她的表情,便知道了來者不善,款款笑道:「我看的是李逵罵了宋江,後來又賠不是。」

修行篇　事若求全何所樂

　　寶玉趁勢說：姐姐妳又錯了，通今博古的人怎麼不知道這叫《負荊請罪》。

　　寶釵打蛇隨棍上，沒給對方一點喘息的機會：原來這叫《負荊請罪》，你們通今博古，才知道「負荊請罪」，我不知道什麼是「負荊請罪」──直接點破了寶黛二人那點小兒女糾葛，將他們說得臉紅脖子粗。連鳳姐都看出了不對，連忙緩和氣氛：你們誰吃生薑了，怎麼這麼辣？

　　寶釵還要說話，見寶玉十分尷尬慚愧，便一笑收住，「做人留一線，日後好相見」吧！

　　畢竟，寶姑娘還是那個有涵養的寶姑娘呀！

七

　　事後，連林黛玉都不得不甘拜下風，她對寶玉說：「你也試著比我利害的人了。」

　　長點記性吧，有涵養可不代表永遠不會生氣翻臉。

　　在生活裡，總有那麼一類人，低眉淺笑，行事禮讓，習慣了處處替別人著想，便讓人誤以為他們行走江湖全靠八面玲瓏地討巧。

　　於是總有人看不慣他們，急著上前撕破人家的「假面具」。直到被他們用劍尖涼涼地抵住喉嚨，才知道真正的高手不會時時與人亮劍，但一旦出手，必定一劍封喉。

　　因為他們深諳人性，既然懂得怎樣讓人舒服，也必然懂得怎樣讓人難受，只是不為而已。

　　涵養這東西，原既可以做行走的拐杖，也可以是藏鋒的劍鞘。

鶯兒：被疼愛的人，才有資格天真

一

「我聽這兩句話，倒像和姑娘的項圈上的兩句話是一對。」鶯兒一句話，石破天驚，道破了一個半遮半掩的祕密。

因為這一句，賈寶玉前一刻剛摘下了玉，後一刻便纏著薛寶釵亮出了鎖。放一起一比對，一個上刻「莫失莫忘，仙壽恆昌」，另一個則刻「不離不棄，芳齡永繼」。

果然，「這八個字倒真的與我的是一對。」

張愛玲說：「生命有它的圖案，我們唯有臨摹。」命運看似起伏，卻原來早有定數。

哪怕下一刻林黛玉搖搖地走進來，左一聲「噯喲，我來的不巧了」，右一聲「早知她來，我就不來了」。

哪怕三人之間那種無可迴避的微妙緊張感從字裡行間迸濺出來，作為旁觀者的讀者也明白，寶黛之戀不過是水月鏡花過眼煙雲，不會有結果了。

而此刻，黛玉的每一句調笑，彷彿都是在為自己的命運提前做總結，看得人不禁隱隱心痛。

這一回的回目叫「比通靈金鶯微露意」，作者要為八十回後埋下伏筆，需要一個人做劇透，鶯兒便是最合適不過的人選。

鶯兒原名黃金鶯，是寶釵的貼身丫鬟，寶釵嫌唸起來拗口，改叫了黃鶯兒。這名字很容易叫人聯想起那句閨怨詩：「打起黃鶯兒，莫教枝上啼。」

修行篇　事若求全何所樂

　　好玩的是，寶釵與鶯兒的關係與之也頗相似：常常是鶯兒口無遮攔，寶釵急忙出面制止，甚至把她轟走。

　　比如就在這一回，本來薛寶釵只想看寶玉的玉，並不想上趕著亮出自己的金鎖，為怕洩漏還支開鶯兒去倒茶，但她就是杵在那不走，笑嘻嘻一副要搞事情的模樣。

　　除了說出吉讖，又進一步介紹金鎖的來歷與講究：「是個癩頭和尚送的，他說必須鏨在金器上⋯⋯」寶釵不得不再次截斷話頭，攆她去倒茶。

　　如果寶釵不攔著，鶯兒準會說出剩下的那半句：「遇到有玉的方能婚配。」這可叫矜持的寶釵情何以堪呢？

　　黛玉的丫鬟紫鵑，也樂於在背後幫黛玉出謀劃策，吹枕邊風叫她「趁早兒老太太還明白硬朗的時節，作定了大事要緊」。

　　逼急了還親自下場「情辭試忙玉」，說黛玉要回蘇州老家去，急得寶玉發了瘋。

　　大家都是各為其主。但紫鵑被稱為「慧紫鵑」，而鶯兒呢？卻被形容為「嬌憨」。

　　除了活潑可愛，外人一時半會兒很難辨清這小姑娘是什麼心思，做事常令人哭笑不得，完全和老成的寶釵不是一個畫風。

二

　　第二十回，鶯兒與賈環玩擲骰子，賈環擲的是個么，硬要說是六，鶯兒寸步不讓：「分明是個么！」寶釵明知賈環耍賴，還是選擇了讓鶯兒受委屈：「難道爺們還賴妳？還不放下錢來呢！」

鶯兒不情不願地認了，但嘴巴卻還在「戰鬥」：「一個作爺的，還賴我們這幾個錢，連我也不放在眼裡。前兒我和寶二爺玩，他輸了那些，也沒著急。下剩的錢，還是幾個小丫頭子們一搶，他一笑就罷了。」

「一梭子」又「一梭子」連著掃，成功地把賈環說哭：「我拿什麼比寶玉呢。你們怕他，都和他好，都欺負我不是太太養的。」寶釵一邊哄賈環，一邊罵鶯兒，好不熱鬧。一個大家閨秀，倒弄得像個拉架的老母親，急出一腦門子汗。

紫鵑天天為黛玉的終身大事發愁，掏心掏肺一愁愁了好多年；鶯兒呢，不但幫寶釵分不了憂，寶釵還得時時替她的嘴把著門。

都是當丫鬟的，差別怎麼就這麼大呢？

當然鶯兒的優點也很凸出，她天生手巧，尤擅長打絡子、編花籃。

打起絡子來，顏色搭配說得頭頭是道：大紅配石青，松花配桃紅，蔥黃配柳綠……至於樣式，一炷香、朝天凳、象牙塊、方勝、連環、梅花、柳葉……

她說了：若是每樣花樣打幾個，十年都打不完。

寶釵派她去林黛玉處取薔薇硝，她經過柳葉渚，見柳枝鮮嫩，便折了些編東西，說「什麼編不得？頑的使的都可」。

她邊走邊編，瀟湘館走到了，一個盛裝各色鮮花的翠葉玲瓏提籃也成了，她把這個別緻有趣的禮物送給了黛玉。

李安說：天賦就是指做某一件事情很容易上手。鶯兒的娘在大觀園裡出了名的會侍弄花草，鶯兒遺傳了她娘親的基因，在手作上的確天賦過人。

放在今天，她可以做個手作設計師，或者繼承家族衣缽，做個園藝師，開個小花店，再或者，直播編花籃全過程，說不定還能一躍成為網紅呢。

修行篇　事若求全何所樂

她手不閒，嘴也不消停。

打絡子時，私下在寶玉面前如此誇耀自家主子：「我家姑娘，還有幾樣世人不知道的好處呢，模樣還是其次。」

勾起了寶玉的八卦心，讓她細細說與他聽。幸虧寶釵正好從外面進來，她不敢再說，否則真不知道她會抖出什麼寶釵不為人知的隱私來。

編花籃那次，回來的路上因為折的柳枝花朵太多，園裡管花草的婆子看到，心疼壞了。

但鶯兒卻振振有詞，理由是她們屋裡平常不讓送鮮花，這會子折點也正好抵得過──這很明顯是小孩子家家的邏輯。

她不明白一個道理：送你的你不要是一回事，你自己不經許可去拿則是另一回事。難得她還有心情開玩笑挑事，結果婆子們礙著寶釵不能拿她怎麼樣，連累春燕捱了打罵。

她把柳枝啊花朵啊全拋在河裡，氣鼓鼓回去了。寶玉聽說了，怕得罪了親戚，命婆子們來跟鶯兒道歉，特別囑咐別當著寶釵的面，免得讓她知道了，鶯兒又得挨訓。

面對道歉，不知道是心大還是聰明，反正鶯兒笑臉相迎，讓座看茶，讓人如沐春風。

你很難看出她是什麼路數。她既真實耿直又古靈精怪，無法預料她下一句脫口而出的是什麼。

真不知道，對於客居在大觀園的寶釵而言，鶯兒這樣的丫鬟，到底算是神助攻，還是豬隊友？

三

　　說到這裡，讀者多半誤以為鶯兒還是個心智不成熟的半大孩子。其實她已經十六歲，這個年齡不算小了，相當於現在的二十六歲。應該與寶釵相差不大，但寶釵分明更像是她的家長。

　　寶釵批她「越大越沒規矩」時那口氣，臉上繃著勁，眼裡卻忍著笑，表面嚴厲，實則寵溺。寶釵也對黛玉交底：「妳當我是誰，我也是個淘氣的。從小七八歲上也夠個人纏的。」

　　曾經的她也頑皮叛逆、任性大膽，但一朝父親去世，母親無能，哥哥無狀，她只好「不以書字為事，只留心針黹家計等事」。被迫長大，成為家裡的主心骨。

　　穩重得體，善解人意，寬和忍讓，成熟懂事，人人都說不出她的不好來……

　　按照世俗標準，將自己打造成了一個完美偶像。但這並不代表她忘記了自己最本真的面目。

　　在她心裡，也還藏著一個再也不能擁有的真我吧？

　　「存在即合理」，就像富察皇后會縱容明玉和瓔珞們的放肆刁鑽一樣，寶釵也會容得下一個不省心的鶯兒，宛若護佑一個沒有長大的懵懂自己。

　　在書中，寶玉對鶯兒如此說：「寶姐姐也算疼妳了。明兒寶姐姐出閣，少不了是妳跟去了。」鶯兒聽了，抿嘴一笑。那一笑裡，分明是甜蜜的預設。

　　就這樣一直跟著她吧，在她身邊不用那麼快長大。

　　「命運給的每一件禮物，暗中都標好了價碼。」湘雲曾經對黛玉感嘆：「忝在富貴之鄉，只你我竟有許多不遂心的事。」

修行篇　事若求全何所樂

錦衣玉食僕婦成群，卻也要抹殺天性承應世俗規矩，委屈本心。

看看《紅樓夢》裡的小丫鬟鶯兒，她的一舉一動彷彿都在說：

出身平凡怕什麼？只要有人疼，有人愛，有人包容兜底，容許保留個性中的天真自我，才是真正的好命呢。

鳳姐真的喜歡黛玉，不喜歡寶釵？

一

「妳既吃了我們家的茶，怎麼還不來我家作媳婦？」讀「紅樓」的人，都會對這句話有些印象。這是鳳姐打趣林黛玉時說的，明晃晃地暗示她和寶玉的婚事。羞得黛玉滿面緋紅轉身就走，倒是寶釵拉住了她：「顰兒急了，還不回來坐著。走了倒沒意思。」

鳳姐跟黛玉的熟絡府裡人盡皆知。初次見面，她就表現出了一種近乎油膩的親熱。

什麼「我來遲了，不曾迎接遠客」；

什麼「天下竟有這般標緻的人物，我今兒才算見到了！況且這通身的氣派，竟不像老祖宗的外孫女兒，竟是個嫡親的孫女」；

什麼「在這裡不要想家，想要什麼吃的、玩的，只管告訴我；丫頭老婆們不好了，也只管告訴我」……

在人多的場合，她毫不避諱和黛玉的私交：「我明兒還有一件事求妳。」順便開些比較敏感的玩笑，逗得大家哈哈大笑。

鳳姐真的喜歡黛玉，不喜歡寶釵？

第五十一回末，鳳姐向賈母提議給大觀園裡增設小廚房，因為天又短又冷，一日三餐就不用往府裡跑了：「小姑娘們冷風朔氣的，別人還可，第一林妹妹如何禁得……」黛玉的親外婆賈母甚是滿意，連說鳳姐考慮周全。

鳳姐對黛玉的照拂有口皆碑，跟對另一個親戚家姑娘寶釵的態度比起來，那就是火與冰的區別。

寶釵一家來投親時，相對於王夫人的歡喜不盡，賈母的熱情挽留，鳳姐反而是公事公辦的態度，未見有額外的親密。那些聒噪的表演、誇張的臺詞全都變成了「這裡的黎明靜悄悄」。

對於這位肌骨瑩潤、豔冠群芳的人間富貴花表妹，哪怕她做人行事人見人愛，誰也挑不出半點不好，都未曾見得鳳姐出言誇她半句。

「紅樓」前八十回，幾乎沒見過她和寶釵明裡暗裡有什麼接觸，主動說話都幾乎沒有，彷彿視她為透明，很難找到她們兩個同框的圖。

跟平兒在背地裡對寶釵唯一的一次評論，是這樣的：「拿定了主意，『不干己事不張口，一問搖頭三不知』，也難十分去問她。」好像也不是什麼好話。

以至於很多「紅樓」迷，都沒有意識到她們兩個有血緣關係。

不怪大家都以為，鳳姐偏愛黛玉，對寶釵無感。

你們別被她騙了。

二

鳳姐有雙重身分，第一層是榮國府孫媳婦，她對這個身分表面上很重視。人前人後對王夫人口稱「太太」，刻意淡化她們的姑姪關係。

修行篇　事若求全何所樂

　　第四十三回，賈母要為鳳姐過生日，竟然突發奇想玩起了眾籌，興致勃勃地把主子和有臉的奴才都召集了來。湊分子時，鳳姐兒為了討賈母歡心，故意「擠對」兩位婆婆：「只是兩位太太每位出十六兩，自己又少，又不替別人出，這有些不公道。老太太吃了虧了！」

　　「金牌捧哏」賴嬤嬤馬上接梗：「這可反了！我替兩位太太生氣……這裡媳婦成了陌路人，內姪女兒成了個外姪女兒了。」誇鳳姐兒拎得清，做事公道，不徇私情。鳳姐的第二重身分是金陵王家的大小姐，她一向以自己娘家的家世為榮，凡是和王家沾邊的，不管是東西還是人都是好的。

　　賈蓉來借玻璃炕屏，她要特地提一嘴這是王家的東西：「也沒見你們，王家的東西都是好的不成？你們那裡放著那些好東西，只是看不見，偏我的就是好的。」

　　鳳姐的陪房旺兒家的，想給自己不成器的兒子求取丫鬟彩霞，賈璉才一猶豫，就被她出語將了一軍：「我們王家的人，連我還不中你們的意，何況奴才呢。」

　　她跟賈璉炫耀：「把我王家的地縫子掃一掃，就夠你們過一輩子呢。說出來的話也不怕臊！現有對證：把太太和我的嫁妝細看，比一比你們的，那一樣是配不上你們的。」

　　總之，他們王家的什麼都好，連蒼蠅都是雙眼皮的。她對自己的血統就是這麼驕傲。

　　你說，她可能對自己的娘家親人不另眼看待嗎？

　　鳳姐對薛姨媽的稱呼很有趣，總是變來變去。

　　四十七回在賈母屋裡抹牌，鳳姐說：「我這一張牌定在姨媽手裡扣著呢。」公共場合她隨婆家叫法。

把書往前翻，第三十六回時，她在王夫人屋裡聊事情，薛姨媽笑她嘴快得像倒了核桃車子，她撒嬌地問：「姑媽，難道我說錯了不成？」沒有外人的時候，她自然而然換成了娘家的叫法。

真是不簡單，「到什麼山上唱什麼歌」，一會兒外甥媳婦，一會兒親姪女，在兩種身分之間切換自如，軋戲從不出錯。

《浮生六記》裡的藝娘，就是在給丈夫沈復的信裡未注意對公公的稱呼，而失了公婆的歡心，自此處境窘迫。

古代女子的家庭便是職場，步步驚心，不敢不穩當。四大家族阡陌交通的聯姻，造成了賈府錯綜複雜的人際關係。這裡的稱呼如同職場的官銜或職務，不能隨心所欲地叫，因為一個不留神暴露個人立場，露出親疏遠近就不好了。鳳姐經住了考驗，她審時度勢，在這張關係網中閃展騰挪，不觸一下紅線。換了小家碧玉藝娘，分分鐘沒戲。

這種大家族主母的素養，在她的兩個姑姑王夫人和薛姨媽身上也能看到。她們待人心裡都有一本小冊，但從不會輕易流露遠近好惡。

薛姨媽曾對黛玉說：我心裡很疼你，但是外頭不想帶出來的。你們這裡人多口雜，說壞話的人又多，我若真表現出來，只說我們看老太太疼妳了，我們也「洑上水」去了。「洑上水」，意即巴結有權勢者。

王夫人對庶出女兒探春的態度，也是這樣。「太太又疼她，雖然面上淡淡的，皆因是趙姨娘那老東西鬧的，心裡卻是和寶玉一樣疼呢。」

把疏遠作為一種保護，是王家女兒們一脈相傳的家庭政治智慧。與之相對照的是賈母，儘管已經熬到了「隨心所欲」的最高級別，但她不加掩飾的偏寵仍為被寵者招來過不少禍患。

鳳姐和寶玉，招來了趙姨娘的忌妒，她背地裡請馬道婆用小鬼作法，

修行篇　事若求全何所樂

差點要了這兩位的命。聰敏的黛玉為此心有餘悸,不敢開口討燕窩:「妳看這裡這些人,因見老太太多疼了寶玉和鳳丫頭兩個,他們尚虎視眈眈,背地裡言三語四的,何況於我?」

小姐裡最受看重的探春也因被人忌妒而苦笑:「我們這樣人家人多,外頭看著我們不知千金萬金小姐,何等快樂,殊不知我們這裡說不出來的煩難,更利害。」

明白了吧?在這樣「一個個像烏眼雞似的,恨不得你吃了我,我吃了你」的大家庭裡,當權者越是疼誰,就越不該讓人看出來,以免令其成為眾矢之的,招來禍患。

人際生態環境如此複雜,鳳姐只能是謹慎再謹慎。若稍微流露出一點內心偏向而被人揪住小辮子,說她私下裡搞王家小團體,不但失去賈母的信任,也讓薛姨媽母女在府裡難待。

所以,再來解讀鳳姐和寶釵的關係,便別有洞天。

三

鳳姐有一次問大家:昨天我送你們的茶葉怎麼樣?寶玉大喇喇說不好,寶釵說「味倒輕,只是顏色不大好些」,向來最圓融最會給面子的人,卻有一說一,不怕得罪她。反而是林黛玉做了捧場王,連說「我吃著好」,要再要些。

寶釵對鳳姐的稱呼也很隨便,既不叫姐也不叫嫂,總是「鳳丫頭」、「鳳丫頭」的,還時不時揭她的短。

「世上的話,到了鳳丫頭嘴裡也就盡了。幸而鳳丫頭不認得字,不大

通,不過一概是世俗取笑。」這是誇林黛玉嘴巧,先要拿沒受過教育的鳳姐做個比較。

寶釵也這樣恭維過賈母:「我來了這麼幾年,留神看起來,鳳丫頭憑他怎麼巧,再巧不過老太太去。」

來而不往非禮也,賈母馬上回贈了相似的表揚:「千真萬真,從我們家四個女孩兒算起,全不如寶丫頭。」

她們都是先抑後揚,靠貶一方抬另一方。這種誇獎套路,通常可不都是貶自家人抬外人嗎?但正因如此,也微妙地透漏出了一些機竅:賈母看寶釵是外人,而寶釵則也流露出了下意識裡的定位,她視鳳姐為自己的家人。

那鳳姐待寶釵到底怎麼樣呢?其實在第二十二回,已經初露端倪。

鳳姐為寶釵張羅生日,明明是想過得比林黛玉隆重些,但她不會直說,怕引起猜疑,於是跟賈璉報備。

「二十一是薛妹妹的生日,你到底怎麼樣呢?」

賈璉蒙圈了:妳都料理過多少大生日了,這會子倒沒了主意。比照去年給林妹妹過生日的標準就可以了啊!

鳳姐這麼說:薛妹妹今年十五歲,是及笄之年。老太太要替她做生日。

賈璉說:「既如此,就比林妹妹的多增些。」

鳳姐還裝:「我也這們想著,所以討你的口氣。我若私自添了東西,你又怪我不告訴明白你了。」

寶釵是她自己的表妹,黛玉是老公的表妹,在面上她要努力把一碗水端平。她知道賈璉心裡對黛玉十分關照,他曾護送這個表妹回蘇州長達數

修行篇　事若求全何所樂

月，為其葬父兼料理家事，感情非同一般。鳳姐不會傻到在這事上引起賈家人猜忌。

她只能小心翼翼地使用著自己的權力，不動聲色地給寶釵謀著盡可能多的福利，擺個酒席，再搭臺小戲，給她一個體面又不張揚的生日宴會。

最明顯的是第七十四回。王善保家的攛掇著王夫人抄檢大觀園，鳳姐勉為其難聽令。在瀟湘館內，這邊翻箱倒櫃抄檢著，那邊她坐到黛玉床前，按著不讓起來，說些閒話，不知對黛玉有多關愛。

可是，在抄檢之前，她就對王善保家的下了死命令，口氣很硬：「要抄檢只抄檢我們家的人，薛大姑娘屋裡，斷乎檢抄不得的。」

後邊的話，曹公寫得意味深長：「一頭說，一頭到了瀟湘館內。」

平時熱熱乎乎的，此時也沒有網開一面「放水」，而是一邊冒犯一邊極盡安撫；平時愛答不理的，關鍵時刻挺身護住，築起了銅牆鐵壁。所以，她真正偏愛偏疼的人到底是誰？

聰明如寶釵，立即體會到了鳳姐的苦心。為了避嫌，第二天她直接就搬離了大觀園。王夫人尚還覺得過意不去時，鳳姐倒清爽地回道：「也是應該避嫌疑的。」還勸王夫人道：「不必強她了。」這完全是寶釵家姐的口氣，支持妹妹離開大觀園這個是非窩，不用顧及賈府的面子。

此一刻的她，倒像個潛伏在賈府的王家臥底，才露出了自己的真面目。

瞬間便該冷然明白，為什麼鳳姐從來不開寶釵「金玉良緣」的玩笑，因為沒有人會拿自家妹子的終身大事取笑。

但你能說鳳姐跟黛玉不親近嗎？只是此親近與彼親近本質不同罷了，對黛玉喜歡是不假，但也是一段需要經營維繫、演給人看的人際關係；而對寶釵卻是先天性的血濃於水，你理還是不理，它就在那裡，不增不減。

人與人之間看表面哪能看得出來呢？最親近的反而是靜水流深，毫無喧譁。

就比如職場裡那些真正稠密的聯盟，因為牽扯到各方利益，往往都不肯明示人前，大家都知道了，好多事兒就不好辦了。

又比如那些在朋友圈裡互動熱絡秀恩愛的人們，很多都是做給自己和別人看的，感情大多停留在熟人以上朋友未滿的層面，充其量是潛力股友情。而最鐵磁的關係，反而很少公開互動，他們都私下聊天去了。

就算是去飯店點菜吧，我們也得有一個常識：魚香肉絲裡並不會真的有魚，而乾煸豆角也不是真的乾煸，那些豆角，都是事先過了油的，所以吃起來才格外香——就像，最牢靠的關係，都用不著秀。

清虛觀小道士：這麼多人一起要打我

一

《紅樓夢》裡有很多令人津津樂道的大場面是不假，比如第二十九回清虛觀打醮，賈母帶著兒孫們傾巢出動，八人轎、四人轎、翠蓋珠纓八寶車、朱輪華蓋車……烏壓壓占了整一條街。

陣仗大，也擾民，全城老百姓都跑出來圍觀。

清虛觀前，鐘鳴鼓響，老道長執香披衣，帶著道士們夾道迎接，場面隆重到就差舉著橫幅，上寫「歡迎賈府貴客蒞臨指教」了。

視聽震撼，排場華美，一切看上去是那麼熱熱鬧鬧赫赫揚揚。

修行篇　事若求全何所樂

然而，在那些所謂大場面裡所夾雜的細碎微情節，才真正硌人眼睛。就如同摻在光彩耀眼的珠寶匣子裡的玻璃渣子，扎人的是它們。

比如鳳姐打小道士。

這是鳳姐進觀後做的第一件事，對著一個四處剪燭花的小道士，揚手劈頭照臉一巴掌，將他打得一個筋斗栽倒在地：「野牛肏的，胡朝哪裡跑！」因為他慌著躲人，不小心撞到了鳳姐。

被打的孩子顧不得拾蠟剪，爬起來往外跑。正逢外面小姐們要下車，眾婆娘媳婦們圍得風雨不透。一見他出來，都喝聲叫：「拿，拿，拿！打，打，打！」聲音喊得震天響，以至都驚到了賈母，忙問出了什麼事。問明情況後，叫把小道士帶過來。

二

賈母問話，他答不出，只跪在地下渾身亂戰，小手裡還拿著他剛剛丟掉的燭剪——這個細節簡直了，扎心到讓人不禁想起魯迅筆下祥林嫂，那被狼叼走的小兒子阿毛：給他一只籃子，讓他坐在門檻上剝豆，他就乖乖剝，後來他被狼叼走，在山上的草窠裡找到屍身時，「肚裡的五臟已經都給吃空了，手上還緊緊的捏著那只小籃呢」。

那小籃子，和此刻小道士的燭剪一樣令人鼻酸。老實聽話的乖孩子，讓做什麼就乖乖做，師傅吩咐他剪燭花，他就認認真真四處剪，都忘了躲人；在突如其來被人搧了一耳光倒地，又爬起來被人圍著喊打時，他顯然是蒙的暈的茫然的，但之後還是第一時間爬回去，撿回了自己工具——這個下意識的動作，更叫人心疼。

書上說他只有十二三歲，沒有具體說模樣，可能長得很瘦小，否則頂

多趔趄一下，不會一巴掌打得栽一個跟頭；可能他面色慘白，小臉上腫起了五個手指血印子；可能他身上沾滿了土，牙齒磕破了嘴唇⋯⋯在一片喊打聲中，他倉皇無措，逃竄無門，灰色道袍裡的小身子瑟瑟發抖，像一隻小小的過街老鼠。

張愛玲有一篇散文叫〈打人〉，寫外灘一個警察無緣無故一時興起毆打一個孩子。張愛玲寫：「一氣之下，只想去做官，或是做主席夫人，可以走上前給那警察兩個耳刮子。」

看一個人的心地，要看他怎麼對待別人家的孩子。和張愛玲一樣，當看著這麼多人對一個小道士「群起而攻之」的時候，作為《紅樓夢》的深度愛好者，很難保證不在此刻對賈府生出一種刻骨的階級反感。

好在還有賈母，幸虧還有賈母，她用實際行動為家族拉回了一些好感。

三

老太太反覆強調別唬著他，說那是小門小戶的孩子，「嬌生慣養」大的，哪裡見過這個勢派。

賈母嘴裡的「嬌生慣養」，當然不是指富貴人家的錦衣玉食，而是普通百姓能給孩子的毫無保留的關愛，相比大戶人家，他們的孩子沒有太多規矩，人際關係簡單，得到的幸福反而更純粹完整。

她拉他起來，叫他別怕，慈愛地問他幾歲了，又叫給他幾百錢買果子吃壓壓驚，別叫人難為了他：「倘或唬著他，倒怪可憐見的，他老子娘豈不疼的慌？」

汪曾祺的《異稟》裡，也寫過一個藥店學生意的小夥計，打翻了一匾

修行篇　事若求全何所樂

澤瀉，被先生用門閂打得唔哇亂叫，是廚師出面說了一句話攔下：「他也是人生父母養的！」

是了，如果人家的爹娘看到自家孩子受這等罪，心恐怕會疼得流血掉渣兒吧？原來「幼吾幼以及人之幼」並不難，善良一點，將心比心就行了。

這些捱打的小孩子還有一個共同點，就是都不哭。

張愛玲寫那個外灘上的孩子事情起得突兀，被打的孩子甚至來不及調整臉部表情，甚至還帶著笑。

汪曾祺筆下的小夥計當時不敢哭，等到夜裡沒人了才哭了一場，對著遠方說：「媽媽，我又捱打了！媽媽，不要緊的，再挨兩年打，我就能養活妳老人家了！」

《紅樓夢》裡的小道士也被帶下去了，摸著自己被打腫的臉，拿著那作為精神補償的幾百錢，小小的他會覺得屈辱和痛苦嗎？回想剛剛發生在自己身上的一系列事情，會覺得像做了一場跌宕起伏的短夢嗎？在夢裡，他被人打，被人圍著罵，後來又被人撫慰，一眨眼又回到了現實中，他會覺得哪個更真實呢？

他之後，哭了嗎？

多年以後，他長大成人，那時候的賈府可能已經敗亡，關於和他有過短暫交集的一個家族，他應該感覺蠻複雜吧？最刻骨銘心的是那飛揚跋扈少奶奶給的火辣辣的一耳光，還是慈愛老太君那憐貧惜弱的眼神和語氣？或者，是那些圍觀者們一聲聲聲若霹靂的「拿拿拿！打打打？」

身體上的疼痛早已散去，但留在記憶裡的餘震如果不刻意麻木，恐怕餘生都難以平息。

看待一個素昧平生的小道士，賈母用的是奶奶的目光，所以他是可憐

見兒的小孩子；

鳳姐用的是上等人的目光，所以他是不長眼的狗奴才；

而那些跟著鳳姐扯破了嗓子集體喊打的婆子媳婦們，她們，又用的是什麼眼光呢？

四

她們，用的是法國心理學家勒龐所謂的「烏合之眾」的眼光。

勒龐在自己關於大眾心理研究的著作裡，曾經把這些人稱為「犯罪群體」，說這種群體會在特殊時刻，如同被魔鬼附體，爆發出一種不加限制的惡。

幸虧賈母那天聽到及時制止，否則，不知道這些豪奴們會對這個小道士做出怎樣的懲戒。

始作俑者鳳姐固然過分，但真正可怕的卻是這些圍觀者。

婆子媳婦們，大部分都是做娘的人，卻能在忽然之間對著一個無辜的小孩子集體喊打，群情激昂，那畫面想一下都不寒而慄。

這些人從來都在，時時遊蕩在我們的周圍。

曾經的魯迅筆下，圍著被殺頭的同胞大聲叫好的是這些人；

今天的新聞裡，對著站在樓頂邊緣猶豫的女孩喊著「要跳快跳」的也是這些人。

即使兩個名氣懸殊的明星互鬥，「吃瓜群眾」站的往往是實力強的那一個，至於真相是什麼根本不關心。別說演藝圈了，即使在部門和體制內，那些被侮辱和損害的個別人，大多數不被同情力挺，只能換來幸災樂

禍的嘲諷和意味深長的目光，即使少數的唏噓，也多半夾帶著要與弱者劃清界線，彰顯「真好不是我」的優越感。

這些人特別愛站邊，尤愛站在強者的那一方，對著弱者居高臨下地咆哮或奚落，當不成打手，就當鼓手。意淫自己與後者劃清界線、登堂入室進了前者的門。其實，絕大多數人攀附不上的，不如早點回家洗洗睡。

不管怎麼歌頌提倡真善美，關於人性的真相，當我們身處弱者境地才會看得最清楚：你縮在角落裡悲憤交加，盼望有人會來主持正義，等來的卻往往是「牆倒眾人推」。

唯因如此，在那三百六十度環繞立體聲的惡意之中，賈母對小道士的及時撫慰才那麼溫暖人心，滌瑕盪穢。

曹公在清虛觀打醮這樣一個大場面裡，忽然宕開一筆，去描述一個弱勢邊緣小童的無助。就像在一個歌頌太平盛世的直播裡，忽然挪開鏡頭，插播進一個原本應該「修改」掉的片段。

一定是他親歷過，這樣的情節是編不出來的。他一筆不漏地記錄下了那些段落，也許並無意告訴給我們什麼道理，可是我們在看過之後，卻不得不警惕自己人性中潛藏的惡念，免得不知不覺成為群體犯罪者。面對素昧平生的卑微弱者，心含悲憫善意，鎖好那道「烏合之眾」的鎖，最最最起碼，不要成為聲嘶力竭喊打的那一個。

為什麼她們再生氣也不選擇翻臉

一

曾國藩在給自己弟弟的信中，有這樣一句話：「吾兄弟欲全其生，亦當視惱怒如蝮蛇，去之不可不勇，至囑至囑！」

惱怒生自嗔心，「一念嗔心起，百萬障門開」。即便起了嗔心，也應該看看對面站的是誰，值不值得流露惱怒。

所以，在《紅樓夢》裡，我們常常會看到一個有意思的現象，一些公認的有脾氣的人，會在我們以為該發火的時候，出其不意地退讓一步。

二十六回末尾的林黛玉，去怡紅院找寶玉玩，卻吃了晴雯的閉門羹，當天晚上回去哭了一夜，第二天和寶玉吵了一架。

「昨兒為什麼我去了，你不叫丫頭開門？」

「這話從那裡說起？我要是這麼樣，立刻就死了！」

「大清早起死呀活的，也不忌諱。你說有呢就有，沒有就沒有，起什麼誓呢。」

「實在沒有見妳去。就是寶姐姐坐了一坐，就出來了。」

原文寫「黛玉想了一想，笑道……」她說：是了，想必是你的丫頭們懶待動一點這種情況是有的。而不是想了一想怒了：你今天不把那個慢待我的丫頭攆出去我就不依！或拉出來打二十大棍，或扣一個月月錢，最不濟也要跪著瓷瓦子在大太陽下面晒一天，這事兒才算完！──事情已經過去，就只能讓它過去。不依不饒，只能顯得自己心胸狹窄。

這樣的事在黛玉這裡不是頭一回。

修行篇　事若求全何所樂

還有一回，在窗戶根下親耳聽到襲人背地裡酸溜溜說她壞話，什麼半年了還沒拿針線呢。什麼寶玉給了寶釵難堪，寶釵有涵養度量大，如果換了是林姑娘還不知道哭成什麼樣呢。她沒衝進去跟襲人當面槓，相反，樂還樂不過來呢，因為寶玉當場懟了回去，她果然沒有看錯他。如果這時候自己衝進去，只能是讓大家都尷尬，日後不好相見。還是裝聾作啞走吧走吧。這樣的林黛玉才叫有涵養度量大吧？

發現沒？黛玉很少跟比自己低階的人斤斤計較，除了當面頂撞過一次寶玉的奶媽李嬤嬤。她的小心眼更多的是給自己平階的人，寶玉啦，寶釵啦，湘雲啦之類的，連妙玉的刻薄她都不介意。你以為隨便是個人就能讓她生氣？真是笑話。

這麼看來她心挺大的。

二

接下來要看的是王夫人，看她怎麼處理和趙姨娘的關係。

她恨不恨趙姨娘？恨。這個和她分享丈夫的女人，不知道使了什麼狐媚子功夫，讓老爺天天留宿在她屋裡，把自己生生晾成了佛教徒。

她煩不煩趙姨娘？煩。趙姨娘拿著寶釵送的禮物，蠟蠟螫螫地到王夫人面前賣好：「難為寶姑娘這麼年輕的人，想的這麼周到，真是大戶人家的姑娘，又展樣，又大方，怎麼叫人不敬服呢。怪不得老太太和太太成日家都誇她疼她。我也不敢自專就收起來，特拿來給太太瞧瞧，太太也喜歡喜歡。」話說得不倫不類，但王夫人也不便不理她呀，她還得敷衍回去：自管收了去給環哥玩吧。

王夫人唯一一次對趙姨娘發飆，是賈環用蠟油燙傷了寶玉的臉，心疼

盛怒之下，她罵出了心中積存已久的話：「幾番幾次我都不理論，你們得了意了，越發上來了！」

這說明，趙姨娘在背後的那些小動作她並非不知，雖說動搖不了他們母子的根基，但時不時在臺面下噁心一下也挺糟心的。寶玉後來捱打，她就跟襲人問起：「我恍惚聽見寶玉今兒捱打，是環兒在老爺跟前說了什麼話……」此處的「恍惚」是委婉謹慎的說法，可不代表絕對的恍惚。

到底是不是庶子害的嫡子，想查清楚其實很容易，但她後來還是選擇了不計較。既為了免生是非，也是當朝皇帝丈母娘不允許她自降身分，和一個卑賤姨娘去翻臉。量級差太遠了，倘或她即刻把趙姨娘叫到屋裡罵上一頓，解氣倒是解氣了，但只憑幾句風言風語就和一個身分低微的侍妾過不去，實在影響自己在人民群眾心中的光輝形象。犯不上，犯不上，算了吧！獅子和蚊子開戰，最後抓破的是自己的臉。

這是體面人的隱忍，正所謂「欲戴王冠，必承其重」。

三

趙姨娘就沒有這樣的覺悟，她是要分分鐘親自下場翻臉的。

為了芳官拿茉莉粉充薔薇硝糊弄賈環，她又是汙言穢語地咒罵，又是上手打耳刮子，逼得芳官也罵出了「梅香拜把子——都是奴幾」這樣的話，又引來一幫小戲子上來對她一陣群毆。

她女兒探春聞言趕了過來，趙姨娘本以為會像給迎春撐腰似的替她狠狠懲罰一下那幫小戲子，不想探春手臂肘朝外拐，反過來說她：「這麼大年紀，行出來的事總不叫人敬服。」

修行篇　事若求全何所樂

探春的理由是：「那些小丫頭子們原是些頑意兒，喜歡呢，和她說說笑笑；不喜歡便可以不理她。便她不好了，也如同貓兒狗兒抓咬了一下子，可恕就恕，不恕時也只該叫了管家媳婦們去說給她責罰，何苦自己不尊重。」

這段話裡的邏輯很明白：對那些相對低層次的人，與之錙銖必較反倒是給他們臉。

這真是天生主子才能說出來的話，趙姨娘這種從丫鬟團隊裡爬上去的半吊子主子，始終沒有習得主子的思維。主子得有主子的度量，才配當主子。

可是探春一邊說著不計較，一邊還是怒甩了王善保家的耳光，這是她的名場面。

也是王善保家的太過分，以下犯上就算了，直接上手冒犯。主子有主子的尊嚴和底線，除了搧耳光似乎也沒有更好的處理方式。

然而緊接著的做法就比較耐人尋味了。當挨了打的王善保家的嘟嘟囔囔說自己辭職不幹時，探春對丫頭們說：你們聽聽她說的那話，還等著我跟她對嘴去不成？

貼身丫鬟侍書會意，馬上出去說：妳老要是走了，倒是我們的造化，只怕妳老捨不得去。

打你可以，你還不起手，讓我跟你你來我往地對撕？對不起你不夠格。

四「紅樓」裡一些人身在底層為了生存，習慣了醜陋地相互算計、爭搶、踩踏。窮和卑微會讓人不體面到不知道從容舒展地活著是什麼感覺。

大家閨秀為什麼要提倡穩重、端雅、大度、罕言寡語、藏愚守拙，不能一遇事就跟貓被踩了尾巴一樣跳起來？除了男權社會影響，還有一層深

度意義，恐怕是要和那些行事不講究姿態的人群劃清界線，否則如何顯示自身階層的優越性呢？

李紈為什麼看不上潑皮破落戶鳳姐？「說了兩車的無賴泥腿市俗專會打細算盤分斤撥兩的話出來。這東西虧她託生在詩書大宦名門之家做小姐，出了嫁又是這樣，她還是這麼著；若是生在貧寒小戶人家，作個小子，還不知怎麼下作貧嘴惡舌的呢！」是的，就差直接說：大富大貴如你們金陵王家，養出來的女兒竟如市井小民一樣潑辣算計，真真可惜了了門第家世。

培養一個貴族需要三代人。老錢看不起新錢，除了「牆新樹小畫不古」，還有一些在行事待人上只可意會的微妙分寸感，那是高貴與高傲的區別，儘管那高貴後面藏著的是更不能令人直視的高傲。

張愛玲的《怨女》裡，麻油西施銀娣之所以願意嫁給一個富人家的殘疾少爺，就是這樣權衡過：「沒有錢的苦處她受夠了。無論什麼小事都讓人為難、記恨。」後來固然不再受窮，但底層出身造成的思維模式卻成為她的烙印，一直到老，她靈魂裡始終住著那個怨氣叢生的窮家女兒。

階層跨越難，但更難的是階層跨越後認知上的刷新。

回看「紅樓」，為什麼那些大家閨秀們面對挑釁，要麼速戰速決，要麼隱忍不發。就如同羽毛光豔的鳥兒，絕不會輕易和吱吱喳喳、禿尾巴掉毛的雀兒們互啄廝鬥，她們知道，還是自己比較金貴。要不要翻臉？跟誰翻臉？何時翻臉？本質上是一件與自我定位有關的事。

修行篇　事若求全何所樂

黛玉的忠告：事若求全何所樂

■ 一

女友傳訊息給我抱怨為什麼會這麼累，又要工作又要養小孩，還要對付各種白痴。

「為什麼就沒好事送上門？你說！」

我？我說什麼？我自己也正被生活壓在地上摩擦。但轉念一想，比什麼都不能比慘，遂安慰她：「好事正在路上。」但我沒說好事幾天到達，否則就是欺負人家孩子傻。

就在那一刻，莫名地想到了黛玉，想到了她那番關於「趁心的」理論。

那已經是「紅樓」第七十六回了，曹公筆下的最後一個中秋節，湘雲和黛玉兩個夜貓子不睡覺，溜到凹晶館附近的水邊吟詩。

天上月水中月交相輝映，人如置身晶宮鮫室內，微風吹過神清氣靜。向來會玩的湘雲說：「這會子坐上船吃酒倒好。」她此刻的樣子，像不像《浮生六記》裡的藝娘？也是中秋之夜，也是面對著清波皓月，藝曰：「今日之遊樂矣！若駕一葉扁舟，往來亭下，不更快哉！」

這才有黛玉嗔她的這一句：「事若求全何所樂。」

很有哲理，但一折返思索，這話似乎不應該出自一個妙齡少女之口，反而像一個歷經滄桑的中年人的肺腑之言，查了一下，出處好像是她老家蘇州某園子的楹聯。

幼年喪弟，童年喪母，少年喪父，隔幾年一波深痛巨創，生命裡的至親被挨個兒帶走，林黛玉一路長到十五歲，她的成長就是一個不斷離喪的

過程。

避無可避，只有生生承受。

接連失去親人，《活著》裡的福貴靠每天對著一頭老牛喊著親人們的名字度日，希圖以幸福的回憶來覆蓋痛苦；漸漸長大的林黛玉呢？她靠合理化痛苦來消解痛苦。

「事若求全何所樂」，面對一切不能趁心之事，這條道理真是放之四海皆通用，可以作為一個防禦緩衝機制，長久地存放於一個人的潛意識當中，以備不時之需。

二

同為父母雙亡的姑娘，湘雲立刻捕捉到了黛玉話語背後的訊息。

她也把坐船這件事引申到了人生態度：「就如我們兩個，雖父母不在，然卻也忝在富貴鄉中，只你我竟有許多不遂心的事。」

在一日三餐無以為繼的環境中長大的孩子，他們體驗到的是無處不在的全方位匱乏，而生在富貴之鄉的姑娘錦衣玉食，因為物質上的過剩，反而對人生其他方面的殘缺會有更強烈的感受。

她們同病相憐，正好彼此開解。

黛玉道：「不但妳我不能稱心，就連老太太、太太以至寶玉、探丫頭等人，無論事大事小，有理無理，其不能各遂其心者，同一理也，何況妳我旅居客寄之人哉！」

林姑娘很實際，她就是從自己身邊人看起說起，沒有拿帝王將相、上古聖賢們舉例，那些人離自己太遠，沒有可比性。在她眼裡，以上四個人

修行篇　事若求全何所樂

是自己目所能及的最舒心的人了,耀武揚威的鳳姐都算不在裡面,她太操勞。

賈母是太君老壽星;王夫人出身世家,兒女雙全,女兒嫁給了皇帝;寶玉銜玉而生,人人不敢怠慢;三小姐探春是府裡腰板最硬的小姐,才幹超群人人敬服。

這是外人眼裡的他們,走近了看呢?

兩位長輩:賈母守寡多年,沒個貼心人,好不容易有個好使的丫鬟鴛鴦,還要被兒子算計去當小老婆;王夫人雖有丈夫,但人家卻專寵樣樣上不了檯面的趙姨娘,她和守活寡也差不多。她們還都承受過白髮人送黑髮人的傷痛,賈母的小女,王夫人的長子都短壽。

寶玉偏偏不得父親待見,父子關係貓鼠一樣,還要被兄弟忌妒。而探春既是庶出,還要受那個拎不清的親娘聒噪。她曾經哭著恨自己不是男子,因在家裡出不去,又說:「外頭看著我們不知千金萬金小姐,何等快樂,殊不知我們這裡說不出來的煩難,更利害。」

誰趁心呢?都要苟且,都要妥協,都要忍耐,都要在泥沙俱下的生活裡,和光同塵地活著。就像雨落下來,雲下面的每一株草都會被淋到。

三

不如意的時候,學著像黛玉一樣思考吧。

以前都說比要比好的,現在應該比比壞。當我們為自己不能改變的現狀憤鬱不平的時候,不應當看到得意人的得意,也應看看他們的不趁心之處。

賺錢多的可能辛苦，過得輕鬆的可能上個月的「卡費」還沒還；戀愛甜蜜的可能經濟吃緊，財務自由的可能難覓良人；身體健康的可能職場不順，事業有成的可能家庭不睦，和美的家庭裡可能有個費心的孩子，而省心的孩子，可能因為克服不了別人的期待，自己擔了很大的壓力……

至於那些表面上樣樣搞得定的人，背地裡說不定天天打掃一地雞毛，很難睡一個自然醒的覺。

不存在完美的人生。幸福大多因為知足，大部分的知足是因對生活本身沒有超出太多的期許。

另一個女友在社群裡晒了好幾疊高鐵票，這是她身為律師一年來的「戰績」，為了一個土地承包案來回奔波，各種辛苦困難一言難盡。

她的配圖解說裡有這麼一句：「沒有什麼工作能一直是享受，大部分時間其實是糾結、壓抑、挫敗，所以調整心態很重要。一切都是求仁得仁，想要更大的成就感，只能靠承受更大的壓力和痛苦來實現，沒有捷徑。」

有幾分要強的女朋友都是這個樣子，包括我，好像很勵志，但那背後是一種對現狀的「未滿足感」，於是要加倍努力。

延遲滿足，到最後就一定能「滿足」嗎？我不敢問。能力和欲望是水與船的關係，從來是水漲船高。

四

也是在《紅樓夢》那一回，湘雲還說過「得隴望蜀，人之常情」。後來呢？

八七版電視劇《紅樓夢》的編劇特別狠，最後一集的湘雲，終於坐上了船吃酒，但是，此船非彼船，此酒非彼酒，她已經從金尊玉貴的公府小

修行篇　事若求全何所樂

姐淪為低賤的船妓，忍受著一個噁心老頭的輕薄狎褻。和寶玉在船頭偶遇，她不偏不倚回憶起的，恰是當初和黛玉在凹晶館邊嚷嚷著要坐船的那個夜晚。

而黛玉，早已化作花魂一縷。

當年的月光是柔光，是水樣的絲綢涼津津覆在眼上；如今的月光是寒光，是一把尖刀插進心臟，拔不出的痛不可當。

原來那個鬧中取靜的夜晚，湖清月明，澄澈乾淨，還有身邊那個心意相通的閨中密友，已是上天慈悲的厚贈。每一個似水流年裡片刻的良辰美景，都像是需要走很久的路，人家才會捨得發你一顆糖。

明天不見得比今天好。人這一生，大部分時間都會過得不太快樂，所以，記住黛玉的忠言吧：「事若求全何所樂。」抱殘守缺，磨折教會我們接納與達觀，與每一天照常升起的太陽一起，兵來將擋水來土掩地將日子繼續，這大概就叫做「學會與現實和解」。

聽，有人正在輕輕吟唱：「時間會回答成長，成長會回答夢想，夢想會回答生活，生活回答你我的模樣。」

跟糊塗人不說明白話

一

大家印象裡，林黛玉是個耿直的女孩，經常讓人下不了臺。其實也不盡然。

迎春被下人欺負，私取金釵典當不還，大家幫她討公道，她自己倒一副無所謂的樣子。

探春憤然道：二姐姐竟不能轄治！

寶釵淡然地同迎春一起看《太上感應篇》；

只有黛玉脆生生地說：如果二姐姐是個男人，將來一家大小如何裁治？

人們常以為黛玉刻薄，可請看這句話說得多婉轉——自古以來都是「男主外女主內」，你見過賈府男人管一家老小事宜嗎？賈政管了嗎？賈璉管了嗎？還不都是王夫人和鳳姐？

黛玉真正想表達的是：「蠢材，蠢材！妳這個樣子將來嫁人，自己做了當家少奶奶，怎麼管人呢？」但囿於大家閨秀的身分，「嫁人」這樣的話斷然不會出口，只好改成「倘是個男人」這樣的說法，給雙方留著臉而已，她這是為迎春的未來真心擔憂。

奈何「二木頭」迎春完全聽不懂，還笑道：「正是。多少男人尚如此，何況我哉。」

笑，她還有臉笑，她根本沒意識到命運在前面挖了個大坑等著她跳。

黛玉不再說什麼了，和大家一起笑。

「可憐之人必有可恨之處」，迎春後來的結局大家都看到了，所以我媽常說「寧給好漢幫忙出氣，不給慫貨出謀定計」。如果一個人給自己找各種理由逃避，就算是你把嘴唇磨破也沒用，誰也叫不醒一個裝睡的人。

修行篇　事若求全何所樂

二

第三十一回，湘雲和她的丫鬟翠縷有一段叫人抓狂的對話，簡直是雞同鴨講。

兩個人在園子裡邊走邊逛，從荷花說到石榴花。

翠縷說那邊有棵石榴樹：「接連四五枝，真是樓子上起樓子，這也難為他長。」「樓子」是重瓣花，「樓子上起樓子」意即第一枝重瓣花上長出第二枝重瓣花，第二枝重瓣花上長出第三枝重瓣花⋯⋯如此一氣兒長出四五枝來，繁花似錦照眼明，這株石榴長勢不可謂不茂盛。

湘雲解釋說：「花草也是和人一樣，氣脈充足，長的就好。」這話沒毛病。

但翠縷偏要抬槓：「我不信這話。若說同人一樣，我怎麼不見頭上又長出一個頭來的人？」

湘雲顯然對她這種一向的「無厘頭」腦洞很無語：「我說妳不用說話，妳偏好說。這叫人怎麼好答言？」但還是忍耐著跟她講解了一番「陰陽二氣」。

翠縷的求知欲被成功勾了起來：「這麼說起來，從古至今，開天闢地，都是些陰陽了？」

湘雲罵她「糊塗東西，越說越放屁」。罵歸罵，還是告訴了她陰陽之氣可以相互轉化的道理。

翠縷說：「這糊塗死了我！」她不管別的，只問湘雲：「這陰陽是怎麼個樣？」

湘雲答：陰陽是個氣，器物賦了成形。又舉例子：天是陽，地是陰；

水是陰,火是陽;日是陽,月是陰。

翠縷摸出點頭緒來了:原來日頭叫「太陽」,月亮叫「太陰星」,就是這個理。

湘雲說出了讀者的心裡話:「阿彌陀佛!剛剛的明白了。」

我們以為這就告一段落了,並沒有。

翠縷繼續發揮著孜孜不倦的「好學」精神:這些大東西分陰陽,那蚊子、虼蚤、花草、磚瓦分不分陰陽呢?

湘雲說:分的。樹葉都分,朝陽的是陽,背面是陰。

翠縷問:那扇子呢?

湘雲說:正面陽,反面陰。

翠縷很滿意地笑了,還想問,一時想不起來,猛地看到湘雲脖子上的金麒麟:「姑娘,這個難道也有陰陽?」

湘雲說「當然啦!」便又巴拉巴拉解釋一通。

植物有陰陽嗎?有啊。

動物有陰陽嗎?有啊。

「那人呢,也分陰陽嗎?」

她得到的回答是被照臉啐了一口:下流東西,妳越問越問出好的來了。

翠縷說:我悟出來啦!

湘雲嚇一跳:什麼?

她說:姑娘為陽,我為陰!

史湘雲長出一口氣,用手絹捂嘴大笑。

修行篇　事若求全何所樂

翠縷揚揚得意：我說對了吧？看把妳笑的。

湘雲說：很對很對。

翠縷說：主子為陽，奴才為陰，這道理我懂。

對這樣清奇的「腦回路」，史湘雲沒有崩潰，而是乾脆選擇了放棄。她說：妳很懂。

事情明擺著，在她和翠縷之間，有著比城牆拐角還厚的認知壁壘，根本沒法打通。真要弄懂「氣」和「陰陽」，得從老子、莊子乃至陰陽五行講起，不是一下子能弄懂的事，就像讓數學教授給幼稚園小朋友講高數，既難為自己，也難為對方。

這種情況說不明白就算了，不必好為人師誨人不倦，不如知難而退省些力氣。

三

寶釵和湘雲曾勸寶玉多在男人堆裡混，學點經濟學問的，別老躲在女孩堆裡吃人嘴上的胭脂，「只在我們這團裡攪些什麼！」寶玉不是對著前者馬上撂臉子走人，就是對著後者撂臉子攆人。

襲人提了林姑娘，寶玉馬上維護：「林姑娘從來說過這些混帳話不曾。」

湘雲，到底是從小沒娘的孩子，懂幾分察言觀色，馬上無奈地點頭笑著附和：「這原是混帳話。」

就此打住吧，何苦討人嫌？大義凜然地指責對方不懂事不上進就有點強人所難了。寶玉尚在「富貴不知樂業」的階段，哪裡知道日後「貧窮難耐淒涼」，又怎會有居安思危的認知高度呢？

跟糊塗人不說明白話

和寶玉有關係嫌疑的秦可卿，死後託夢給賈府指條出路，她找的人並不是寶玉，而是鳳姐。鳳姐聽了她的話，果真「心胸大快，十分敬畏」，秦可卿找對了人。

一樣的話，林黛玉曾經也對寶玉說過：我閒了替你們一算，出的多進的少，這樣下去必致後手不接。但寶玉的反應是「憑她怎麼後手不接，也短不了我們兩個人的」。黛玉只好一轉身，到廳上找寶釵說話去了，就這個話題還是和後者有的聊。

話不投機半句多，罷了罷了不說了，叫你糊塗一輩子。

四

夏蟲不語冰，井蛙不語海。

有些話，是要看受眾的，不是所有人的悟性都值得我們費二兩口水，所以對迎春的懦弱，黛玉看破不說破；對翠縷的無知，湘雲打個哈哈就過去；而對寶玉的油鹽不進，她們也只好暫時選擇繞道而行。

在《紅樓夢》裡，很少看到有誰去鼓動唇舌，口乾舌燥大段大段去說教，面紅耳赤地去和誰爭辯。這是獨屬於古典東方人的交際規則，婉轉、含蓄，適可而止，「忠告而善道之，不可則止，毋自辱焉」。

趙姨娘來找探春的麻煩，是因為聽說探春給寶玉錢，不管青紅皂白便來質問：有錢為什麼不給親兄弟買環？其實探春是讓寶玉給自己做「代購」，但她居然懶得跟趙姨娘解釋，出門走了。她知道，她說了這親娘也未必會信，說不定還有別的夾纏。有那工夫不如去王夫人處走動走動，或者臨會兒顏真卿。跟糊塗人不說明白話。

修行篇　事若求全何所樂

說到這裡,「三季人」的故事了解一下?

話說孔子的弟子遇到一個穿綠衣服的人,跟他打賭一年有幾個季節,弟子說當然是四季呀!來人說是三季。爭論不休之下去找孔子評理,孔子對徒弟說:「你錯了,一年有三季。」對方心滿意足地走了。弟子表示不服,孔子說:你沒看出他是個螞蚱嗎?螞蚱只能活到秋天,從來沒有見過冬天,當然認為一年有三季了。你跟一個螞蚱爭論個什麼?

人與人之間,視見和認知的藩籬最難跨越,語言不是萬能的。

不同與自己不在一個維度裡的人爭論,坦然地接受差異和差距,這樣更包容,更自律,也更「環保」。

五

說話是人際交往的剛性需求,但有時候不說話也是剛性需求。

寶玉還一直覺得他林妹妹最會說話,專門引著賈母誇她。結果老太太拐了個彎,去誇平時「罕言寡語」的寶釵:我們家四個女孩兒全都不如寶丫頭。

老太太說了:「不大說話的又有不大說話的可疼之處,嘴乖的也有一宗可嫌的,倒不如不說話的好。」

是誰說過:「我們用一年的時間學習說話,卻要用一生的時間學習閉嘴。」這裡面當然也包括跟糊塗人別說明白話,各自安天涯。

成年人的生活如繁弦急管,誰不是疲於應對。精力時間都有限,在說話這件事上要惜力,要做減法,話留給三觀一致識見對等的人講,求精不求多。語境不同,就不必強融了。

從前覺得「我不同意你的觀點，但要誓死保護你說話的權利」很有道理，因為這是尊重別人。但如今要再加上一句：「你不同意我的觀點，我就誓死保護我不說話的權利。」

不用黑林黛玉了，她本來就不白

一

「紅樓」第二十四回，寶玉回房，看到鴛鴦也在，穿著嬌豔，低頭看針線的樣子真美。他把鼻子湊到姑娘脖子上聞香，還上手摩挲，感受是「白膩不在襲人之下」，道出了男性始終如一對於白皮膚的偏好。

金陵十二釵裡，寶釵是公認的皮膚最好的，曹雪芹明裡暗裡多次描摹她的雪白細嫩。

第八回第一次透過寶玉的眼睛看寶釵，有這麼一句，「臉若銀盆，眼如水杏」，一個臉圓皮膚白、眼睛水汪汪的姑娘就活畫出來了。寶姐姐當時還住在梨香院，梨花潔白，人如其花，她是真配住這裡。

第六十五回，小廝興兒說她「竟是雪堆出來的」，想像一下吧，那應該是一種晃眼的白。

最過分的是第二十八回，寶玉要看寶釵腕上的紅麝串，曹雪芹寫寶釵「生得肌膚豐澤，容易褪不下來」，其實就是手臂太粗，手串不好往下捋，好尷尬。

但寶玉卻對寶釵那一段雪白酥臂吞起了口水：「這個膀子要長在林妹

修行篇　事若求全何所樂

妹身上，或者還得摸一摸，偏生長在她身上。」

這說明什麼？說明這樣雪白的皮膚他林妹妹肯定沒有。人缺什麼，才眼饞什麼。

同樣皮膚白的還有史湘雲，第二十一回寫她的睡姿，一彎雪白的膀子撂於被外，她身邊的黛玉則是蓋得嚴嚴實實，初看以為這麼寫是因為黛玉怕冷，後來明白了：黛玉露了，還不如不露，會相形見「黑」。

嗯，我林妹妹是「黑皮星人」，至少不白，這在很多讀者心裡恐怕很難接受。其實人家老曹都暗示過多少次了，你們看書不仔細，怪我咯？

二

「紅樓」兩大女主寶釵和黛玉，分別代表了兩種類型的審美，如雙峰對峙兩水分流，曹公刻意將她們從各方面區分開來。

個性上的不同不做贅述，在外貌長相上也是如此。

除了寶釵豐腴，黛玉曼妙，她兩個的膚色也應該參差對照，書中多有暗示。

下面就是一本正經的胡說八道：

首先看名字，寶釵姓薛，諧音「雪」，所以寶釵理所應當地白皮；黛玉的「黛」是「西方有石名黛，可代畫眉之墨」，就是黑色顏料，所以黛玉白不了；

再來，寶釵吃的冷香丸，是用春天的白牡丹、夏天的白荷花、秋天的白芙蓉、冬天的白梅花這四季白花的花蕊為原料製成的，是真正的白色食品。黛玉呢？自稱從會吃飯就吃藥了，想像一下，從小到大天天喝那些黑

乎乎的中藥汁子吧，大 S 可是連醬油都不吃的。

後期寶釵也建議黛玉吃白色食品：白色燕窩，用白色冰糖放在白色的銀銚子裡熬，說這「吃慣了，比藥還強」。燕窩她主動送來一大包，另加一包「潔粉梅片雪花洋糖」，一聽名字吧，就知道這糖也是白的。也不知道這麼搭配著用，能不能把黛玉給漂白點？

另外，詠白海棠時，寶釵寫出了一句「淡極始知花更豔，愁多焉得玉無痕」，很多紅學家將之視為寶釵和黛玉的對照，那不如歪解一下：上一句是說寶釵平時不愛花兒粉兒，素顏出鏡，更顯得自己顏色姣好；下一句是說黛玉總愛愁苦，時間長了必定影響皮膚，難保不長皺紋色斑，外加膚色不勻和暗沉。

頂著鍋蓋綜上所述，黛玉不白是板上釘釘了。

三

遙想黛玉一出場，曹雪芹細細描寫她的氣質神態和眉眼，「兩彎似蹙非蹙罥煙眉，一雙似泣非泣含露目。態生兩靨之愁，嬌襲一身之病。淚光點點，嬌喘微微。閒靜時如姣花照水，行動處似弱柳扶風。心較比干多一竅，病如西子勝三分。」唯獨對她的膚色避而不談。

只知道大家都看出她有不足之症，紛紛表示要吃好藥好吃藥。一見面，外祖母送的大禮包就是一料人蔘養榮丸。

那一回裡，作者明明寫迎春「鼻膩鵝脂，腮凝新荔」，那叫一個臉龐嬌嫩；寫寶玉「面若中秋之月，色如春曉之花」，臉是又圓又白，白裡透紅的。

修行篇　事若求全何所樂

除了惜春年紀尚小，作者對鳳姐和探春的皮膚色度也都掠過不談。後來我們就知道了，王熙鳳卸了濃妝之後，臉是黃黃的，連賈璉見了都我見猶憐。探春呢？猜想也比不上她那二木頭姐姐水嫩，人家是個什麼心都不操，「戳一針也不知噯喲一聲」的人，哪像她要理家要籌謀要搞好和嫡母王夫人的關係，還成天要替她那不爭氣的親娘擦屁股，脾氣火爆的她，臉上不爆痘已經是萬幸了。

皮膚就是一個人身體狀況的外在展現。林妹妹的身體在那擺著，膚色想要粉撲撲那是不可能的了。她自己也說「一年裡睡不了幾個安穩覺」，說不定常年掛著黑眼圈也未可知。

但那又怎樣，誰也不能否認，林妹妹依然是個如假包換的美人。就連成天在女人堆裡打滾的薛蟠，一見黛玉，也被她的風流婉轉「電」到身子酥了半邊。

李漁曾一面感嘆「婦人本質，唯白最難」，一面又說「今之女子，每有狀貌姿容一無可取，而能令人思之不倦，甚至捨命相從者，皆『態』之一字之為崇也。是知選貌選姿，總不如選態一著之為要。」

美人原在骨不在皮，更在氣質。林黛玉就是以眉眼氣質取勝的，這一點沒有異議，就連「黛黑」們也不能否認。

四

看合肥張家四姐妹的合影舊照，即便是黑白照，也能看出老三張兆和與其她三姐妹相比，她的膚色要深幾個度。但是這一點都不影響她的美，眉眼神采依然出挑，人送外號「黑牡丹」，不怪追她的人多到要排隊，「癩蛤蟆1號」、「癩蛤蟆2號」，最後是一代大師沈從文抱得美人歸。

不用黑林黛玉了，她本來就不白

也許皮膚黑一點，初看不驚豔，但是如果五官搭配精緻，人會越發耐看。某種程度上，耐看比驚豔更占便宜，因為預期問題，驚豔會造成視覺滿足後的審美疲勞，但耐看卻是一種緩釋的魅力。

錢鍾書曾這樣調侃：「我個人覺得黑比白來得神祕，富於含蓄和誘惑。一向中國人喜歡女人皮膚白，那是幼稚的審美觀念，好比小孩只愛吃奶，沒資格喝咖啡。」權且當作對黛玉們的安慰吧！

曹雪芹最了不起之處在於，他筆下沒有完美的人，兩大女主寶釵膚白卻體豐怯熱，黛玉有病容卻姿態嫋娜，就如跟我們不完美的世界中兩個身邊的女同學。

寶玉生氣時，寫下了「戕寶釵之仙姿，灰黛玉之靈竅」，對於她們各自的美之側重，顯然很是清楚。

他在太虛幻境遇到的「一夜情」對象，「更可駭者，早有一位女子在內，其鮮豔嫵媚，有似乎寶釵，風流嫋娜，則又如黛玉。」看吧：「可駭」，釵黛合一也挺嚇人的。

最完美的情人，只能是在夢中。

所以那些不喜歡黛玉的人，不用「黑」她了，她本來也不白。

我們深度喜歡一個人，最終不是因為其外表，而是因為靈魂。

修行篇　事若求全何所樂

盤點《紅樓夢》裡，那些具有弱德之美的女生

一

詩詞大家葉嘉瑩先生曾經創造了一個詞：「弱德之美。」她特別解釋說：「弱德不是弱者，弱者只趴在那裡捱打。弱德就是你承受，你堅持，你還要有你自己的一種操守，你要完成你自己，這種品格才是弱德。」

秉弱德者，一面努力適應環境，默默隱忍，一面在內心堅持自我和追求，在壓抑中慢慢靠近自己的目標，最終抵達。

弱德之美，是一種令人心酸又嘆服的美，美就美在哪怕帶著鐐銬，也依然要翩翩起舞。

《紅樓夢》裡，有很多個具有弱德之美的女子。時代所限，她們沒法走上職場實現個人的社會價值；現實所迫，她們背負著自己的命運無力擺脫。然而，她們仍然能夠負重前行，憑藉著超人的智慧與品格，活出了獨屬於自我的生命之美好。

二

第一個要說的就是金陵史家的大小姐史湘雲。

湘雲雖然出身貴族，卻是個苦命的孩子。尚是嬰兒時就變成了孤兒，由叔叔嬸嬸一手撫養長大。她的判詞曲子如此吟唱：「襁褓中，父母嘆雙亡。縱居那綺羅叢，誰知嬌養？」

史湘雲的成長環境，可以概括為「三無」：無閒、無錢、無愛。

盤點《紅樓夢》裡，那些具有弱德之美的女生

　　名為小姐，實為半個奴僕。嬸娘把一家老小的穿戴都交給她做，常常熬夜趕活到三更半夜，累得直不起腰來。於是來賈府小住權當療養成了她唯一的指望，為此曾經偷偷哀求過寶玉：「便是老太太想不起我來，你時常提著打發人接我去。」

　　賈府的姑娘們每月有二兩銀子的零用錢，而嬸娘每月給她的幾弔錢，還沒有賈府大丫頭的薪資高。有一次，她一時興起想要在詩社做東請客，事到臨頭躊躇起來，因為手頭錢遠遠不夠，想向嬸娘開口，又怕挨訓，還是寶釵讓家裡送來幾簍子螃蟹，替她解了困局。

　　受了寶釵的各種照拂後，從小沒人疼的她，紅著眼圈念念不忘：「我天天在家裡想著，這些姐姐們再沒一個比寶姐姐好的。可惜我們不是一個娘養的。我但凡有這麼個親姐姐，就是沒了父母，也是沒妨礙的。」

　　然而就是這樣的「三無」女生，卻成了《紅樓夢》裡最快樂也最多才多藝的姑娘，她會大說大笑著走進來，有她的地方永遠歡歌笑語。做起遊戲來，無論是主流的詩詞歌賦，還是偏門的射覆划拳，或者扮男裝耍帥，她樣樣精通。

　　她最豪放俠義，沒有半點小姐架子，冬天煙燻火燎地烤生鹿肉，自詡「是真名士自風流」；春天醉臥芍藥花下，自顧自吟誦著「玉碗盛來琥珀光」；看到岫煙被欺負時，欲要出手管一管，被黛玉譏諷「充什麼荊軻聶政」。

　　她最隱忍也最要強，嬸娘只顧面子好看，大熱天讓她穿好幾層厚衣服走親戚，她一句都不違逆，依言穿上；明明手頭工作已經多得忙不過來，襲人煩她打十根絡子，她不拒絕，點燈熬油地打出來，還為打得太粗而抱歉；寶釵關切地問了她幾句家務事，她強壓住淚水閉口不言，不訴自己委

253

修行篇　事若求全何所樂

屈,也不說家人是非。

這個開朗堅強的姑娘,就像一朵飽滿的向日葵,把陰影拋諸腦後,全天候追著光明,活得生機勃勃,熱烈而燦爛。

曹公如此評價湘雲:「英豪闊大寬宏量」,「霽月光風耀玉堂」。全面接納辛苦磋磨,不做過多情緒內耗,等待苦盡後的甘來,湘雲姑娘不正是深得弱德之美的精髓嗎?

■ 三

再下來是丫鬟團隊裡的襲人。

大家對襲人的評價很「兩極」,恨之愛之者兼有之,恨她的人說她是狐狸精,愛她的人說她是解語花。其實,她本質上就是一個優秀的上班族。

幼時家貧,家人看她還值幾兩銀子,就把她賣入賈府為奴,且是死契,即永不贖回,轉賣、婚配都由買家決定,相當於「這孩子歸你們了,是死是活與我們無關」。

被切斷後路的小襲人,沒有別的選擇,一夜之間被迫長大,立起了「職場老實人」的人設:為人友善、周到,做事勤勉、緊繃。

為了生存,她從不挑肥揀瘦,得隴望蜀,故而從不彆扭和糾結,「服侍賈母時,心中眼中只有一個賈母;如今服侍寶玉,心中眼中又只有一個寶玉。」無論在哪個職位,服務對象是誰,她都不頹不混,盡己所能交出讓東家滿意的答卷。

論忠於職守,賈府裡襲人稱第二,沒人敢稱第一。

在寶玉面前,她有時像老母親,有時像大姐姐,有時又像小女人。

盤點《紅樓夢》裡，那些具有弱德之美的女生

　　三百六十度將寶玉全方位溫柔包裹，照顧得無微不至。他睡覺，她坐在他床邊幫他繡肚兜；他起床，她為他打好洗臉水梳好頭；他去上學，她為他包好衣服，把他叫到面前諄諄教導：好好念書，別和壞孩子一起玩；作業也不宜太多，一則貪多嚼不爛，二則別累壞了；還有還有，記得穿厚點，腳爐手爐裡的炭要記得添……她說一句，寶玉應一句，那場景溫馨得讓人淚目。嘮嘮叨叨的，不就是去上學嗎？兩個時辰後就回來了，搞得跟進京趕考似的。

　　寶玉不愛讀書，毀僧謗道，她制止；愛在女孩子堆裡混，吃女孩子嘴上的胭脂，她苦勸；使脾氣犯渾，踢得她吐了血，她竟然也不抱怨，用極大的耐心和包容等著他長大。

　　當寶玉有了身體慾望時，襲人也欣然順從配合。她實誠地認為，賈母已經把她配給寶玉做妾了。事後卻並未恃寵而驕，而是更加謹慎盡心。後來才發現好險，原來在賈母心裡，晴雯才是做妾的最佳人選。

　　但她已經像一株不起眼的爬牆虎，在怡紅院裡深深扎下了根，並不動聲色地把枝葉蔓延到了各個角落。

　　「一時我不到，就有事故。」她儼然成了一個不可替代的角色。

　　上上下下公認寶玉屋裡離不了襲人，連素來嘴緊的薛姨媽都開口誇她：「她的那一種行事大方，說話見人和氣裡頭帶著剛硬要強，這個實在難得。」這算是誇到了點子上——那當然，襲人的溫柔和順裡，自有一份閃閃發光的職業尊嚴。

　　當然，人性也是複雜的，戴爾・卡內基（Dale Carnegie, 西元1888年至1955年）說「虛榮是人的動力之源」，襲人雖是賢人，但也不是聖人，她有自己的小「九九」。但以她的表現晉升為花姨娘是實至名歸，這名分

修行篇　事若求全何所樂

是她應得的。

命運發給了襲人一把爛牌，她沒有自暴自棄隨便亂出，打不出王牌，至少打出了同位的最佳，刷新了自己的牌面，完美演繹了葉先生的話：弱德之美。即無論多麼艱難困苦，我都盡到了我的力量，盡到了我的責任。

四

還有一個具有弱德之美的女子不能忽略，她身分很特殊，既不是主子，也不是奴才，是一位自稱「檻外人」的尼姑。

蘇州官宦小姐出身的妙玉，因為自小體弱多病，選擇出家帶髮修行。但因父母雙亡，又得罪權貴，無法在原籍立足，而北上金陵避難。師父臨死時專門交代：「衣食起居不宜回鄉，在此靜居，後來自有妳的結果。」她像被遺落在地球上的外星小孩，棲身於大觀園內的櫳翠庵，苦苦等待著命運的轉機。

孤身一人，無親無故，漂泊在外，有家難回，年歲漸長，還俗卻遙遙無期。換個脆弱的女孩子，以上幾條，條條都夠哭十天半個月的。但是這次不同，她是狠人妙玉。

木心說過一句話：「生活最好的狀態，是冷冷清清的風風火火。」用來形容妙玉再貼切不過。囿於身分，她待人雖清冷，但卻能把生活過得有滋有味。

她醉心園藝。櫳翠庵被她打理得花木蔥蘢，手藝不輸大觀園裡專門管理花草的葉媽。賈母一見那些花木就誇：「到底是他們修行的人，沒事常常修理，比別處越發好看。」寒冬臘月大雪紛飛，大觀園裡一片慘淡蕭條，只有她櫳翠庵裡的十幾株紅梅，紅如胭脂，燦若雲霞，在白茫茫的雪

世界裡絢爛綻放，與她本人形成了意味深長的反差。連長年寡居的李紈都看得眼熱，攛掇寶玉去討幾枝來插瓶。

　　她精於茶道。賈母向她討口好茶喝，她手捧成窯五彩小蓋鍾，特別奉上舊年雨水沖泡的香茶。賈母認錯了茶葉，說自己不喝六安茶，妙玉不卑不亢道：「知道。這是老君眉。」因為後者性溫，更適宜老年人飲用。她請寶黛釵三人喝梯己茶，規格高到嚇死人，每一件茶具都是價值連城的古董，她用的泡茶水，竟是五年前在蟠香寺住著時梅花上收的雪，難為她一直帶在身邊，真是講究人啊！

　　她還是現成的「詩仙」，這美名是黛玉封的。「振林千樹鳥，啼谷一聲猿」這樣毫無脂粉氣的句子就出自她手，她還提醒黛玉湘雲，寫詩不能丟了真情真事而一味搜奇撿怪。她的關門弟子是邢岫煙，在她的教導下，岫煙寫詩也別具一格，吟得出「看來豈是尋常色，濃淡由他冰雪中」的「紅梅贊」。妙玉「事了拂衣去，深藏功與名」。

　　人們都言妙玉清高，卻常常忽視她離奇的孤苦身世，這皆因她「人倒架不倒」。跌到谷底時依然擁有超凡的調節自制力，不見半點狼狽慌亂，從容保持高雅的審美情趣，找到生活的著力點和節奏，不疾不徐地專注精進。這正是弱德之美中所謂的「你承受，你堅持，你還有自己的操守，你完成你自己」。

　　《菜根譚》有言：「得意處論地談天，俱為水底撈月；拂意時吞冰齧雪，方為火內栽蓮。」這句話裡用到了佛經裡「火生蓮」的典故，喻義身處焚心之煩惱之中，依然能自我解脫，達到清涼境界。看來，妙玉這一趟佛門修行不算白來。

修行篇　事若求全何所樂

五

　　以上的這些「紅樓」女子，雖然出身境遇各有不同，但她們有著共同的特質：

　　無論給她們什麼樣的起點，都不會因自矜、自困而導致自憐；

　　無論給她們什麼樣的境遇，都不曾放棄讓自己向善向好的可能；

　　無論給她們什麼樣的苦楚，都能嚥下去，變成釀造美好生活的原料。

　　她們彷彿在說：「沒有光時，我活成一道光，去溫暖自己，照亮他人；沒有路時，我開闢一條路，逢山開路，遇水搭橋；沒有歸宿時，我就是自己的歸宿，安頓好身體與靈魂，把日子過成詩。」

　　──所謂弱德之美，大抵如此。

情愛篇
俗人正是雅人的良配

情愛篇　俗人正是雅人的良配

寶黛爭吵：眼睛為她下著雨，心卻為她打著傘

■ 一

讀「紅樓」，每到三十二回，都要長出一口氣：唉，可算是消停了。

因為只有書到這一回，寶玉和黛玉隨時隨地就能啟動的吵架模式，才終於告一段落。

在此之前，他們身邊的人，無不被鬧得腦殼疼，襲人紫鵑兩個倒楣孩子自不用說，連最豁達最睿智最樂觀的老祖宗，都被折騰得快崩潰了：「幾時我閉了這眼，斷了這口氣，憑著這兩個冤家鬧上天去，我眼不見心不煩，也就罷了。偏又不這口氣。」一邊說一邊掉下淚來 —— 把人都逼成什麼樣了！

如果是看故事，當然衝突越多越好看，有點像郭德綱說相聲：「瞧出殯的不怕殯大」。但設身處地想一下，哪個當事人能擱得住這麼「三天兩頭的吵」啊？「一波未平，一波又起」，心緒高低起伏不說，也太傷元氣：氣急傷肝，憂思傷脾，兼之夜晚不眠又傷血氣。寶玉還好，但黛玉這樣「紙糊的美人燈」體質，從會吃飯起就開始吃藥的人，哪裡經得住這連綿不斷的折騰。

但是沒辦法，此乃他們這一類人必須要走過的彎路。除此之外，別無他途。

■ 二

這事要怪先怪寶玉，是他先愛的。

是他，「自幼生成有一種下流痴病」；是他，發現周圍所有的閨秀加起

260

來,「皆未有稍及林黛玉者」;是他,對黛玉「早存了一段心事,只不好說出來,故每每或喜或怒,變盡法子暗中試探」,沒事總要去刺激對方。

這麼撩女生,其實是很欠揍的。

但他陰柔的個性,注定不會一上來就直來直去地表白,做不到像蕭軍那樣「愛就愛,不愛就丟開」,在這一點上,還真就不如糙老爺們「直男」薛蟠痛快。

要命的是,林黛玉和他恰好是一類人,很吃這一套,「也是個有些痴病的,也每用假情試探」。沒法篤定對方的心意,只好「以其人之道還治其人之身」。

這下好了,曹公寫:「因你也將真心真意瞞了起來,只用假意,我也將真心真意瞞了起來,只用假意。」

結果呢?「兩假相逢,終有一真。其間瑣瑣碎碎,難保不有口角之爭」。

在這場考驗演技的耗時持久的「遊戲」中,總有人會在某個場次忍不住,露出真態度,可惜另一個人接不住,做不到默契同步,只好靠吵鬧推進。外人不懂,只當一點小事,哪知這些小事不過是細枝末梢,只有順藤一路摸下去,才會發現:哇!好大一個瓜。

他們捧著自己的心,相互觀望著,就像同時端著滿滿一容器滾燙的水,水已經多到顫顫巍巍平著容器的邊緣,他們既不敢啜飲也不肯放下,在比賽較勁,誰先灑出來就算誰輸。而每一次爭吵,恰似一次撐不住的灑湯漏水,既失態也釋放。那滿溢的感情啊,不流出來人會被憋死的。

情感太充沛洶湧,卻沒有通暢的出路可表達,永遠在累積和釋放中循環,如同薛西弗斯推石頭上山,周而復始,無窮無盡。

這一場情事,就這樣變成了虐心的受刑。

情愛篇　俗人正是雅人的良配

三

《生命中不能承受之輕》(Nesnesitelná lehkost bytí) 裡說：他們之間總是充滿了誤解，多到可以編成一本誤解小詞典。

這句話形容寶黛也恰如其分。

第二十九回，清虛觀打醮，張道士向寶玉提親。賈母不動聲色地拉了個佛門中人婉拒了：「和尚說了，這孩子命裡不該早娶。」這事就翻篇了。

但是寶玉生氣了，說再也不見那個牛鼻子老道了──至於嗎？人家也是好心嘛！

至於。幸虧賈母回絕，否則就麻煩了。寶玉是古代人，婚姻大事不由自己做主，要聽長輩之命媒妁之言。他心裡認定了黛玉又沒辦法官宣，成日為此忐忑不安，現在忽然有人差點強塞給他另一個姑娘，平白受一場驚嚇，他不恨才怪。

恰逢黛玉又中了暑，寶玉記掛著放心不下，吃飯都沒胃口，一趟一趟來探視。

黛玉怕把寶玉累著，便說道：「你只管看你的戲去，在家裡作什麼？」明明是好意體貼，但寶玉卻想歪了：「別人不知道我的心還可恕，連她也奚落起我來。」主動挑起戰爭：「我白認得了妳。罷了，罷了！」

黛玉哪裡能想到是這一折，莫名其妙之下，只好話趕話回擊：「我也知道白認得了我，哪裡像人家有什麼配的上呢。」影射「金玉之說」。其實兩人吵的根本不是一件事。

寶玉說：「妳這麼說，是安心咒我天誅地滅？」又把黛玉問糊塗了，這都哪跟哪啊？

寶黛爭吵：眼睛為她下著雨，心卻為她打著傘

寶玉翻起了元妃賜禮的舊帳，說：昨天我才為這個賭了幾回咒，今天妳又來，我便天誅地滅，對妳有什麼好處？他當時起過誓：「除了別人說什麼金什麼玉，我心裡要有這個想頭，天誅地滅，萬世不得人身！」

黛玉愛寶玉，她不願他受一點損傷。哪怕是對方無厘頭的起誓，也讓她心懷恐懼。

她「戰戰兢兢」地說：「我要是安心咒你，我也天誅地滅。」「戰戰兢兢」，因愛而生懼，作者用這四個字真是絕了！

又說：「何苦來！我知道，昨日張道士說親，你怕阻了你的好姻緣，你心裡生氣，來拿我煞性子。」有意無意間，竟然又拐回了寶玉生氣的原點。阿彌陀佛，兜了一大圈，兩位這架眼看著要吵到一塊去了，還沒來得及恭喜會師，一個「好姻緣」又把寶玉推到了一百公尺開外。

寶玉被噎得說不出話，委屈憤怒之下，又一次把玉砸了。可憐的玉，如果會說話，一定會憤憤然：每次吵架就會拿我撒氣，能不能有點新花樣？

都說「被誤解是表達者的宿命」。其實，表達者也不那麼無辜。寶玉胡攪蠻纏在先，黛玉緊隨其後把話題帶偏，越繞越遠，真絕望。

四

當愛情處在將明未明、半暗不暗的階段，巨大的情感張力往往伴隨著高度的焦慮感。越是深愛，越容易心生猜忌。

就如此刻的他們，各自有各自的立場。

他想：「別人不知我的心，還有可恕，難道妳就不想我的心裡眼裡只有妳！妳不能為我煩惱，反來以這話奚落堵我。可見我心裡一時一刻白有

263

情愛篇　俗人正是雅人的良配

妳，妳竟心裡沒我。」

她想：「你心裡自然有我，雖有『金玉相對』之說，你豈是重這邪說不重我的。我便時常提這『金玉』，你只管了然自若無聞的，方見得是待我重，而毫無此心了。如何我只一提『金玉』的事，你就著急，可知你心裡時時有『金玉』，見我一提，你又怕我多心，故意著急，安心哄我。」

因為急著想解除猜忌，便又恨不得把心挖出來給對方看，就又開始站在對方的立場上想問題。

他又想：「我不管怎麼樣都好，只要妳隨意，我便立刻因妳死了也情願。妳知也罷，不知也罷，只由我的心，可見妳方和我近，不和我遠。」

而她又想：「你只管你，你好我自好，你何必為我而自失。殊不知你失我自失。可見是你不叫我近你，有意叫我遠你了。」

這些設身處地替對方著想的心理活動，完美地詮釋了愛情的利他性，讀一遍視線模糊一回，這就是真愛呀！

然而這樣交換立場的結果是，兩人又完美地擦肩而過，巧妙避開了心靈相遇。就這樣，「求近之心，反弄成疏遠之意」。

唉，一聲嘆息。

幸福的愛人有兩類：互補的，相似的。前者可以互通有無取長補短，而後者則是一言難盡，他們既可以成為世人眼中的神仙眷侶，無比契合，也極易成為歡喜冤家，離不開也見不得。最怕的是黯然錯過，就像《花樣年華》裡的周慕雲和蘇麗珍。

相似度越高，越相愛至深，就越容易在互虐的彎路上一騎絕塵。寶玉和黛玉的愛情「路漫漫其修遠兮」，他們需要上下求索，漸迷之後是漸悟，漸悟之後是頓悟。

年輕的他們,想要成長為一個合格的愛人,需要時間,更需要契機。

五.

響雷過後,必有暴雨。

每吵必哭,已經成為固定動作。

寶玉砸了玉,氣得臉黃了,眼眉都變了,此種情景前所未有。少年人大心大,這是他平生第一次,想要把一個姑娘納入自己的人生裡來,卻因為表達不得法,結果適得其反,被啪啪打臉後推出了八丈遠。

換誰也想死。

這又忙壞了襲人和紫鵑這兩位姑娘,她們像極了兩個小孩子的家長。要好的小朋友之間鬧了彆扭,聰明家長肯定不會相互指責,都是先說自己家孩子。結果是,兩個「孩子」越發覺得自己受了天大的委屈。

《紅樓夢》真是一本世情小說啊,字字句句都在書寫人情世故。

襲人說寶玉:你和妹妹拌嘴,不犯著砸玉;倘或砸壞了,叫她心裡臉上怎麼過得去?

這話落在黛玉耳裡,說到了她的心坎上,直接哭吐了,剛喝下的香薷飲解暑湯一口一口吐溼了帕子。她想:可見寶玉連襲人都不如。

紫鵑說黛玉:雖然生氣,姑娘到底也該保重著些。倘或犯了病,寶二爺怎麼過得去呢?

這話落在寶玉耳裡,也落到了他的心坎上。他也想:可見黛玉連紫鵑都不如。

但是,當看到黛玉臉紅頭脹上不來氣,又是淚又是汗不勝怯弱的樣

情愛篇　俗人正是雅人的良配

子。立即後悔自己同她較真，因為「我又替不了他」。

一念及此，他眼淚也落了下來。

「管他的是非對錯，不管是不是你錯了，你都沒錯；

不管是不是我錯了，我都認錯。

不是我沒原則，我只是，只是見不得你難過。」

這場爭吵驚動了賈母，老人一句「不是冤家不聚頭」，耐他們反覆咀嚼。俗語如禪語，泣涕零如雨，「一個在瀟湘館臨風泣淚，一個在怡紅院對月長吁」。

風停，雨住，初霽，放晴。

六

第二天，寶玉主動來求和。

但他們沒學過馬歇爾博士（Marshall B. Rosenberg, 西元 1934 年至 2015 年）的「非暴力溝通」方式，用說出自己的「觀察、感受、需求、請求」這四要素來形成一個完美的閉環，心平氣和又慢條斯理地解決問題。

也不會像《大話西遊》裡的唐僧那樣無厘頭硬碰硬到底：「哦，你想要啊？你想要啊，你想要說清楚就行了嘛。你想要的話我會給你的，你想要我當然不會不給你的，不可能你說要我不給你，你說不要我卻偏要給你，大家講道理嘛。」

他們之間依然是一筆糊塗帳，依然選擇用眼淚終止眼淚。

直播一下寶玉求和吧。他說了這樣一句：「若等他們來勸我們，那時節豈不我們倒覺生分了？」聽聽，分明是說，「我們的事情自己關起門來

解決，何必讓外人來摻和，多尷尬。」水深火熱，卻情比金堅。他們的心始終緊緊在一起，沒給任何人留下哪怕一隙的容身之地。

黛玉又哭了，拭淚用手帕子；寶玉也哭了，擦淚用的是袖子。

這時她瞥見他穿著簇新的藕荷紗衫子，連忙摔過來一塊手帕，怕他弄髒衣服。一個動作便出賣了真心。

黛玉對寶玉這樣下意識的關愛動作還有很多，恕不一一列舉。那些總說黛玉太作娶不得的人，不是笨就是瞎，「有眼不識金鑲玉」，這種人活該錯過，錯過那些暫時缺乏安全感、表面上看起來「作」，卻最知冷知熱的好姑娘。

福樓拜曾經描述過一種愛情：「這愛情既膽怯，又深沉，可惜它缺乏那種蘊藏於心底的野性的激情。」寶玉和黛玉，他們不夠直接勇敢，只會遠兜近轉，憑空多繞出好多彎。再加上那一段外界狀況頻出，讓這兩個相愛的人戰戰兢兢如驚弓之鳥，壓力過大而自亂陣腳，起了內訌。然而九曲十八環，環環有看點。曹公用工筆畫的手法，將感情裡每一點心思都纖毫畢現地呈現出來，此等細膩周全，讓人嘆為觀止。

最細微之處，才最見真心。

《紅樓夢》不是《鐵達尼號》（*Titanic*），不需要以寶貴的生命為代價來證明愛情。最能見證自己在對方心中分量的時刻無非是 —— 你明明已經被對方氣得吐血三升，可你竟然還擔心他（她）看到了會暈血。

泰戈爾（Rabindranath Tagore，西元 1861 年至 1941 年）說：「眼睛為她下著雨，心卻為她打著傘，這就是愛情。」

情愛篇　俗人正是雅人的良配

賈政、趙姨娘：俗人正是雅人的良配

一

「賈政這樣的人，為什麼會喜歡趙姨娘那樣的人？」這個話題，隔三岔五就要被「紅迷」們拿出來討論一番，而結論永遠莫衷一是，成為一團盤旋在「紅迷」們頭頂的千古疑雲。

賈政，清貴的讀書人，端端正正如一方魯墨硯臺；趙姨娘，庸俗的愚妾，歪歪斜斜如一個冒牌筆洗。硯臺再端方，兜不住筆洗跑冒滴漏，弄溼一桌子線裝古籍，壞人興致。

但賈政卻寵趙姨娘，跟她一連生了兩個孩子。而且，在有了她以後，再沒跟別的妻妾有過孩子。

從外面回來，也永遠是歇在她屋裡，正好方便她吹枕頭風，告告嫡子寶玉的小黑狀。被寵的總是有恃無恐，這大概就是她總要出門搞事情的原因，一會兒鬧親女兒，一會兒打小戲子。

就連扎小人把寶玉搞得生命垂危，她非但不迴避，還敢靠一腔愚勇往前湊，說出作死的臺詞：「哥兒已是不中用了，不如把哥兒的衣服穿好，讓他早些回去。」換來賈母照臉啐一口，罵一頓。賈政對她的喝退，與其說是一種嚴厲訓誡，不如說是一種及時的保護。

過後她有一絲悔改嗎？並沒有。這說明什麼？說明賈政完全接納了這樣的她，並沒怎麼讓她長記性。愛其而知其惡，愛其而容其惡。為什麼啊？明明他們那麼不般配。

賈政、趙姨娘：俗人正是雅人的良配

二

　　答案早在第十六回就已揭曉。

　　那一回，宮裡的元春封了妃，要風光回門，家裡自然要大搞裝修迎接，於是平地裡起了一座園子。奈何國丈大人政老爺做了甩手掌櫃，修園子的事通通交給了家裡的其他成年男人：賈赦、賈珍、賈璉，還有一干管家、清客。他呢，就是每天下了朝各處看看，「最緊要處」才和賈赦商量商量就罷了。

　　什麼時候他才開始活躍起來的呢？園子建好了，各處題匾額楹聯的時候。

　　賈政帶著寶玉和一幫文人騷客們開始逛園子，不厭其煩每一處都逛到，興致勃勃鑽研文字遊戲。

　　他有自知之明，說自己這麼多年案牘勞形，公務纏身，花鳥山水題詠的靈氣早耗光了，不如全都交給寶玉。他還說了，如果不行，就請高手賈雨村來題──在這件大工程的細枝末節上，他倒不肯應付塞責了。

　　而且，他的欣賞水準也在。對於寶玉的題詠，不管清客們怎麼昧著良心叫好，他都堅持自己的獨立判斷標準。好就是好，不好就是不好，根本糊弄不了他。

　　在瀟湘館，那時候那地還不叫瀟湘館，是個沒名字的竹林院。賈政看著眼前的千竿翠竹，心嚮往之地笑了，他說：「若能月夜坐此窗下讀書，不枉虛生一世。」

　　真不愧是林黛玉的親舅舅，黛玉後來選這個地方居住，原因就是此處比別處更見清幽。審美喜好的基因在血液裡代代相傳，像宿命一樣，逃都逃不開。

情愛篇　俗人正是雅人的良配

對這個情有獨鍾的地方,他格外看重。清客擬了一個匾額,他的評判只有一個字:「俗。」再擬一個,評判成了兩個字:「也俗。」

對「俗」,他是萬般的不相容。在務虛的審美層面上,他對「俗」不屑一顧;而在現實的世界裡,對於最具體的、樁樁件件需要落實的事情,他也完全搞不定,只會躲,曹公用「賈政不慣於俗務」一言蔽之。

也正是這句話,讓賈政與趙姨娘這一段外人看不懂的關係有了注解。

三

每種外人眼裡的不般配,都有各取所需的幸福。

想當年,人人都說胡適和江冬秀不般配。連張愛玲看到小個子的江冬秀,都要暗暗刻薄一句「他們是舊式婚姻」。胡適學貫中西,一生取得了三十六個博士頭銜,卻遵母命娶了沒受過教育的鄉下小腳女人江冬秀。

坊間說他有一次想離婚娶曹誠英,被江冬秀一把菜刀嚇退,從此絕了另起爐灶的念頭。說得好像胡博士在這樁婚姻裡受了多大委屈似的。

若真鐵了心要離,以他的高情商、高智商、好人緣、好人脈,只要條件談妥,總能離得了。說來說去,這樁婚姻裡還是有令他留戀的東西。

江冬秀雖然沒受過教育,人凶悍一點,但她過日子是一把好手。家裡家外安排得妥貼周到,胡適的親朋好友她全能照料,給胡適博得了一個好名聲。

在美國的時候他們一度經濟拮据,家裡沒了小菜錢,全靠麻將高手江冬秀出去「搓麻」,贏回來的錢貼補伙食;

家裡進了強盜,江冬秀臨危不懼,打開房門對著強盜用英文大吼一

賈政、趙姨娘：俗人正是雅人的良配

聲：「滾！」強盜被她的氣勢嚇得抱頭鼠竄；

他們家的餐桌一年四季五彩繽紛，一顆雞蛋她都能做得天天不重樣，胡適回到家永遠有熱湯熱飯奉上。

朋友來家裡做客，江冬秀能做出著名的「一品鍋」。一口大鐵鍋沸騰著端上桌，裡面燉著大母雞、大蹄髈，還有三四十個雞蛋，人人有份，吃得賓主盡歡。

甘蔗沒有兩頭甜。所以，也別覺得江冬秀好像占了胡適多大便宜，胡適本人也是這樁婚姻的受益者好吧？恰是江冬秀用世俗的能幹強悍為他建造了一個穩固的後院，令他得以專注地成就自己。

但是很多人選擇性眼盲，非要以事業高低論般配與否，細想，是一種堂而皇之的勢利。

四

人們都想看神仙伴侶翩翩雙飛，但在生活的柴米油鹽面前，總得有一個人先行落地操持。

公認般配的錢鍾書和楊絳，楊絳生孩子剖宮產住院，錢鍾書天天來醫院報告家裡的壞消息。

「我把墨水瓶打了，把房東桌布染了。」

「我把檯燈砸了。」

「我把門軸弄壞了，門不能關了。」

在生存技能面前，百無一用是書生。

楊絳一律耐心地答：「不要緊，我來洗。」「不要緊，我來修。」「不要

情愛篇　俗人正是雅人的良配

緊，我會修。」

婚後第三十七年，學富五車的錢鍾書，終於為自己學會了一樣本事欣喜若狂：「我會劃火柴了！」

是楊絳窮盡一生，替錢鍾書將生活中的俗務擋在了外面，才有了丈夫對她那句著名的評價：「最賢的妻，最才的女。」賢妻在才女之前，這個排序頗值得玩味。說什麼才子佳人，事實是越是神仙才子，越需要一個樸實的糟糠之妻照料。

「謝公最小偏憐女，自嫁黔婁百事乖。顧我無衣搜藎篋，泥他沽酒拔金釵。野蔬充膳甘長藿，落葉添薪仰古槐。」這是元稹給亡妻的悼詩，既深情又無賴。有才的伴侶，往往像一株寄生植物，一面開著奪目的花朵，一面需要宿主源源不斷的滋養。

怎麼說呢？願打願挨就好。

▍五

深情寡言的梁朝偉沒能和優雅神祕的張曼玉在一起，卻娶了大牡丹花一樣熱鬧俗氣的劉嘉玲，讓多少人意難平。

也是家裡裝潢房子，也是劉嘉玲一人張羅，梁朝偉拿著小箱子離開，等裝修好了他拿著小箱子回來入住。裝修期間他住酒店，也有可能是飛去倫敦餵鴿子。

劉嘉玲在節目上說，梁朝偉在家一句話也不說，只用憂鬱的眼睛看著她，直到她煮一碗麵給他。雖是玩笑，基本上也能露出一點兩人相處時的端倪，他把太多的精力給了藝術，把沉悶留給了她。

而梁朝偉自己怎麼說呢？他說當他拍完戲回到家聽到她笑聲的那一刻，他會回到真實的世界。

他說，劉嘉玲是他的驅魔人。

六

回到「紅樓」。趙姨娘，就是賈政的驅魔人。

書呆子混官場，本來就辛苦。賈政本不是圓滑的人，有點方有點軸，心裡還住著個老文青，但不得不成天打起精神在官場迎來送往，閱公文打官腔，神經總是緊繃著。

是趙姨娘用自己雞毛蒜皮的俗，把他拽回堅實的地面。

她親自為他裁衣做鞋，幫他端茶倒水，幫他揉肩捶背，把他伺候得舒舒服服。第七十二回末，趙姨娘跟賈政這邊有商有量地說著為兒子收房納妾的事，那邊忽然咣噹一聲響，嚇人一跳。原來是窗屜子沒扣好掉了下來。趙姨娘罵了丫頭兩句，親自帶領丫鬟上好窗戶，回來服侍賈政安歇。

你能想像像寶相莊嚴的王夫人親自做這些嗎？周姨娘會親自扣窗戶，但她絕不會張嘴罵人。曹公寫得真正好的地方就在趙姨娘的罵人上。

在規矩大的賈府，她屋裡是有一點聒噪的小世界，但這是小日子家常的聒噪，有人味。從秩序森然的官場出來，賈政需要這點凌亂的鬆弛。

雅與俗要互補，從實用角度，俗人可能正是雅人的良配。

趙姨娘不太體面卻熱氣騰騰的性格，讓端莊的王夫人，溫馴的周姨娘，都成了落灰的擺設，有苦難言。

賈政當然知道趙姨娘毛病不少，但誰讓她身上有他渴望的東西？

情愛篇　俗人正是雅人的良配

　　她俗不可耐，她見識短淺，她行事粗鄙，上不得臺盤，她絮絮叨叨甚至胡說八道，嘰嘰喳喳地饒舌，她在府裡有一堆底層婆子做朋友，她那些朋友成天也不教她好，挑唆著她出洋相瞎折騰，時不時整一出，不讓他省心……但是，她有人間的溫度。

藕官：明白人不與自己為難

一

　　香港導演林奕華，曾經寫過這樣令人心尖顫動的話：「我多麼希望可以給你一個舒適的、有歸屬感的空間。每次想到你要睡沙發，沒有地方做自己想做的事，馬上就想起那晚看見的你 —— 睡得好靜，好深。那一個凌晨，在那張三尺的小床上，風扇在轉動，我把你抱住 —— 那是一個沒有在頭上抹凝膠的你，那一個凌晨，安靜的早晨輕輕來到。」

　　輕輕地讀，就像面對一小塊精緻的薄荷抹茶甜點，柔軟、細膩、清涼、芬芳，讓人不捨得一口吞，只敢小口小口地咬，甜蜜而憂傷。又彷彿單衣站在微涼的清晨裡，空氣清新溼潤，風碰著樹葉，樹葉滴著露水，抬頭看，靜謐的天空正慢慢地亮起來。

　　這就是真愛呀，想像他寫下這些文字的時候，一定是淺淺笑著，表情帶一點點的疼痛，一點點的迷醉。

　　這段文字，是林奕華寫給自己同性愛人的。

二

這世間總有一部分人,他們愛上的那個人,會恰好是同性。

也許,每一個人的身體裡,都封存著一個潛在的同性戀者。就如同每一塊土壤裡,都深埋著一粒特殊的種子,在特殊的條件下,會猝不及防又自然而然地發芽。

大觀園裡的梨香院,就是這樣一個實驗場。

十二個唱戲的女孩子被圈養在這裡,生旦淨末丑,樣樣都有人扮。這其中有個扮小生的姑娘叫藕官,她的工作是天天在舞臺上演男人。

《西廂記》裡,她是與鶯鶯一見鍾情的張生;

《牡丹亭》裡,她是讓杜麗娘魂牽夢縈的柳夢梅;

《玉簪記》裡,她便是暗戀美貌道姑陳妙常的潘必正;

《西樓記》裡,她則成了對歌女矢志不渝的狀元郎于叔夜。

這些才子佳人戲,相當於今天的瑪麗蘇劇,其套路永遠是「才子佳人相見歡,私定終身後花園,小人撥亂在其間,落難公子中狀元,奉旨完婚大團圓」,藕官與演對手戲的小旦菂官沉浸其中,演著演著,她們開始女女相戀。

三

她們的同學芳官分析說:「常做夫妻,雖說是假的,每日那些曲文排場,皆是真正溫存之事,故此二人就瘋了,雖不做戲,尋常飲食起坐,兩個人竟是你恩我愛。」

情愛篇　俗人正是雅人的良配

後天的特殊環境與氛圍，讓藕官的自我性別認知漸漸發生了變化，她把自己當成了男人。

通俗說她就是一同性戀，但如果用 LGBT 標準嚴格細分，她僅算是一個跨性別者。就像我們罵人時習慣說的「神經病」，其實在醫學領域叫「精神病」一樣，這兩者還是有區別的 —— 且不管這些令人頭痛的理論，總之兩個姑娘是互生情愫，還如膠似漆就對了。

梨香院的小戲子名字多以草字頭為主，菂官的「菂」指蓮子，與藕官的「藕」相呼應，蓮子為子藕為根，一脈相通，代表兩人心心相通不分彼此。

然而令人痛心的是，這菂官竟然是個短命之人，正值妙齡就死掉了。值得注意的是在另外一些版本裡，她不叫菂官，叫枲官，「枲」指枲麻，一種只開花不結子的植物，暗示沒有結局。

你看，明明是同一個人，老曹卻在「菂官」、「枲官」兩個名字間改來改去，大概是因為他想要表達出的完整含義是：這姑娘與藕官感情甚篤，卻紅顏薄命。

四

可憐的藕官，臺上演了那麼多才子佳人的大團圓，現實中的愛情卻落得殘缺不全。痛失最愛，她哭得肝腸寸斷死去活來。

但是生活總要繼續，她的戲還得接著演，畢竟那是她的飯碗。

菂官之後是蕊官，這個新補的小旦成了藕官的新搭檔。令人瞠目的是，菂官墳頭的土還沒有乾透，藕官就開始了新一輪的卿卿我我耳鬢廝磨，對蕊官不是一般的溫柔體貼。

藕官：明白人不與自己為難

旁人看了詫異，問她怎麼得新棄舊，她坦然道：「這又有個大道理。比如男子喪了妻，或有必當續絃者，也必要續絃為是。便只是把不死的丟過不提，便是情深義重了。若一味因死的不續，孤守一世，妨了大節，也不是理，死者反而不安了。」

初聽似乎是見一個愛一個，再想卻務實理性：人鬼殊途，死了的人死了，但是活著的人生活還要繼續，在人世間的責任義務總要一一盡到，若一味不顧一切孤守，何嘗不是自私？只要不忘舊人，便算情深義重。

薄情的背後是深情。感情的世界裡做好平衡，生者與死者都能對得起：好好憐取眼前人，也把「夜來幽夢忽還鄉」的逝者，在心靈的角落妥貼安放。

五

藕官不曾食言，對於死去的菂官，她每節燒紙祭奠。

這麼做很好，用對活人的態度對活人好，用對死人的方式對死人好，兩下裡都不彆扭。

那天，她正在園子裡流著淚給菂官燒紙，被婆子發現要責罰，恰逢「無事忙」的寶玉路過，出面保下了她。

先說藕官燒的是林姑娘寫壞了的字紙，婆子顯然不信，沒燒完的紙錢在那兒擺著呢。

寶玉只好二次編謊，說是自己「夢見杏花神和我要一掛白紙錢，不可叫本房人燒，要一個生人燒了才好得快」，並反咬婆子衝了神祇，要問婆子的罪，將之成功嚇走。

277

情愛篇　俗人正是雅人的良配

寶玉問藕官到底是給誰燒紙，她不便明言，叫她去問芳官。

當寶玉懷著一腔好奇，聽芳官講完藕官的愛情故事時，對她的愛情言論連連讚嘆。

身為女兒身，心是男兒心，藕官的愛情已夠驚世駭俗，她不掖不藏，勇敢愛我所愛的態度已屬另類。更難的是身在喜歡以殉情和守節來標榜自己對感情忠貞的古代，不一味抱殘守缺，帶著對愛人的愛，順其自然地追尋下一個圓滿。

不怪寶玉在她面前自慚形穢：「天既生這樣人，又何用我這鬚眉濁物玷辱世界。」

也許有趣的靈魂都是雌雄同體，這一類人，他們看人生問題的態度更靈活不拘泥，更開明包容，也更能夠邏輯自洽。他們有著普通人要繞很多彎路才能抵達的通透：人生而多艱，該銘記的銘記，該釋懷的釋懷，明白人都懂得不與自己為難。

這種豁達通透，何止於單對愛情，簡直就是人生的大智慧。對於逝去的一切美好，都不妨效仿這種態度。

藕官雖然出場篇幅很短，一頁紙都還不到，但她身上所展示的，卻是一種更進步更高級的現代人生觀。《紅樓夢》真是了不起啊，偉大的作者從不會落伍，幾百年前的觀念穿越時空，今天依然適用。

齡官教給寶玉的事：成長就是看著預期一一破滅

一

人生中有些道理，真的不用急著知悉。一旦明白了，會敗掉一部分做人的興致。

就比如《紅樓夢》第三十六回的寶玉。寵冠榮寧二府的大寶貝，受了一個身分低賤的小戲子施施然的冷遇，忽然間就「識分定情悟梨香院」了。

在此之前那幾回，寶玉的種種問題兒童的表現讓人一言難盡。

大概青春期荷爾蒙作祟，內心小宇宙膨脹，人像不安分的小獸一樣躁動，到處惹事生非：

撩逗金釧兒引發她跳井，結交蔣玉菡隱瞞他藏身處，踢倒襲人讓她半夜吐血——自我意識如洪水氾濫，還好有個鎮館太歲晴雯，像水壩似的攔了他一道。

因晴雯跌了把扇子，寶玉剛罵了一句「蠢材」，就被連珠炮似的撅了回來。

「二爺近來氣大的很，行動就給臉子瞧。前兒連襲人都打了，今兒又來尋我們的不是。要踢要打憑爺去。就是跌了扇子，也是平常的事。先時連那麼樣的玻璃缸、瑪瑙碗不知弄壞了多少，也沒見個大氣，這會子一把扇子就這麼著了。何苦來！要嫌我們就打發我們，再挑好的使。好離好散的，倒不好？」

噎得寶玉翻白眼。

情愛篇　俗人正是雅人的良配

人家晴雯說得一點沒錯啊，寶玉那一陣子的表現，的確像被下了降頭，讀者看了只想問他一句：「你怎麼不上天呢？」

直到，直到被他爹結結實實打了一頓。連襲人都說打得好：「論理，我們二爺也須得老爺教訓兩頓。若老爺再不管，將來不知做出什麼事來呢。」

二

打完了，該老實收斂了吧？並沒有。

這一場傷病，讓他有了人生新發現：哇塞，原來我這麼重要！

心疼他的，王夫人哭，賈母哭，李紈也借勢哭，黛玉哭到眼睛腫得跟桃子似的沒法出門見人。

關心他的，薛姨媽看，鳳姐兒看，有頭有臉的婆子媳婦看，就連向來只愛自己的大伯母邢夫人，也派下人送了果子來，傳話說：「太太著實記掛著呢。」

最大的驚喜是寶釵，手裡拿著化瘀特效藥頭一個登門。一時情急說出了這樣的話：「別說老太太、太太心疼，就是我們看著，心裡也……」

話說一半噤住了，紅臉、低頭、弄衣帶，這恰似水蓮花不勝涼風的嬌羞，與平日裡的端莊自持判若兩人。

寶玉覺得這一頓打，捱得太值了。

「我不過捱了幾下打，他們一個個就有這些憐惜悲感之態露出，令人可玩可觀，可憐可敬。」

又延伸到：「假若我一時遭殃橫死，她們還不知何等悲感呢！」

齡官教給寶玉的事：成長就是看著預期一一破滅

最後竟然覺得：「既是他們這樣，我便一時死了，得他們如此，一生事業縱然盡付東流，亦無足嘆息。」

一個紈褲少年，本來心安理得地碌碌無為著，內不需要他養家餬口，外不用他定國安邦，被稱為「富貴閒人」。

這稱呼裡，有豔羨也有意味深長的調侃，「閒」即「無用」，無用的人，他的價值便無從展現。

寶玉的潛意識對這一層是有覺知的，也是預設的，連他自己都不知道自己能幹點什麼，就如同青埂峰下無才補蒼天那塊頑石，只有靈性有什麼用？靈性又不能當飯吃。

不捱打都不知道，原來，大家竟然都這麼在乎他，愛他，心疼他，他爹打得好啊！讓他發現了自己的價值。

三

卡繆有言，一個人到了遲暮之年就要接受審判，看看他對周圍人付出了多少愛。在年輕的寶玉這裡，卻是反著來的，他沾沾自喜地盤點自己得到了多少愛。

因為這些關愛，他整個人安全指數超標，連怡紅院裡不得寵的小丫頭子們都在背後笑話他。

小紅說：千里搭長棚，沒有個不散的筵席，誰守誰一輩子呢？

佳蕙說：你說得沒錯啊。可是你看寶玉，昨兒還說明兒怎麼收拾房子，怎麼做衣裳，倒像是還有幾百年的煎熬。

當家道中落的寶釵替他居安思危，勸他好好學習上進時，他嗤之以

情愛篇　俗人正是雅人的良配

鼻:「一個清淨潔白的女兒,也學的釣名沽譽,入了國賊祿鬼之流。」

他的自戀也達到了一種前所未有的高度,他對襲人說:「趁你們在,我就死了,再能夠你們哭我的眼淚流成大河,把我的屍首漂起來,送到那鴉雀不到的幽僻之處……」

眼淚氾濫到把他的屍首漂起來,那得哭死多少人啊?他用詩人般的浪漫,臆想著自己死後的盛況。

人人痛不欲生,悲傷逆流成河,彷彿他的離去會讓世界從此缺一個角。

幼稚。沒聽過這句調侃嗎?「無論你今生做過什麼,最終葬禮上的人數還是由天氣決定的。」

陶淵明早就說過,對於一個人的逝去,不過是「親戚或餘悲,他人亦已歌」。其實都不用人死去,只需要一些變故,聚攏的人群便會旋作鳥獸散去。

曹雪芹特別善於反高潮,他這樣寫襲人對於寶玉這番話的反應:「忽見說出這些瘋話來,忙說困了,不理他。」

正是這個服侍他、心裡眼裡只有他一人的襲人,後來迫於現實照樣拋了他,跟蔣玉菡過小日子去了。多麼諷刺。

誰也別高估自己在別人心中的分量。

四

第二天,寶玉想聽《牡丹亭》了,反正自己家的園子裡還豢養著一群小戲子,有個叫齡官的小旦唱得最是好,索性讓她唱給自己聽。

他想當然地認為齡官該受寵若驚,樂呵呵上趕著,亮出清喉嫩嗓咿咿啞啞地清唱一段〈裊晴絲〉給他聽。

最起碼，也不該不樂意吧。要知道，拋開主子身分不談，他可是萬人迷寶玉啊！

然而，當頭一盆冷水澆下來。

寶玉進去時，齡官倒在枕上見他進來「文風不動」；他剛坐下來，她一骨碌起來走開了。

他要她唱，她答覆嗓子啞了，「前兒娘娘傳進我們去，我還沒有唱呢」，意即「想聽我唱，你不夠格」。

寶玉悶了，自己「從未經過這番被人厭棄，自己便訕訕的紅了臉，只得出來了。」出來問了另一個戲子寶官才知，人家齡官只為賈薔唱。

接下來，便是齡官和賈薔的大型「虐狗」現場，活脫脫複製的就是寶玉和黛玉之間的情景，寶玉被迫當起了觀眾。

平生第一次的挫敗感就是這麼來的，不是每個女孩子都會甘之如飴地由他予取予求。原來你再高貴，也有人視你如敝屣；你再卑微，也有人視你如珠如寶。

就像此刻的寶玉和賈薔，一個是高高在上的主子，一個是尷尬卑微的寄居者，可是美麗清傲的少女只看得見後者。

齡官的眼淚只會給賈薔，沒寶玉什麼事，眼皮子都不夾他一下。

寶玉「自己站不住」，灰溜溜地走了。

五

響鼓不用重錘敲。沒有記恨，也沒有惱羞成怒，身為一個有悟性的人，一次碰壁讓他當即明白了一件事：讓人人都來愛我重視我，絕不可能。

情愛篇　俗人正是雅人的良配

況且，所謂的重視還摻雜著多少現實的成分？

〈鄒忌諷齊王納諫〉裡，那些說鄒忌比城北徐公長得好看的人，有人因為愛他，有人因為怕他，有人則是有求於他。

人類是很實際的，口不對心者比比皆是，都當真就是傻。

從梨香院受冷遇歸來的寶玉，回到怡紅院就換了說法：「昨夜說你們的眼淚單葬我，這就錯了。我竟不能全得了。從此後只是各人各得眼淚罷了。」

襲人的認知到不了寶玉的境界，她依舊覺得寶玉在說瘋話。

而寶玉已經把從昨晚的「死後眾人眼淚匯聚成河」的願景，縮減到了「不知將來葬我灑淚者為誰」。

他開始了解感情的世界裡，「弱水三千，能取一瓢飲」已是幸運，奢求太多額外的愛，想要集萬千人寵愛於一身就是太貪，就是妄念。

這就是三十六回「情悟梨香院」的核心內容，曹雪芹透過寶玉闡述了一個道理：成長就是預期一一破滅的過程。

沒有人能例外，包括書外的你我。

這道理不僅適於情場，也適於人生其他場。人是怎麼一點點學乖的呢？就是受到一次次暴擊，明白自己的渺小普通以後。

名利權情好東西多了去了，上帝的手掠過眾人頭頂，會把恩寵從指縫裡漏給誰，一半靠自己表現，一半看他老人家心情。

一個可靠的成年人，自會懂得安安心心過好當下，踏踏實實經營眼前，把有限的精力投入到有限的事情上去，不做過多奢望，無論對人還是對事，都專一、清晰，懂得珍惜。

從梨香院回來的寶玉，一面清醒了，一面也有點頹。

說句喪喪的話吧：少年，今日的「情悟」只是開了個頭，這才哪兒到哪兒啊？還有更多的疼痛、徹悟埋伏在你必經的路上等候你，別急，你將與之一一狹路相遇，避無可避。

今日的碰壁，不過說明真實的人生才剛剛開始，碰啊碰的你就習慣了，習慣了，也就長大成熟了。

寶玉腳踹花襲人：論潛意識的越想越恐怖

都說《紅樓夢》有一部分脫胎於《金瓶梅》，這倒不假。《金瓶梅》裡，西門慶一生氣就踢人，到了「紅樓」，你看賈寶玉，平生第一次打人，就是用腳，簡直無師自通。

那天下大雨，他在路上澆得像隻落湯雞，回到怡紅院，拍了大半天門沒人給開，裡面的丫頭們堵了一院子水，把各色水禽縫了翅膀放水裡玩耍，都玩瘋了，沒人聽見他喊門。後來襲人聽見了去開門，寶玉連看都不看，抬腿就給了一腳。踢得襲人肋下烏青，當晚就吐了血。

事後還嬉皮笑臉地對襲人說：「我長了這麼大，今日是頭一遭生氣打人，不想就偏遇見了妳。」

襲人是個愛面子的，要維護自己賢人的人設，還得故作大度地說：誰讓我是這裡的負責人呢？打我沒關係，以後別打順了手也打起別人來。

寶玉進一步解釋說：我剛才不是成心的。

襲人說：誰說你成心了？

情愛篇　俗人正是雅人的良配

不愧是襲人：是啊，要是承認你成心踢我，那我的地位往哪兒擺？

後面緊跟著有幾句話，每一句都內涵豐富。

「素日開門關門，都是那起小丫頭們子的事。她們是憨皮慣了的，早已恨的人牙癢癢。她們也沒個怕懼兒。你當是她們，踢一下子，唬唬她們也好。」

這是在說：我們兩個本來立場一致，我也覺得她們該挨踢，你本來是踢她們的，並不是要踢我。

一是維護面子，二是表示自己善解人意。

「才剛是我淘氣，不叫開門的。」

這和前面的話自相矛盾，但越把事往自己身上攬，越顯得自己有擔當。

襲人姐姐這九曲十八繞，心思之深細，只有和她同一天生日的黛玉堪可匹敵。

說起來你都不信，襲人挨踢，表層原因是讓寶玉挨淋，深層原因卻和黛玉有關。

佛洛伊德（Sigmund Freud, 西元1856年至1939年）認為人的行為是被人類自身無法察覺的精神思考過程所主宰的，即潛意識。心理學上說人的行動有百分之九十五都會和潛意識有關。

回到「紅樓」，讓我們回溯一下，吃過怡紅院丫頭閉門羹的還有誰？

翻到第二十六回，沒錯，是林黛玉。

那一回晚上她來怡紅院串門，敲了半天門不開。

晴雯說：「都睡下了，明兒再來罷！」

黛玉好聲好氣道：「是我，還不開麼？」

晴雯沒好氣道:「憑妳是誰,二爺吩咐的,一概不許放人進來呢!」

黛玉聽了,氣怔在門外,當場就哭了。

更氣的還在後面,寶釵從裡面出來了,寶玉還有說有笑地送她出來。

像不像一首老歌:「你越走越近,有兩個聲音,我措手不及,只得愣在那裡。」

沒有當場吐血三升,已經是萬幸了。

那晚回去,她倚著床欄杆,抱膝而坐,雙目含淚,如木雕泥塑一般。古人睡覺早,黛玉那天直坐到二更多天,即深夜十點才睡,這個時間已經很晚了。

悲憤出詩人,黛玉第二天寫出了血淚斑斑的〈葬花吟〉。

怡紅院的丫頭不給人開門這件事,給黛玉造成了短時間內的強烈痛苦。

此事也波及了寶玉。當黛玉感到萬箭穿心時,這一切寶玉還蒙在鼓裡。他百思不得其解,想不通林妹妹為什麼忽然不理他,他為之而痛苦,只能亦步亦趨跟在她身後,卑微地要一個答案。

他落淚道:「妳總不理我,叫我摸不著頭緒,少魂失魄,不知怎麼樣才好。就便死了,也是個屈死鬼⋯⋯」申訴個沒完沒了。直到黛玉問他不開門的事,他才明白原委。

寶玉當然說要回去問問是誰,好教訓教訓,但黛玉沒有揪住不放,開了個玩笑就過去了。只要她確定這不是寶玉的意思就好了,其他都可忽略不計。

這既是大家閨秀的氣度,也是雙魚座女生戀愛腦的特點。

寶玉也並沒有真的去問。

情愛篇　俗人正是雅人的良配

這事兒好像就翻篇了。

「凡過去的，從不會真正過去。」表層意識上已經放過的，潛意識會揪住不放。

當寶玉大雨天喊破嗓子叩門無人應的時候，他的潛意識未必沒有千分之一秒的閃回：當日林妹妹就在這裡受過同樣的委屈，非親身體驗不能感同身受。她是客人被怠慢，今日輪到我這個主子了。

怒從心頭起，就有了那一氣呵成的先罵後踢，非足夠強烈的內驅動力不會做得那麼行雲流水。

聽他的話：「下流東西們！我素日擔待妳們得了意，一點兒也不怕，越發拿我取笑了。」

細品這話背後的意思，「素日擔待」暗指不給黛玉開門的舊事自己不曾追究；「越發」是個比較級副詞，指惡劣程度更新，基礎事件還是黛玉那晚吃的閉門羹。

所以，寶玉踹襲人，表面上看是少爺脾氣，但暗地裡的導火線是他林妹妹受的委屈。新仇舊恨一起算，他是一半為己，一半替黛玉教訓這幫不像話的丫頭們，只是沒料到襲人做了替罪羊。

看到這裡，越想越恐怖，千萬不要招惹一個男子心愛的女生。即使他的教養脾氣再好，當時再不計較發作，他的潛意識也會介意這件事。

榮格（Carl Gustav Jung，西元 1875 年至 1961 年）說：「發生在我們身上林林總總的事情，都有其潛意識因素存在。潛意識在日常生活中似乎發揮的作用很小，然而，事實是，潛意識正是我們理性思維的隱形根源。」萬事本有源，不信請細究。

馮淵：
香菱，妳可還記得那個唯一愛過妳的公子哥？

一

「我不記得了。」當香菱被別人問起父母安在、家鄉何處，芳齡幾何時，她一律搖搖頭，如此作答。

曾經也是蘇州城別人家的掌上明珠，曾經被老來得女的父母寶愛呵護，被家裡的丫頭僕人聲聲喚著「小姐」，被牽在手裡、抱在懷裡、扛在肩上，「咯咯咯」的笑聲在仁清巷裡傳出好遠。

別人看著她嬌嫩可愛的臉蛋，都在想：這可真是個命好的小姑娘，連她的父母也不例外。哪怕聽到和尚說她是「有命無運，累及爹娘之物」，亦不為意。

那是一生中最幸福的一段時光，可惜她已全然不記得，三歲之前的記憶很難保存。

自打有記事，盡是不堪回首的痛苦。所有看似微露一點曙光的人生節點，最後都邁向更深的黑暗。

僕人霍啟大意將她搞丟，他沒有上窮碧落下黃泉地去尋找，而是逃避責任一走了之；

人販子將她養在手裡，並沒有養著養著生出親情，而是非打即罵經年折磨；

好不容易長大，遇到當年的鄰居小沙彌，他認出她就是當年的英蓮小姐，特地偷偷問了問，也就是問了問，便不管了，他的目的只是八卦；

情愛篇　俗人正是雅人的良配

再然後，是枴子將她一身兩賣，捲上銀子想一走了之，留她自生自滅。兩個買家相爭，出了人命，她被強權的一方擄走；

離回家最近的一次，是遇到了父親當年資助過的窮儒賈雨村，此人如今已經紅袍加身，成了地方父母官。她的案卷放在他案上，按理說該是「不看則罷，一看大驚：啊呀呀，這不是恩人之女嗎？不想竟流落此地，本府定要嚴懲人犯，送她回家與父母團圓，也不枉他父親當日贈銀助考之恩！」真這麼做就是戲了，為了滿足觀眾的內心期待。

現實是，賈雨村知道了香菱的身分後，在那四句「護官符」面前，他選擇了借勢而為：不但不救，還將自己的徇私枉法行為當作一紙向高層獻媚邀功的投名狀：「令甥之事已完，不必過慮……」

再後來，她遇到了薛蟠，遇到了夏金桂……一路走來，幾乎就再沒遇見過一個好人。

她最後是得了乾血症死的。

普通人的命運線大多起起伏伏，很少有人如她這樣，一出生就是高點，然後一路斷崖式下墜，結局一壞再壞。

於她而言，人間根本不值得留戀。

但有一個人，她似乎不應該忘。

二

那個人叫馮淵，一個十八九歲的公子哥。

他曾用盡自己最大的誠意，試圖給她幸福。連命都搭上了，這籌碼不可謂不大。

馮淵：香菱，妳可還記得那個唯一愛過妳的公子哥？

馮淵，諧音是「逢冤」，他遇上香菱，是緣，更是劫。

哥兒出身乃是鄉紳家庭。鄉紳，聽起來土土的，其實跟香菱父親甄士隱的鄉宦身分一樣，是一種介乎官民之間的特有階層，在民間極有威望，官府也會對之禮讓三分，屬於有產有權階級。鄉宦對鄉紳，馮淵與香菱，也算門當戶對。

他是獨子，自幼父母雙亡，給他留了些許家產，由老家奴陪著長大。不知在成長過程中經歷了什麼，性取向是男，而且還「最厭女子」，同性戀無疑。

然而，一遇到香菱，竟然立刻被掰直了。

「一眼看上了這丫頭，立意買來作妾，立誓不再交結男子，也並不再娶第二個了⋯⋯」一見鍾情，奮不顧身，唰地一下與從前的性向做了一個徹底了斷，掉頭而去。

這也可以？

還是別那麼較真了，太較真了就無趣。蒙上一層濾鏡吧，馮淵的「轉向」不若這樣解釋：也許這世上無所謂同性戀異性戀，一個人真正愛另一個人，根本和性別無關。

你能清楚地感知自己的心正被另一個人占滿，不留一點多餘的空隙。弱水三千，只取一瓢。執子之手，與子偕老。管他世間聚散離合，緣來緣去，奈外面金沙掩埋，今夕何夕。

只要那一瞬間是真的，也足以令人動容。少年人的衝動，鮮活而熱烈。

如果枴子不那麼缺德地將香菱又賣給第二家，後面的事情就穩了。馮淵回歸主流，香菱脫離苦海，世上多一對平凡的恩愛夫妻——偏偏遇上的是薛蟠，對方來自權勢熏天的「珍珠如土金如鐵」的薛家。

情愛篇　俗人正是雅人的良配

而小鄉紳之子馮淵，在自己的小天地裡也稱王稱霸慣了，又認為凡事都逃不過一個「理」字，在香菱的歸屬上要講先來後到。

不肯妥協退讓的結果，是馮淵被薛蟠手下人活活打死。馮家從此成了絕戶。

在薛蟠眼中，他形同一隻螞蟻。

在賈雨村眼中，他就是一個無知小兒，不自量力，敢跟四大家族的人爭，純粹是自尋死路。他甚至連公道都不敢主持，隨便找了個乩仙，胡言亂語了一番把場面交代過去，賠了幾兩銀子就算了。

馮淵，拔高點說這也算是為捍衛愛情而死吧？

■ 三

馮淵之死，因香菱而起。最應掛懷的該是香菱，畢竟「我不殺伯仁，伯仁卻因我而死」。

《紅樓夢》裡還有一對苦命鴛鴦，情況略有相似之處。

張財主女兒張金哥，已與守備之子有婚約，因姿色出眾被李衙內看中。張財主貪慕權勢，便要悔婚，將女兒另嫁李衙內。守備家不答應，兩家鬧起來，張財主便託人求了王熙鳳，以三千兩銀子的酬勞，逼迫守備退了親。

張金哥聽聞父親退了親，悄悄自縊而亡，守備公子投河自沉，殉情了。這是「紅樓」版的「孔雀東南飛」。

但是，香菱不是大小姐張金哥，她自被拐後就沒被當人對待過，沒有那麼強的自我意識。她的訴求尚停留在最低層面，沒被人打罵即可。

聽說馮淵要收她時，她只說自己今日罪孽已滿，他只是一段救她出苦

海的浮木。

　　馮淵被打死，她被擄走北上。她不曾尋死，不曾絕食，但至少，可曾為他哭泣？午夜夢迴，他可曾入夢？對他，哪怕有些許的歉疚也好。

　　反正書裡看不到。

　　白為香菱死了嗎？馮淵。隱隱替他不值。

　　但愛不就是張愛玲說的：「不問值不值得。」

　　馮淵於香菱，根本就是個擦肩而過的陌生人，是個買她未遂的買家。

　　身不由己的美人，不可以回憶，不可以多情，也不可以有心。隨遇而安，隨波逐流，是她們必修的一門生存技能。想想當年的秦淮名妓陳圓圓吧，從小流落風塵，從才子冒闢疆到被田國丈所擄，被轉贈給吳三桂，再到被李自成的部下劫去，身世之坎坷屈辱令人不敢多想，沒點鈍感力還真活不下去。

　　回頭說香菱。幾年以後，人家倒是為了即將遠行的薛蟠，灑了幾滴離別之淚。

　　再後來則漸漸融入貴族家庭，開始跟著小姐們學寫詩了。

　　有一次讀到「墟裡上孤煙」，忽然觸動了記憶。她主動提起了關於那年薛蟠擄她的往事。

　　「我們那年上京來，那日下晚便灣住船，岸上又沒有人，只有幾棵樹，遠遠的幾家人家作晚飯，那個煙竟是青碧，連雲直上。誰知我昨日晚上讀了這兩句，倒像我又到了那個地方去了。」聽那語氣，彷彿是一段恬淡美好的旅行。

　　還是絲毫沒有想起馮淵。

　　可憐他墳頭草青青。

情愛篇　俗人正是雅人的良配

賈璉到底有多疼愛黛玉

讀「紅樓」的人，如果學會了捕風捉影和添油加醋這兩樣本事，《紅樓夢》這本書的好看度就會翻好幾倍。

要八卦，像「狗仔」一樣孜孜不倦地八卦，尋找線索、鑽研探索，不扒出點真料來就不算合格的讀「紅」小分隊。

新聞獨此一家：賈璉很疼黛玉。這一點不接受反駁。

乍一看，胡說了吧？這兩個人平常不「相關」，那麼厚的一本書，都沒見他們兩個有過一句對話。「疼愛」二字，從何談起？

又被姓曹的大爺騙了吧？你以為你看見的就是你看見的嗎？錯，你得能看見你所看見的背後的東西才行。

第十二回末尾，林如海捎信來，說自己病重，要黛玉回去見最後一面。

一個表哥聽了很不爽，他離開林妹妹飯吃不香，覺睡不好，這個表哥叫賈寶玉；而護送這個妹妹回家的任務，則落在了另一個表哥的頭上，他叫賈璉。

黛玉兩個舅舅，大舅賈赦，二舅賈政。這兩個舅舅家一共有四個表兄弟：大舅家的哥哥賈璉，二舅家的哥哥賈珠、寶玉，弟弟賈環。

情況大家也看到了，二舅家的三個男生，賈珠已故，寶玉和賈環一則小，二則都不能扛事兒。像《倚天屠龍記》裡的張無忌，小小年紀敢送楊不悔萬里之遙去崑崙山尋父，那種本事，想都別想。他們是溫室裡的小骨朵，自己還需要人照顧。

只剩大舅家的賈璉了。

書裡原話寫：「賈母定要賈璉送他去，仍叫帶回來。」一個「定要」足見賈母對賈璉能力的信任。行也得行不行也行，反正黛玉這個心肝寶貝交誰照顧她都不放心，除了賈璉，必須是賈璉，就差說「你辦事，我放心」了。

賈璉當仁不讓地接下了這個重擔，和黛玉辭別了家人，登舟往揚州去了。

這一去是多久呢？

我們來看一下時間線。他們走的時候是「冬底」，一直到元宵節前夕，元春省親前才回來。

關於「冬底」有各種解釋，有說年底的，有說十一月底的，因為十一月有個叫法是冬月。反正我們可知的是這期間秦可卿去世，光在家停靈就停了七七四十九天，出殯的時候他們還沒有回來。

中間賈璉還讓小廝昭兒回來送過信，說是林姑父於九月初三沒了，他要帶著林姑娘扶靈回蘇州，到年底才能回來，讓把冬衣帶過去給他。

前面說了，他們離開賈府的時候就是冬天，照林如海去世的時間看，賈璉和黛玉此刻在揚州已經待了快一年，再按照後來回來的時間點推算，他們表兄妹在外的時間是一年多，跨度則是三個年頭。

但要注意的是《紅樓夢》本就是殘稿，特別是在秦可卿之死即十三回前前後後，作者為了要掩蓋她的真正死因，文字改來改去，最後也沒來得及改明白。時間線特別混亂，一會秋天一會冬天的，自相矛盾處甚多，所以在這上面也不可太當真。

唯一可以肯定的，是賈璉在外照顧黛玉的時間至少有三五個月之久。

他先是陪她去揚州，一直守著直到姑父去世。林家一脈並無其他族人，用賈母的話說是「林家的人都死絕了」。他又作為黛玉的家長，一手操辦了所有後事，替她撐住了頭上那方塌了的天。

情愛篇　俗人正是雅人的良配

先是從揚州捐館地扶靈回蘇州，再將遺體安葬於蘇州祖墳，諸事妥當後，又帶黛玉回到了金陵。這其中樁樁件件之千頭萬緒龐雜繁瑣，所需的決斷和操勞必定難以盡述。

長兄如父，也不過如此了。而其時已經能夠獨當一面的賈璉，算算也不過才二十出頭的樣子。

至於大家都懷疑的財產侵吞問題，賈璉沒有那麼大的膽子，除非賈母授意或者林如海臨終交代過，林家遺產由賈府接管，他是執行人而已。

賈璉要面對的除了林府諸多後事，還有黛玉這個妹妹。照顧黛玉是個艱鉅的任務，不比其她姐妹，黛玉體質弱不禁風，性情脆弱敏感，本已失母，父親這下又撒手人寰，一下子成了父母雙亡的孤兒，在這樣雪上加霜的打擊面前怎會不肝腸寸斷？連寶玉坐在家裡都能猜到：「了不得，想來這幾日她不知哭的怎樣呢。」

哭哭啼啼，不吃、不喝、不睡，弄不好再大病一場，她再有個好歹可怎麼跟老祖宗交代呢？──遇到這麼個風吹吹就壞的美人燈表妹，換誰都要壓力大到脫髮吧？

黛玉到底被賈璉怎麼照顧的，書裡未見一字細說，但狀態說明一切。

第十六回她被賈璉再帶回府的時候，並不像讀者想像中那般消瘦憔悴到不成人形。相反，在寶玉眼裡，她「越發出落的超逸了」。

她情緒穩定、儀態從容。一回來就忙著打掃臥室，安插器具，一副定下心來在賈府好好過日子的樣子。還有心情買了禮物分發給大家，分明已基本從喪親之痛裡解脫了出來。還是保留了原來的天性，寶玉轉贈北靜王的鶺鴒香念珠，她直接扔到一邊：「什麼臭男人拿過的！我不要它。」

看這樣子，這一路她沒怎麼受委屈，璉二哥哥把她照料得很好！

賈璉到底有多疼愛黛玉

賈母的眼光不錯,她知道賈璉能打好這份工,是個可靠的好哥哥。

是,就算黛玉身邊還有丫鬟婆子貼身伺候,但沒有賈璉這個核心,再多的人也是一盤散沙。

替她料理家中大事小事,從金陵到揚州再到蘇州,再從蘇州折返金陵,這一路水陸顛簸舟車勞頓,他須得鞍前馬後保護她的安全;飲食起居上,他遵從賈母吩咐,一切安排妥貼周到,讓她原本孱弱的的身子骨不出紕漏;甚至在回來的路上,他還約了黛玉的老師賈雨村同行,老師在,大概能在心理上給黛玉一些安慰。

身為黛玉的監護人,他完全勝任。

最痛的一段路,是他領著她、陪著她從頭走到了尾,總算是將她全須全尾地帶了回來。對孤苦無依的弱女黛玉而言,這個大哥哥算是有大恩於她,以她的性格必定銘感於內。

單為這一條,只要是喜歡黛玉的人,都不該太討厭賈璉。

但遺憾的是,曹公略玄了賈璉和黛玉之間的互動,他們兩個甚至連一句對話都沒有。彷彿賈璉這幾個月對黛玉全是受祖母委託,發乎情止乎禮,一切純屬公事公辦。

但不寫,並不代表沒有感情羈絆。曹公終是沒忍住,來了自己最擅長的一次曲筆。

第二十二回,鳳姐受賈母之託,要為自己的表妹寶釵過生日。但很奇怪地,問起了賈璉的意思。

賈璉也納悶:妳都料理了多少生日,怎麼問我了?

鳳姐囁嚅道:大又不是,小又不是。

297

情愛篇　俗人正是雅人的良配

賈璉想都不想地說：「妳今兒糊塗了。現有比例，那林妹妹就是例。」

鳳姐這才說出原委：原來寶釵今年是及笄之年，和黛玉不同。

賈璉放權道：那就比林妹妹的多增些。

鳳姐裝可憐說：所以我就討你的口氣啊。怕我私自添了東西，你怪我。

賈璉哈哈一笑走了。

這場戲的微妙，恐怕只有那些當過小姑子的女生才會懂。嫂嫂的態度就是一桿秤，稱得出妹妹在哥哥心目中的分量。

聰明如鳳姐，她知道，賈璉嘴笨但不傻。如果在過生日這樣的儀式上厚此薄彼，讓黛玉矮了寶釵半截，賈璉發現了若是不悅，會影響自家夫妻關係，這樣的事劃不來，還是先報個備比較好。

能讓長袖善舞的鳳姐在賈璉面前有所忌憚，賈璉對黛玉有多在意還用問嗎？拋開血濃於水的先天親近，就像《小王子》(*Le Petit Prince*) 裡，小王子照顧過的那一朵玫瑰，便覺得對她永遠有責任。

如果《紅樓夢》能翻拍，希望編劇能合理地、點到為止地補寫出賈璉和黛玉之間的互動戲份。那一趟漫長的旅行，和他們之間所共同經歷的事情，必定讓彼此的感情更比旁人親厚。儘管靜水流深，後來的他們誰都沒有表露。

碧痕：床笫之歡不過如水上行舟

一

《紅樓夢》裡，從來沒有哪一個女孩子能像碧痕一樣，出場次數寥寥，卻在讀者們心裡成為一個特殊的存在。

只因那一場撲朔迷離的桃色事件，讓人無法對她視而不見。

就像一個小演員，在一齣戲裡一開始本只是個跑龍套的，因為機緣巧合，和紅透半邊天的男主鬧了一次「鴛鴦浴」緋聞，惹得名字動不動就上熱門。

碧痕，這個寶玉房裡的丫頭，長相、才幹從不被提及，臺詞沒得幾句，戲份少到可憐，是小配角秋紋的「馬仔」，頂多跟風一塊欺負欺負小紅。

二十四回，寶玉房裡沒人，小紅趁勢去倒了杯水給主子，被抬水回來的秋紋、碧痕發現。秋紋是啐人唾沫加罵髒話，碧痕是負責幫腔的：「這麼說，不如我們散了，單讓她在這屋裡呢。」

二十六回，黛玉敲門晴雯不開的原因，是剛和碧痕拌過嘴沒好氣。至於為什麼拌嘴，怎麼拌嘴，老曹都懶得寫，純粹是為了給寶黛感情衝突做鋪陳。

二十七回，又逢晴雯難為小紅，說她偷懶。又是碧痕一旁協同質問：「茶爐子呢？」

就算她固然不是個好相與的，但通篇給她說話的字數有限，連標點符號算上，滿共不足三十字。

如果把她寫進劇本，只能是這三個字代替：「眾丫鬟。」請看三十一

情愛篇　俗人正是雅人的良配

回，寶玉撐晴雯，襲人跪下求情，一眾丫鬟也跑進來跟跪，她算其中一個，妥妥做人肉背景板的群演。

但是，再小的個體都有做夢的權利對不對？對怡紅院的丫鬟來講，最好的人生願景便是成為寶玉的姨娘。至於怎麼實現，就是八仙過海各顯神通了：襲人靠勤勉，晴雯靠才幹，麝月靠拎得清，秋紋靠撿漏，小紅靠心機，芳官靠跟寶玉意氣相投，而碧痕，選擇了一條最原始的途徑，她用的是：身體。

這個隱晦的橋段是藉由心直口快的晴雯說出來的，寶玉邀晴雯共浴，晴雯說：「罷，罷，我不敢惹爺。還記得碧痕打發你洗澡，足有兩三個時辰，也不知道作什麼呢。我們也不好進去的。後來洗完了，進去瞧瞧，地下的水淹著床腿，連蓆子上都汪著水，也不知是怎麼洗了，叫人笑了幾天。」

二

其實，這件事已經很確定了。

兩個人在裡面一共待了兩三個時辰，足足五六個小時，泡溫泉也沒這麼泡的，真洗不得洗脫皮了。而晴雯的話「也不知道作什麼呢」「我們也不好進去的」，顯得意味深長。

再看，「等洗完了，地下的水淹著床腿」。根據阿基米德浮體原理：「浮力大小等於物體排開液體所受重力。」是什麼樣的浮力能排出這麼多的水，都淹了床腿？換句話說，浴缸裡浸入體積越大，水溢位來的就越多。那就只有一個可能，一個缸裡泡了兩個人，造成了屋裡「水漫金山」。更不要提那句「連蓆子上都汪著水，也不知是怎麼洗了」：床上的水，總不會是太好學上進，兩個人溼著身子坐而論道吧？這屋子裡床上地下這麼多

水,你不要告訴我他們兩個人是玩打水仗來著,他們又不過潑水節。

晴雯說大家「笑了幾天」,意即寶玉和碧痕這點事,在怡紅院內已經是個公開的祕密,淪為大家的笑柄。

與寶玉發生過肌膚之親的丫鬟,除了襲人,也只有碧痕了。然而襲人懂得掩藏避嫌,被王夫人選定後總遠著寶玉,唯恐留下什麼不自重的印象。而碧痕,不知是真的不懂掩藏,抑或她根本就不想掩藏,說不定還想藉此宣誓主權。在她身上,似乎有一種悍然的潑氣和妖騷。在以高雅蘊藉著稱的《紅樓夢》裡,這樣的人多少有點脫戲,更何況前期對她並無多少描寫鋪陳。

大概是因為這個情節本來就非老曹原創,而是脫胎於《金瓶梅》。

翻開《金瓶梅》二十九章,和《紅樓夢》中的第三十一回有諸多類似之處,也是在說夏日炎炎,也是在說要用果飲消暑,吃法都一樣,都要用「湃」的,即用冷水冰鎮。再然後,便是一大段西門慶與潘金蓮蘭湯共浴令人臉紅心跳的描寫,與寶碧二人所做之事一樣,這難道是巧合嗎?

曹公這一場戲的靈感,分明取材於《金瓶梅》啊!但相較於後者在描寫上的直接大膽與露骨,曹公寫得隱晦含蓄又狡黠,恰如中國山水畫筆法,正所謂「大抵實處之妙皆因虛處而生,故十分之三天地位置得宜,十分之七在煙雲鎖斷。」

一個凌亂的水淋淋現場,是作者特地給讀者留出了一份想像空間,請各位自行浮想聯翩,腦補那一對少年男女香豔的畫面。而其中的諸多細節,更如同故意留下的線索,由聰明縝密的頭腦們去推理判斷,與幾百年前的作者穿越時空打個照面,抿嘴一笑,心照不宣:老曹啊,你這人真壞。

情愛篇　俗人正是雅人的良配

多麼奇幻，迷離的文字不朽，偉大的作者不朽，讀書的我們，在這一時一地也會不朽。

三

回到文字人物，千萬別說碧痕這是無奈懾於強權，可憐丫鬟被無良少爺非禮了。按寶玉的脾性還真不至於霸王硬上弓勉強誰，這事是兩廂情願的肯定沒意外，誰主動還不一定呢。

講真，碧痕洗澡這一折的確突兀，真正目的是為了襯托晴雯的潔身自好，對於寶玉的邀浴她說了句「我不敢惹爺」，便斷然拒絕。這恰是命運的諷刺與叵測之處，最是潔身自好的姑娘，結局偏偏背了個「狐狸精」的名聲含冤而死。正因如此，寶玉為她所寫的那篇祭文〈芙蓉女兒誄〉裡，才有「葹妒其臭，茝蘭竟被芟」，多麼心痛悲憤！

晴雯臨死時說：「不是我說一句後悔的話，早知如此，我當日也另有個道理。」無非就是當一次真正的狐狸精，撲倒寶玉，才不算擔了這個虛名。

如果早知今日，那個炎熱的夏夜，寶玉邀晴雯共浴，晴雯會不會欣然應允，成為第二個碧痕？

幸好她沒有，否則我們將失去一顆潔淨驕傲的靈魂。

最心酸的，恐怕還是「羊肉沒吃著，倒惹了一身羶」。晴雯如此，碧痕何嘗不是？

共浴事件後，碧痕地位並沒有多少改變，寶玉沒有像對襲人一樣，從此視她「更與別個不同」，更詭異的是那次以後，她乾脆連一句臺詞也沒有了，似乎還被排擠出了丫鬟第一隊。

碧痕：床笫之歡不過如水上行舟

原先給人的印象，她是跟著晴雯秋紋混的，但六十三回時，丫鬟們搞集資幫寶玉過生日，襲人晴雯麝月秋紋出五錢銀子，碧痕則和小燕四兒還有新來的芳官是一檔，出三錢，這是很嚴格的階層劃分。之前的印象她至少是在一二隊間徘徊，出禮的多少，赤裸裸地把她打回了丫鬟隊伍的二隊。

是的，她並沒能藉此上位獲得青睞，上過人家的床，也不見得就是人家的人。主子對她不過是一時興起，與對襲人的親密無間根本沒法比，因為在襲人身上，還有更值得寶玉眷戀的品格和能量。而碧痕呢？似乎乏善可陳，沒有什麼可愛之處。她除了能提供給肉體的片刻歡愉，還能給寶玉提供什麼樣的情緒價值？處心積慮捨身一搏。

「太陽底下無新事」，用性資源換取人生資源，利用自己年輕或不年輕的肉體上位，是一部分女生主動或被動的選擇。在亂花漸欲迷人眼的父權世界裡，肉體能成為核心競爭力嗎？難說。也許那些貌似的捷徑，其實最擁堵，也最有欺騙性。

床笫之歡不過如水上行舟，小舟輕倩而過，空留碧痕一道。

「輕解羅裳，獨上蘭舟」，無非是「花自飄零水自流」。玫瑰般的青春身體，並未能給碧痕劈開一條玫瑰色的路徑，只搭建起了一座虛幻的橋梁，讓她一腳踩空，從此安分守己認命，或者靜靜等待蟄伏。反正後來的她，怡紅院裡任何大事不再跟著摻和，變得很沉默很乖，當然，也許是看淡看穿了。

情愛篇　俗人正是雅人的良配

《紅樓夢》下場最慘的三個女子，給所有女人提了個醒

「那片笑聲讓我想起我的那些花兒，在我生命每個角落靜靜為我開著，我曾以為我會永遠守在她身旁，今天我們已經離去在人海茫茫。」這首歌總讓人聯想到《紅樓夢》最後一回裡的寶玉。

當繁華落盡、家業凋零，衣衫襤褸的他，面對著食盡鳥投林後的一片白茫茫大地，會不會想起那些曾經在他生命裡駐紮過的美麗女子，如今的她們都已化作枯骨，深埋於黃土壟中。

有一個問題寶玉始終也沒想明白：何以愈是紅顏愈會薄命？

■ 晴雯：美貌是幸運符，也是催命符

除了黛玉，最讓賈寶玉意難平的恐怕就是晴雯。那個能幹伶俐的美貌丫鬟，本是老太太看中的人，將來打算給寶玉做姨娘的。誰能料到，她最後會被王夫人下令趕出賈府呢？

人尚在病中，就被七手八腳拖下床，扒掉身上的衣服，只留貼身內衣，丟棄在一間破屋中，幾日之後慘死在一條冰涼的土炕上。

只因王善保家的進讒言，她被太太認定是勾引寶玉的狐狸精，被攆了出去。

天地良心，晴雯與寶玉相處五年零八個月，未曾越雷池一步。

寶玉看上的人裡，襲人欲拒還迎，碧痕主動獻身，輪到她時卻避之猶恐不及。「罷，罷，我不敢惹爺」，一句話就打發了回去。

「風流靈巧招人怨」,「壽夭多因譭謗生」。

她的確是冤,但靜心覆盤,會發現這個下場也跟她掐尖逞強的個性不無關係。

王善保家的這樣描述晴雯的形象:「一句話不投機,她就立起兩個騷眼睛來罵人。」

王夫人立即就對上了號,好巧不巧,她有一天在園子裡路過,正好見過晴雯在園子裡罵小丫頭的模樣,坐實了婆子的話。

晴雯的暴脾氣很多人都領教過。今天和碧痕拌嘴,明天擠對麝月,後天又譏諷襲人,連寶玉也得讓她三分。明明是個丫鬟,卻一身的大小姐脾氣,大家都得忍著她哄著她,招人側目而不自知。

她自己生了病,李紈怕她傳染,為大家著想,令她先搬出園子,她大喊大叫著不肯,說「看你們這一輩子都別頭痛腦熱的」;

墜兒偷東西,該來處置的人是襲人,但她用一丈青狠戳墜兒的手,自己做主將之攆出。

後來她自己也被王夫人做主攆出,跟賈母彙報時堂而皇之的理由就是她得了傳染性的「癆病」。

諷不諷刺?

當一個女性擁有了美貌,本來就會多一份麻煩,匹夫無罪,懷璧其罪,她讓周邊同性黯然失色,因為嫉恨,她的缺點會被成倍放大,會被說「恃靚行凶」。

處於人生初級階段的美貌女性更是如此,她們更容易被海量同性圍剿,在底層互啄中敗下陣來,根本沒有嶄露頭角的機會。

情愛篇　俗人正是雅人的良配

如何安放這份美貌？

無非是小心低調、收斂鋒芒，別給想在背後捅自己的人遞刀。好聽點叫涵養，實在點叫自保。「所謂精采人生，不過是步步為營」。

■ 尤二姐：美貌是優先入場券，不是永久通行證

同樣擁有過人美貌，晴雯沒來得及變現，但尤二姐做到了。

尤二姐有多美貌呢？

她被賈母「蓋過章」，說長得比鳳姐俊；賈璉說鳳姐的長相給她提鞋都不配；胡太醫來為她診病，掀開簾子看到她的臉，頓時魂魄飛上九天，通身麻木。

如果以美貌分等級的話，尤二姐應該排在賈府第一梯隊裡。

她用美貌風情做敲門磚，成了賈璉的另一個「情婦奶」，地位比平兒都高，一時風頭無兩。

然而看似如願以償，其實喪鐘已經敲響。

進到大觀園後，生活上被鳳姐剋扣刁難，缺吃少穿；感情上被賈璉冷落，新寵秋桐又衝她擠對辱罵；腹中胎兒被胡庸醫打下，唯一的生之希望被掐滅，漸漸走入絕境。

曹公借她妹妹的話說，是她之前淫奔無恥為天不容，其實還是要從自身找原因。

她太輕信。

單憑幾句天花亂墜的空頭承諾，就答應了給賈璉做二房，尚在國孝家孝兩重孝中，就敢鋌而走險，五更天坐著一頂小素轎拜堂成親，被妹妹譏

諷「偷來的鑼兒敲不得」；

鳳姐知道後，花言巧語誆她，流了幾滴鱷魚的眼淚，她就信以為真引為知己，傾心吐膽，樂呵呵地跟著鳳姐進了園子，從此開始了任人擺布的生活。

一步錯，步步錯。

她也太輕敵。

明明有人提醒鳳姐為人毒辣，她卻不以為然，以為自己不惹事，事就不上門。

人家已經動了殺機，她還渾然不覺與狼共舞，實在沒有自知之明。

再次太貪心。

她聽說鳳姐身體不好，熬不過這一年半載，便動了投機之心，想在外面等著鳳姐一死，自己就登堂入室做填房正室。

最要命的是應對複雜局面的能力為零。

既不懂如何討賈母歡心，也不知尋求姐姐尤氏的護持，更不會拉攏下人做耳目眼線，孤立無援一味任人宰割。

長夜漫漫無盡，不如就此了結。

她萬念俱灰，一塊生金子吞下去，換上齊整的服裝首飾，化個精緻的妝，體面地退場。

二姐之死，用張愛玲的話說就是「就事論事，只能如此」。

她原本就是只能做金絲雀的女人，從小到大，唯一習得的本事是如何取悅依附男人。

美麗讓她找到捷徑，也令她生出不切實際的妄想，誤以為像她這樣乖

情愛篇　俗人正是雅人的良配

巧的美人，全世界的人都沒有理由為難她，但生活這個修羅場裡，最先幻滅的就是戀愛腦。

「我不覺得一個女孩子擁有了美貌就可以擁有一切。」

美貌只能是女性的優先入場券，不會是永久通行證，提早進場，也不代表能走到最後。

■ 尤三姐：美貌是籌碼，也是毒藥

尤二姐和尤三姐被寶玉稱為「一對尤物」，三姐之美貌，更勝於二姐。柳眉籠翠霧，檀口點丹砂，一雙秋水眼勾魂攝魄。

在姐夫賈璉眼裡，這個小姨子是他見過的最美貌最有風情的女子。他一開始的目標其實是三姐，二姐是退而求其次。

三姐的爹死得早，她娘改嫁時，將她和姐姐一塊帶了過來。

非親大姐尤氏做了賈珍的填房，沒見過世面的小姐兩個，被寧國府的富貴奢侈迷住了眼，賈珍在她們身上花了點小錢，年幼無知的她們就心甘情願做了有錢人的玩物，和珍、蓉父子一起陷於聚麀之亂。

比起二姐的溫柔多情，三姐更加遊戲人間。

原著裡寫，「仗著自己風流標緻，偏要打扮的出色」，還要做出「萬人不及的淫情浪態」，以讓男人神魂顛倒為樂趣。虛榮輕浮，誤將放蕩當作魅力，享受著物質感官的雙重刺激。失貞的同時，也臭名遠揚，被主流道德世界拋棄。後面的事情大家都知道了。她看上了柳湘蓮，讓賈璉去做媒。柳湘蓮聽說她是個絕色美女，便用家傳寶劍作為聘禮訂了婚。

她心滿意足，等著做他的新娘，告別自己的過去，做一個貨真價實的

賢妻良母。

然而，最後等來的是柳湘蓮反悔的消息，作為一個陌生人，他不願為她的黑歷史買單。

這是三姐的美貌第一次不好用，她終於意識到，除了皮囊，人的品性也至關重要。即使她現在想改過自新，也得看別人給不給機會。

「凡過去事，從不會真正過去」，個人的歷史寫就之後真的無法更改，不能苛求任何人無條件接納自己的過往，而美貌也絕不是免責金牌。

三姐羞憤自刎，也算給自己保留了最後一點尊嚴。

除了愛而不得，還有得知人生無法重啟的絕望。

命運所餽贈的所有禮物，早已在暗得標好了價格。

美貌不是一個女性為所欲為的資本，相反可能給了她比平常女孩更多犯錯的機會。

有的錯無傷大雅，而有的錯，卻需要用一生的幸福去交換。

「如果上天給了一個漂亮臉蛋，你要留心。這是對你的一個考驗。」「紅樓」中這三個女子，無一不美貌絕倫，卻無一不下場悲慘。

美貌根本就是一把雙刃劍，讀她們的故事，想自己的人生，才發現美貌不是萬能的，真正決定一個女人幸福度的並非外貌，而是格局、自律和智慧等等，是那些一切可以被稱作「內在」的東西。

所謂「長得漂亮，不如活得漂亮」。

穿越百年的人性鏡像，看懂文字中的紅樓箴言：

借鑑經典中的悲歡離合，看透榮辱沉浮間的人情冷暖

作　　　者：百合
發　行　人：黃振庭
出　版　者：崧燁文化事業有限公司
發　行　者：崧燁文化事業有限公司
E - m a i l：sonbookservice@gmail.com
粉　絲　頁：https://www.facebook.com/sonbookss
網　　　址：https://sonbook.net/
地　　　址：台北市中正區重慶南路一段61號8樓
8F., No.61, Sec. 1, Chongqing S. Rd., Zhongzheng Dist., Taipei City 100, Taiwan

電　　　話：(02)2370-3310
傳　　　真：(02)2388-1990
印　　　刷：京峯數位服務有限公司
律師顧問：廣華律師事務所 張珮琦律師

-版權聲明-

本書版權為北嶽文藝所有授權崧博出版事業有限公司獨家發行電子書及繁體書繁體字版。若有其他相關權利及授權需求請與本公司連繫。

未經書面許可，不得複製、發行。

定　　　價：420元
發行日期：2024年12月第一版
◎本書以POD印製
Design Assets from Freepik.com

國家圖書館出版品預行編目資料

穿越百年的人性鏡像，看懂文字中的紅樓箴言：借鑑經典中的悲歡離合，看透榮辱沉浮間的人情冷暖 / 百合 著 . -- 第一版 . -- 臺北市：崧燁文化事業有限公司, 2024.12
面；　公分
POD版
ISBN 978-626-416-169-5(平裝)
1.CST: 紅學 2.CST: 研究考訂
857.49　　　　　113017897

電子書購買

爽讀APP　　　　臉書